读客科幻文库

跟着读客读科幻，经典科幻全看遍。

宇宙全能侦探社

[英]道格拉斯·亚当斯 著　　姚向辉 译

Dirk Gently's Holistic Detective Agency

北京日报出版社

图书在版编目（CIP）数据

宇宙全能侦探社 /（英）道格拉斯·亚当斯著；姚向辉
译 . -- 北京：北京日报出版社，2023.10
　　ISBN 978-7-5477-4462-8

　　Ⅰ.①宇… Ⅱ.①道…②姚… Ⅲ.①侦探小说 – 英
国 – 现代 Ⅳ.① I561.45

中国国家版本馆 CIP 数据核字 (2023) 第 001985 号

中文版权：© 2023 读客文化股份有限公司
经授权，读客文化股份有限公司拥有本书的中文（简体）版权
图字：01-2023-4192号

宇宙全能侦探社

作　　者：［英］道格拉斯·亚当斯
译　　者：姚向辉
责任编辑：王　莹
特约编辑：窦维佳　　高　洁
封面设计：李子琪
出版发行：北京日报出版社
地　　址：北京市东城区东单三条8-16号东方广场东配楼四层
邮　　编：100005
电　　话：发行部：（010）65255876
　　　　　总编室：（010）65252135
印　　刷：大厂回族自治县德诚印务有限公司
经　　销：各地新华书店
版　　次：2023年10月第1版
　　　　　2023年10月第1次印刷
开　　本：889毫米×1270毫米　1/32
印　　张：10
字　　数：195千字
定　　价：49.90元

献给我的母亲，
她喜欢马的小段子。

作者的话

本书对圣塞德学院的描述，其细节主要来自笔者记忆中的剑桥圣约翰学院，同时也多有借用其他学院的情况。现实生活中的艾萨克·牛顿爵士就职于三一学院，塞缪尔·泰勒·柯勒律治执教于耶稣学院。

重点在于，圣塞德学院完全是笔者拼凑出来的虚构场所，本书中的任何一个组织或角色都和现实生活中的任何组织或人物毫无对应关系，无论其是尚在人间、早已作古，还是化作了游荡于黑夜之中的苦闷游魂。

本书的撰写和排版使用了苹果MacPlus电脑、LaserWriter Plus打印机和Laser Author文字处理软件。感谢Icon Technology的迈克·格罗弗协助排版。

最后，笔者要向苏·弗里斯通致以特别感谢，这本书得以降临世间，多亏了她的帮助。

道格拉斯·亚当斯

伦敦，1987

第一章

这次没有见证者。

这次只有荒芜的土地和隆隆的雷声，永不停息的细雨从东北方向席卷而来。世界上数不清的重要事件似乎都伴随着这样的小雨发生。

昨天和前天的暴风雨，以及上一周的洪水，此刻都已成为过去。暮色渐沉，阴云依然饱含雨水，然而真正落下的只是让人讨厌的毛毛雨。

风扫过暗沉沉的平原，磕磕绊绊穿过低矮的山丘，呼啸吹过浅浅的河谷，某种说是塔楼也行的建筑物孤零零地耸立在谷底让人恶心的烂泥滩上，朝一侧倾斜着。

这是个黑乎乎、矮墩墩的塔楼，看上去活像是从地狱里某个格外险恶的深坑底下挤出来的一团岩浆，它以特异的角度朝一侧倾斜，仿佛在承受比其可观分量更巨大的重负。它似乎没有生命，天晓得已经死了多久。

唯一在动弹的东西是谷底那条泥泞的小河，它没精打采地从塔楼旁边流过。再向前一英里[1]左右，小河流进一道沟壑，消失在地底深处。

随着暮色越发深重，我们发现这个塔楼其实并非全无生机。它的深处有一团暗淡的红光在摇曳闪烁。

这团光只是隐约可见而已——不过，当然了，事实上并没有任何人在看，没有见证者，这次真的没有，但它确实是一团光。每隔几分钟，它会突然变得强烈和明亮，继而慢慢暗淡下来，直到近乎熄灭。与此同时，低沉的哀怨叫声会从塔里飘进风中，逐渐推向号哭的巅峰，而后同样凄凉地随风而逝。

一段时间后，又一团光出现了，这团光比较小，而且在移动。它从地面高度冒出来，浮浮沉沉地绕着塔楼转了一圈，路上偶尔停顿片刻。我们能够勉强分辨出，这团光被一个模糊的身影拿在手上，它和身影随后再次消失在了塔楼里。

一个钟头过去了，到这个钟头结束的时候，黑暗彻底笼罩了一切。世界似乎已经死去，夜晚是一片虚无。

这时，光团再次出现在塔顶附近，这次它显而易见地变得更加明亮。亮度很快达到了先前的最高峰，然后继续变亮，变得越来越亮。伴随而来的哀怨叫声也变得越来越响，越来越刺耳，最

1　1英里≈1.61千米。——编者注（若无特别说明，本书脚注均为编者注）

终变成了号啕。号啕持续不断，直到变成炫目夺神的巨响，那团光变成震耳欲聋的赤红。

然后，两者陡然停息。

世界迎来了一毫秒的寂静和黑暗。

惊人的另一种白光从塔底的烂泥里汹涌喷出。天空攥紧拳头，泥山震撼颤抖，大地与天空互相咆哮，恐怖可憎的粉、突如其来的绿和萦绕不去的橙给云朵涂上色彩，这道光随即沉寂下去，夜晚终于陷入深沉而丑恶的黑暗。除了轻柔的叮咚水声，万籁俱寂。

然而到了早晨，太阳带着不寻常的活力升起，白昼变得——或者应该说显得，或者更确切地说，假如这里有谁拥有感官，就会感觉到更加温暖、清澈和明亮——总之，这是一个前所未有的生机勃勃的白昼。一条清澈的小河流过山谷支离破碎的残骸。

而时间开始认真地流逝。

第二章

在一块岩岬的高处，有一匹无聊的马，一个电僧坐在马背上。粗布僧袍的兜帽底下，电僧目不转睛地盯着另一道峡谷的深处，这道峡谷给它带来了一个问题。

天气酷热，太阳盘踞在空荡荡的朦胧天顶，蹂躏着灰色岩石和被烤焦的低矮草丛。没有任何动静，连电僧都一动不动。马稍微摆了摆尾巴，试图搅起一丝小风，但这就是全部了。除此之外，没有任何动静。

电僧是一种节省劳力的设备，就像洗碗机或录像机。洗碗机替你洗沉闷无聊的碗，省得你费神亲自洗碗；录像机替你看沉闷无聊的电视，省得你费神亲自看电视；电僧替你相信事物，省得你去完成一项越来越繁重的任务，也就是相信世界希望你相信的一切。

不幸的是，这个电僧出了故障，开始随机相信各种各样的事情。它甚至开始相信连盐湖城人也没法相信的事情。当然了，它根本没听说过盐湖城。它也从没听说过"咕灵咕灵"这个数字，"咕灵咕灵"大概就是从这道峡谷到犹他州大盐湖之间的英里数。

峡谷的问题是这样的：电僧目前相信这道峡谷、峡谷中以及峡谷周围的一切都是某种淡粉色的，包括电僧自己和电僧的马。这个信仰使它很难将一个东西从另一个东西身上区分出来，所以它不可能做任何事情或者去任何地方，至少很困难或者很危险，电僧和无聊的马因此动弹不得。这种愚蠢的处境，马已经毫无选择地忍受过很多次了，但它私下里肯定觉得这是最愚蠢的一回。

电僧对这些事情的信仰会持续多久？

怎么说呢，就电僧的心智而言，是永远。它的信仰坚固而永恒，能够移动山岳，能够无视所有证据而相信山岳是粉色的。它的信仰就像一块磐石，世界愿意抢起什么砸上去都行，而它绝对不会动摇。不过根据实践，马知道这个"永远"通常来说是二十四小时。

那么，这匹马，这匹拥有自己的看法并对事物有所怀疑的马，是怎么一回事？对马来说，这些行为非同寻常，不是吗？所以也许它是一匹非同寻常的马？

不。尽管它无疑是其所属物种中一个俊美而健壮的样本，但它依然是一匹普普通通的马。在我们能够找到生命的许多地方，都趋同进化出了这类生物。它们懂的东西往往比表现出来的多得多。每天从早到晚被另一种生物坐在屁股底下，你很难不对那种生物产生看法。

话又说回来，每天从早到晚坐在另一种生物的背上，你却完全有可能对它们一丁点儿想法也没有。

在生产早期型号的电僧时，设计者觉得有一点很重要，那就是你必须能立刻识别出它们是人造物品，不能冒怎么看它们都像真人的风险。你可不希望你的录像机从早到晚躺在沙发上看电视；你可不希望它抠鼻子、喝啤酒，还叫比萨外卖。

因此，人们基于设计的原创性和实用的骑马能力设计电僧。这非常重要。人类——事实上是所有东西——骑在马背上总是显得更加可信。因此，电僧有两条腿，比更正规的质数十七、十九或二十三更合适，也更便宜；它的皮肤粉扑扑的，而不是紫色的，柔软而光滑，而不是坑洼不平；它的嘴巴和鼻子的数量都被限制为"一"，但创造者多给了它一只眼睛，因此电僧一共有两只眼睛。这种生物的模样确实奇怪，然而它在相信最荒谬的事情上确实表现优异。

这个电僧之所以会出故障，仅仅是因为它在一天内被迫相信了太多东西。由于错误地交叉连接上了一台同时观看十一个电视频道的录像机，它被烧坏了整整一组非逻辑电路。而录像机明明只需要看就行了，并不是非得相信它们不可。所以你看，使用说明书就是这么重要。

于是电僧度过了亢奋的一周，它相信战争就是和平，好就是坏，月亮是用蓝纹奶酪做成的，上帝要人们把许多钱寄到某个信箱去。当电僧开始相信有35%的桌子是雌雄同体时,它崩溃了。电僧商店的维修工说它需要一块全新的主板,但又指出改进后的升级版电僧会比它强大一倍,有全新的多任务否定容差能力,这个功能使它们可以在记忆中保存多达十六个完全不同且互相矛盾的概念而不至于引发让人恼火的系统故障。新型号比它快一倍,至少油腔滑调三倍,更换旧型号主板的费用买个新型号都绰绰有余。

还有什么好说的?成交。

出故障的电僧被赶进沙漠,它在沙漠里愿意相信什么都行,包括相信它遭受了不公的待遇。人们允许它留下自己的马,因为制造马实在太便宜了。

它在沙漠里漫游了一定数量的白天和黑夜,具体数字是三、四十三还是五十九万八千七百零三,就看它相信什么了。它把单纯的电动信任给了石块、飞鸟、云朵和一种并不存在的芦笋象。最后,电僧爬上高处的这块岩石,俯瞰脚下的这道峡谷。尽管它深切而狂热地相信峡谷是粉色的,但事实并非如此,峡谷连一丝粉色都没有。

时间在流逝。

第三章

时间在流逝。

苏珊在等待。

苏珊越是等待，门铃就越是沉默。电话也一样。她看看手表，觉得现在有正当理由可以开始生气了。当然，她本来就已经很生气了，但怎么说呢，那会儿拖时间的是她自己。这会儿拖时间的却完全变成了他，即便考虑到交通情况、运气不佳、一般而言的前后误差和拖延，现在离约定的时间也已经过了半个多小时。先前他坚持他们最晚也必须在这个时间之前出发，因此她最好先做好准备。

她试了试担心他碰到了什么可怕的倒霉事，但心里一丁点儿也不相信。他从没碰到过任何可怕的倒霉事，她觉得现在挺适合让他尝尝鲜。要是他还没倒霉，那她就要亲自让他开个眼界了。这么想倒是挺解恨。

她气呼呼地坐进扶手椅，看着电视上的新闻。这些新闻让她越看越生气。她拿起遥控器乱按，看了一会儿另一个频道的什么东西。她不知道这东西到底是什么，但她同样越看越生气。

也许她应该给他打个电话。不，要她打电话还不如让她去死呢。说不定就在她打电话的当口，他也打电话进来，结果怎么都接不通。

她甚至拒绝承认自己动过这个念头。

该死的，他在哪儿？话又说回来，谁在乎他在哪儿呢？反正她不在乎，这一点可以肯定。

他一连三次放她鸽子了。一连三次，太过分了！她气呼呼地继续乱按遥控器，有个节目在介绍电脑和一些用电脑加音乐折腾出什么名堂的有趣新突破。

够了，真的够了。她知道区区几秒钟前她就对自己这么说过，但此刻是时候真正终结了。

她跳起来走向电话，怒气冲冲地抓起记事簿。她唰唰唰地翻了一会儿，找到号码拨了出去。

"喂，迈克尔吗？对，是我，苏珊。苏珊·路。你说我要是今晚有空就打电话给你，我说那我还不如找个水沟淹死，还记得吗？好吧，我忽然发现我有空了，绝对、彻底、完全地有空，而且方圆几英里也找不到一条像样的水沟。给你个建议，见到机会就该抓住。半小时后我会出现在丹吉尔俱乐部。"

她穿上鞋子和外衣，想到今天是星期四，她应该给答录机换一盘加长的新磁带，于是停留片刻。两分钟后，她已经出了前门。电话终于响了，答录机甜甜地说，苏珊·路暂时无法接听，若是来电者愿意留言，她会尽早回电。或许吧。

第四章

这是个老套的十一月的凄冷傍晚。

月亮看上去苍白而惨淡，像是不该在这么一个晚上升起来。它不情不愿地爬到半空，像个乖戾幽灵似的挂在那儿。透过肮脏泥沼中升起的潮气，月光朦胧地勾勒出剑桥大学圣塞德学院五花八门的城堡和塔楼的轮廓。这些乱糟糟的建筑物修建于千百年之间，中世纪的挨着维多利亚时代的，希腊罗马风格的挨着都铎王朝的。只有耸立在雾霭之中的时候，它们看起来才勉强彼此相容。

建筑物之间穿梭着匆忙的身影，他们冷得直打哆嗦，从一团暗淡的灯光赶往另一团暗淡的灯光，呼吸时吐出的白气宛如幽魂，在他们背后悄然融入寒夜。

现在是晚上七点钟。很多身影走向一号和二号宿舍楼之间的学院食堂，温暖的灯光从食堂里不情愿地流淌出来。其中有两个身影显得特别不相称。一个男人很年轻，身材高大，瘦骨嶙峋，裹着一件厚实的黑外套，走起路来像一只苦哈哈的苍鹭。

另一个男人很矮，圆滚滚的，动作笨拙而不安稳，就像一群被关在麻袋里的老松鼠，正在试图咬破麻袋逃跑。他的年龄比"看不出来"老那么一点。假如你随便猜个数字，他肯定比这个年纪稍微大一点，但——好吧，没人能看出他的年龄。是的，他脸上长满了皱纹，从红色羊毛滑雪帽底下钻出来的几撮头发又细又白，它们打定主意要自己排列出一个形状。他同样裹着厚实的大衣，但在大衣外还套着一身飘拂的长袍，长袍的紫色镶边严重褪色，这是他独一无二的特殊教职的标志。

他们向前走的时候，年长的男人负责说话。尽管天色昏暗到什么都看不清，但他一路上依然把各种有趣的东西指给年轻人看。年轻人不停地附和"哎呀，对""是吗？太有意思了……""好，很好，非常好"，还有"我的天"。他的头严肃地上下摆动。

两人走进食堂，但走的不是正门，而是宿舍楼东侧的一道小门。这道门通往教员餐厅和镶着深色墙板的前厅，各位教授在前厅集合，搓着手如释重负地啧啧感叹，然后穿过专用的入口，走向高桌席。

两人迟到了，于是飞快地脱掉大衣。年长男人的步骤比较复杂，因为他首先要脱掉他的职业长袍，再脱掉大衣，然后把长袍穿回去，然后把帽子塞进大衣口袋，然后琢磨他把围巾放哪儿了，然后想起来他没戴围巾，然后在一个大衣口袋里摸手帕，然后在另一个大衣口袋里摸眼镜，最后出乎意料地发现它们都被包在围巾里。尽管从沼泽地吹来的潮湿寒风宛如女巫的呼吸，他却只是拿着围巾，并没有围在脖子上。

他让年轻人在他前面走进餐厅，他俩坐上高桌席剩余的最后两个座位，他们打断了拉丁文的餐前祷告，并且招来了众人的皱眉和白眼。

餐厅今晚济济一堂。要知道在比较寒冷的几个月里，爱光顾餐厅的都是些本科生。更不同寻常的是，餐厅里点着蜡烛——只有在屈指可数的特殊场合才会这么布置。两张长桌伸向烛光闪烁的黑暗，桌边坐满了人。烛光之下，人们的表情似乎更加生动，压低嗓门的交谈声和餐具的碰撞声似乎更令人兴奋。见证了宽阔厅堂幽暗深处的几个世纪的时光仿佛同时出现。高桌席横列于大厅的最前方，比地面高出一英尺[1]左右。今晚有来宾要招待，为了容纳多出来的人，长桌两侧都摆上了餐具，因此席上很多人都背对大厅。

"那个，麦克达夫小朋友，"教授坐下，打开餐巾，嘴里说，"很高兴再次见到你，我亲爱的孩子。很高兴你能来。真不知道这到底是在干什么。"他诧异地环顾四周，继续道："这么多蜡烛和银器，每个人都一本正经。通常来说，这是一场特别的宴会，但没人知道到底在纪念什么，只知道饭菜会比较像样。"

他停下来思忖片刻，然后道："说来奇怪，食物质量居然和照

1　1英尺≈0.3米。

明亮度成反比，你说呢？你不由得要琢磨了，要是把厨房员工关进伸手不见五指的屋子，他们的厨艺到底能达到什么水平？我感觉值得一试。在大学里找个像样的地窖，为此翻修改造一下。我好像带你参观过，对吗？砖砌得很不赖。"

他说这番话的时候，他的客人似乎松了一口气。这是主人第一次表现出还算记得他是谁的迹象。厄本·克罗诺蒂斯教授，伟大的时间学钦定教授，坚持要每个人称呼他"雷格"，他曾经把自己的记性比作亚历山大鸟翼凤蝶——就其本身而言确实多姿多彩，总是漂漂亮亮地到处飞来飞去，然而现在嘛，哎呀，已经近乎灭绝了。

几天前，教授打电话邀请理查德，似乎极为期待见到自己带过的这个学生，然而今晚理查德敲门的时候（不得不承认，稍微晚了一点），教授怒气冲冲地拉开门，见到理查德后大吃一惊，质问他是不是有什么情绪问题。理查德拐弯抹角地提醒教授，他担任理查德的大学导师已经是十年前了。教授却颇为恼怒，最后总算承认理查德是来吃饭的，随后飞快地打开话匣子，滔滔不绝地介绍起大学的建筑历史，百分之百证明了他已经神游天外。

雷格没有真的教过理查德，他仅仅担任过理查德的大学导师，简而言之就是指导过理查德的生活，比方说通知他考试时间，告诫他别吸毒，等等。事实上，雷格有没有教过任何人都是个问题，就算教过，他究竟教了什么还是个问题。他教授的科目，往好里说也是面目不清，学校早就免除了他讲课的重任，因为他会使出他闻名遐迩的套路，向潜在的学生开出一个长得令人疲惫的书单，而他很清楚这些书至少绝版三十年了，要是学生没能找到它们，他就会大发雷霆，因此没人搞清楚过他的研究领域到底是什么。当然了，他很久以前就采取了预防措施，从大学和学院的图书馆里取走书单里那些书现存的所有副本，结果就是他有充足的时间，可以做他想做的天晓得的什么事情。

理查德和这个怪老头相处得还算不错，因此某天他终于鼓起勇气，问老先生这个"时间学钦定教授"究竟是什么。那是一个明媚的夏日，世界似乎光是因为它是它自己就开心得快要爆炸了，而雷格友善得都不像他本人了。两人走过一座桥，康河在桥下把校园分为新旧两块。

"闲职，我亲爱的孩子，完全是个闲职，"他笑得很灿烂，"小小的一笔钱，换取非常少的一点工作，这工作说是不存在也未尝不可。于是我就永远站上了略胜一筹的不败之地，尽管有点拮据，但确实是个安享人生的舒服地方。本人诚挚推荐。"他趴在小桥的栏杆上，把他觉得很有意思的一块砖指给理查德看。

"但具体研究什么呢？"理查德追问道，"历史？物理？哲学？还是什么？"

"既然你这么感兴趣，"雷格慢吞吞地说，"那就听我说一说吧。这个教席最初是乔治三世设立的，如你所知，他很有一些稀奇古怪的念头，比如认为温莎大公园的那些树里有一棵是腓特烈大帝。

"教席由他亲自划出，因此带有'钦定'二字。更加不寻常的一点是，研究内容同样由他本人指定。"

阳光沿着康河戏耍。划船的人们愉快地彼此呼喝，命令对方让路。瘦弱的自然科学家在实验室里关了几个月，脸色苍白如死鱼，走到阳光下使劲眨眼。一对对恋人在河岸上漫步，无所不在的美妙感觉让他们非常兴奋，非得跳进去享受一两个小时才行。

"饱受折磨的可怜家伙，"雷格继续道，"我说的是乔治三世。你大概也知道，这家伙痴迷于时间。他在宫殿里摆满钟表，没完没了地给它们上发条，有时候甚至半夜爬起来，穿着睡袍在宫殿里转来转去上发条。你明白吗，他特别担心时间会停止向前流动。他的一生中发生过那么多可怕的事情，要是时间向后流动哪怕一瞬间，他都害怕某些坏事会再次发生。这是一种非常容易理解的恐惧，恕我直言，假如你是个胡乱狂叫的疯子，那就更加容易理解了。请允许我对这个可怜的家伙献上最真挚的同情，是啊，他确实是个可怜人。他指派我，或者更准确地说，我的教席，这个教授职位，你明白吗，我目前有幸占据的这个岗位——我说到哪儿了？哦，对。他设立这个，呃，时间学讲席，是为了搞清楚是否存在某种特殊的原因，使得一件事情必定在另一件之后发生，以及有没有办法阻止它发生。我一眼就看出了以上三个问题的答案，它们分别是存在、没有和或许，于是我就可以安享职业生涯剩下的全部时间了。"

"你的前任们呢？"

"唔，他们和我的想法差不多。"

"但他们是谁呢？"

"他们是谁？嗯，当然都是了不起的好伙计，对一个人来说不可能更了不起了。有空的时候给你说说他们，记得提醒我。看见那块砖头了吗？华兹华斯有一次吐在了那块砖头上。算他厉害。"

这一切都发生在十年前。

理查德在宽阔的餐厅里左顾右盼，看时间有没有改变什么，答案当然是绝对没有。在闪烁的烛光中，隐约能看到黑暗的高处阴森森地挂着首相、大主教、政治改革家和诗人的画像，他们中的任何一个在世时都有可能吐到过那块砖头上。

"哎，"雷格扯着嗓门和他说悄悄话，语气像是在修道院里介绍乳环，"听说你忽然混得非常不错，算是熬出头了？"

"呃，嗯，对，事实上，"理查德说，尽管确实如此，但他的诧异并不亚于其他任何人，"对，是的。"

餐桌四周，几双眼睛直勾勾地盯着他。

"电脑。"他听见一个人轻蔑地对邻座轻声说。直勾勾的视线缓和下来，转向别处。

"太好了，"雷格说，"我为你高兴，非常高兴。"

"告诉我，"教授继续道，过了几秒钟，理查德才意识到教授不是在对他说话，而是已经转向右侧，正在问另一边的邻座，"这些破玩意儿——"他朝蜡烛和银光闪闪的餐具挥挥胳膊，"——到底是在搞什么？"

雷格另一边的邻座是一位面容枯槁的老先生，他极慢地转头望向教授，像是因为被人从冥国唤醒而非常恼火。

"柯勒律治，"这位老先生用纤弱而尖厉的声音说，"老傻瓜，今天是柯勒律治晚宴。"他极慢地往回转，直到重新面向前方。他叫考利，是考古学和人类学教授，经常有人在背后说，这两者对他来说不仅是严肃的学术研究，更是重温童年的好机会。

"哦，是吧，"雷格喃喃道，"是吗？"然后转身对理查德说："今天是柯勒律治晚宴。"他胸有成竹地说："柯勒律治曾经在这所学院待过，你知道的。"过了一会儿又说："柯勒律治。塞缪尔·泰勒[1]，诗人。你应该听说过他吧。这是他的晚宴。呃，当然不是字面意义上的，否则早就凉透了。"沉默。"给你，来点盐。"

"呃，谢谢，我看我还是等一会儿吧。"理查德惊讶道，因为食物还没有上桌。

"来吧，拿着。"教授坚持道，把沉重的银质盐瓶塞给他。

理查德困惑地眨了眨眼，在内心耸耸肩，伸手去接盐瓶。然而就在他眨眼的那一瞬间，盐瓶消失了个无影无踪。

他诧异地向后一缩。

---

1 柯勒律治全名为塞缪尔·泰勒·柯勒律治（Samuel Taylor Coleridge）。

"不赖吧？"雷格说着，向右边死气沉沉的邻座伸出手，从他耳朵后面掏出失踪的盐瓶，长桌旁的某处传来咯咯的笑声，听上去像是来自一个小女孩。雷格顽皮地笑了笑："让人讨厌的坏习惯，我知道。已经上了我的戒瘾名单，就排在抽烟和水蛭后面。"

好吧，毫无变化的事情又多了一件。有人喜欢抠鼻子，有人当街殴打老太太成性，雷格有个无伤大雅但很特别的恶习：热衷于变幼稚的戏法。理查德记得他第一次去请求雷格的指点——其实只是出于平平常常的焦虑，它每隔一段时间就会把学生捏在手里，尤其是有小论文要写的时候，但当时感觉像是某种阴郁而暴的重负。雷格坐在座位上听他倾吐心声，聚精会神，眉头紧锁，等理查德说完，他严肃地沉吟良久，使劲揉搓下巴，最后向前俯身，盯着理查德的眼睛。

"我猜你的问题，"雷格说，"在于鼻子里塞了太多的回形针。"

理查德茫然地看着他。

"容我示范一下。"雷格说，隔着写字台探过身子，从理查德的鼻子里拽出一串东西，共计十一个回形针和一只橡皮小天鹅。

"啊哈，罪魁祸首，"他说，举起小天鹅，"从燕麦盒里来的，是的，它引来了无穷无尽的麻烦。好吧，很高兴咱们小小地恳谈了一次，我亲爱的孩子。假如再遇到这种问题，不用客气，请一定要来打扰我。"

不用说，理查德再也没去找过他。

理查德扫视长桌，看有没有他念书时认识的其他人。

左边隔着两个座位的，是理查德念书时的英语文学系学监，他没有表现出认识理查德的迹象。这倒是不足为奇，因为理查德在学院念书那三年里总是想方设法避开他，甚至用上了留大胡子和假扮其他人的伎俩。

学监旁边的男人，理查德从不需要费神去辨认。事实上，任何人都不需要。他身材瘦削，一张仓鼠脸，但长了一个最显眼的嶙峋长鼻——真的特别长、特别嶙峋。事实上，它非常像1983年帮助澳洲队赢得美洲杯帆船赛并引发争议的新式龙骨，这种相似性在当时引得人们议论纷纷，不过当然没有人当着他的面说出来。从来没有人当着他的面说过任何话。

从来——

没有人。

每个人第一次见他的时候，都会被他的鼻子惊到，尴尬得一句话也说不出来。然而等到第二次见面，有了第一次的铺垫，情况反而会更加糟糕。时间就这么一年一年过去，到现在已经过去了十七年。在这段时间里，沉默像茧壳一样裹着他。学院食堂的服务生早就养成了习惯，在他左右两侧各放一套盐、胡椒和芥末酱，因为不会有人请他帮忙递调料瓶，而请他另一侧的人递调料瓶不但无礼，而且有他的鼻子挡路，实际上根本不可能做到。

他还有一个奇异的特点，那就是每晚必定要做并且定期重复做一整套手势。它们包括按顺序轻轻触碰左手的每一根手指，然后是右手的每一根手指。他还会偶尔轻触包括指关节、手肘和膝盖在内的其他身体部位。每次为了吃饭而不得不停下动作的时候，他会转而轮流眨两只眼睛，间或使劲点头。当然了，从来没有人敢问他为什么要这么做，尽管所有人都好奇得要死。

理查德看不见他的另一侧是谁。

换个方向望去，雷格死气沉沉的邻座身旁是古典学教授沃特金，一个无趣、古怪得令人恐惧的家伙。他沉重的无框眼镜几乎是两块实心玻璃立方体，眼睛在里面像金鱼似的独自存在。他的鼻子还算挺拔和正常，但底下留着克林特·伊斯特伍德[1]式的胡子。他的视线在桌上游来游去，选择今晚找谁交谈。他心仪的猎物是来宾之一，新上任的BBC3台的台长，就坐在他对面——然而很可惜，学院的音乐总监和一名哲学教授已经缠上了台长。两个人忙着向这位折磨对象解释短语"莫扎特过度"是什么意思，企图给这五个字赋予某种符合逻辑的定义。可惜这个表达方式从本质上就自我矛盾，一个句子里只要有了它便会变得毫无意义，因此不可能建立起符合任何一种节目编排策略的论点。倒霉的台长紧紧地抓住刀叉，眼神左右扫射，绝望地寻找救星，却不幸撞进了沃特金教授的罗网。

"晚上好。"沃特金笑嘻嘻地抛出鱼饵，用最友善的态度点点头，然后让视线不动声色地歇在面前刚上桌的汤碗里，既然来

---

1 美国演员、导演、制片人，留过包住下半张脸的U形胡。

到了这儿，它就不会允许自己再被移开了。还不到时候。让那个浑蛋再受点煎熬吧。他希望这场救援至少能换来六期电台对谈节目的出场费。

先前雷格变戏法时响起了一阵咯咯的笑声，听上去像是个小女孩在笑。这会儿理查德忽然在沃特金的另一侧找到了笑声的源头。他震惊地发现那确实就是个小女孩。她大约八岁，一头金发，似乎闷闷不乐。她坐在那儿，不时厌烦地踢一脚桌腿。

"那是谁？"理查德惊讶地问雷格。

"谁是谁？"雷格惊讶地问理查德。

理查德偷偷地指了指小女孩。"那个女孩，"他悄声说，"那个很小的小女孩。新来的什么数学教授？"

雷格扭头打量她。"说起来，"他惊愕地说，"我完完全全不知道哎。从没发生过这种事。真了不起啊！"

就在这时，BBC的男人解决了他们的难题，他突然挣脱左右邻座施展的逻辑锁喉绝招，命令小女孩别再踢桌子了。她停止踢桌子，转而以加倍的魄力踢空气。他请女孩尽量开心一点，于是女孩开始踢他。她在这个阴郁的晚上总算享受了一瞬间的快乐，只可惜没能持续多久。她父亲简洁地和全桌人分享他家保姆有多让人失望，然而没人能与他共情。

"布克斯特胡德[1]的大型演出季，"音乐总监继续道，"显然

1　巴洛克时期知名作曲家和管风琴家。

迟到得太久了。相信你会一有机会就做些补救吧？"

"哦，呃，对，"女孩的父亲吓得洒了一勺汤，"呃，这个嘛……他和格鲁克[1]不是一码事，对吧？"

小女孩又在踢桌腿了。她父亲严厉地瞪了她一眼，她侧过脑袋，比着嘴型向他提问。

"现在不行。"他尽可能压低嗓门说。

"那什么时候行？"

"过一会儿。也许吧。过一会儿，等一等再说。"

她气呼呼地在椅子上拱起背。"你总是说过一会儿！"她对父亲比着嘴型说。

"可怜的孩子，"雷格喃喃道，"这张桌子上的各位教授，其实内心深处谁不是这样呢？哎呀，谢谢。"汤上桌了，他的注意力因此转移，理查德也一样。

两人各舀了两勺汤，得出相同的结论：这东西实在谈不上味觉轰炸。雷格重新开口："所以请告诉我，我亲爱的小伙子，你到底是干什么的来着？我知道和电脑有关，还和音乐有关。我记得你在学校里念的是英语文学。不过现在看起来，那只是你的业余爱好。"他从汤勺边缘射出视线，意味深长地打量理查德。"等一等，"教授抢在理查德有机会说话前再次开口，"我好像有个模糊的印象，你上学那会儿已经有个什么电脑了，哪一年

1　18世纪古典主义歌剧作曲家。

来着？1977？"

"呃，1977年的那东西，我们叫它电脑，其实只是电子算盘，但……"

"哎，你可不能低估算盘，"雷格说，"要是落在技艺高超的人手上，算盘也是一种极其精密的运算装置。另外，算盘不需要电，你随便捡点什么材料就能做一个，而且执行重要任务的时候不会叮叮当当响个不停。"

"照你说的，电子计算装置其实没有任何意义？"理查德说。

"说得好。"雷格表示认可。

"机器会做的事情没什么是你自己不会的，换了你自己去做，不但只需要一半时间，还能省掉无数麻烦，"理查德说，"但它呢，又非常擅长当一个又笨又迟钝的学生。"

雷格困惑地看着他，说："笨蛋学生难道现在很短缺吗？我坐在这儿随便扔个面包卷，就能砸中十几个。"

"我信。但换个角度看问题，教别人学东西的意义究竟是什么？"

他的话在长桌上下激起了一阵交头接耳，人们纷纷表示赞同和认可。

理查德继续道："我想说的是，假如你真的想理解一件事情，最好的办法就是尝试向另一个人解释它。这会逼着你先在自己脑海里把事情梳理清楚。你的学生越笨、越迟钝，你就越要把事情分解成更简单的概念。这就是编程的精髓。你把一件复杂的事情拆成一个个细小的步骤，到最后连愚蠢的机器都能解决问题，而你在这个过程中肯定会学到一些东西。老师学到的往往比学生多，这话没说错吧？"

"除非切除脑前额叶，"桌边有人低声抱怨，"否则很难比我那帮学生更学不进东西。"

"我用的电脑有16K内存，经常要挣扎好几天才能写出一篇文章，换成打字机顶多需要两个小时，但让我觉得有意思的是尝试向机器解释我希望它做什么的那个过程。事实上，我用BASIC语言写了个文字处理软件。光是执行一个简单的搜索与替换，就要耗费三个钟头。"

"我忘记了，不过你最近发表过什么论文吗？"

"呃，没多少。事实上，完全没发过，但我写不出来的原因才是最有意思的。举例来说，我发现……"

他停下，自嘲地笑笑。

"说起来，我还在一个摇滚乐队里弹键盘，"他又说，"更加浪费时间。"

"这个嘛，我就说不准了，"雷格说，"你的过去有些非常混沌的东西，我连做梦都想不到它有存在的可能。我不得不说，你和这碗汤具有某种相同的特质。"他用餐巾非常仔细地擦拭嘴唇。"回头我必须找厨房工作人员好好谈一下。我想确定他们是不是留下了该留下的东西，扔掉了该扔掉的东西。好，你刚刚说摇滚乐队。啧，啧，啧。我的天。"

"对，你没听错，"理查德说，"我们自称'还算好'乐队，但实际上并不好。我们的目标是成为二十世纪八十年代初的披头士，但我们在财务和法律方面得到的建议远远超过了披头士，总结下来就是三个字：放弃吧。所以我们就放弃了。我离开剑桥，饿了三年肚子。"

"但我在那段时间不是遇到过你吗？"雷格说，"你说你混得挺好？"

"就扫马路的工人而言，确实挺好。路上的垃圾多得可怕，要我说，多得足够撑起一整个行当。可惜我被解雇了，因为我把垃圾扫到了另一个人负责的区域里。"

雷格摇头道："看来这个职业不适合你。在很多行当里，这么做能保证你像坐火箭一样晋升。"

"我试过另外几份工作，但都好不到哪儿去。我在任何地方都待不久，因为我总是太累，没法好好干活。人们经常发现我趴在鸡棚或文件柜上呼呼大睡，具体是鸡棚还是文件柜就要看工作内容了。因为我夜里不睡觉，坐在电脑前面，教它演奏《三只瞎老鼠》[1]。对我来说，这是个非常重要的目标。"

"我完全相信。"雷格赞同道。"谢谢，"服务生收走他只喝掉一半的汤，他说，"非常感谢。《三只瞎老鼠》？好，很好。但毫无疑问，你最终成功了，所以才会有现在的名流地位，对吧？"

1　一首童谣。

"呃，说真的，没你说得那么轻松。"

"我知道肯定不轻松。可惜你没把它带来，否则说不定能逗那个可怜的小姑娘开心一下，不用被迫和咱们这些无聊又暴躁的老家伙做伴。《三只瞎老鼠》这种轻快的小曲肯定能给她鼓鼓劲。"他探出身子，隔着右面的两个邻座看了看小女孩，小女孩依然瘫坐在椅子里。

"你好啊。"他说。

她吓了一跳，抬头看了一眼，随即羞怯地垂下视线，继续摇晃她的腿。

"你觉得哪个更糟糕，"雷格问她，"是汤，还是这些人？"

她不情愿地呵呵一笑，耸耸肩，依然不肯抬起眼睛。

"我觉得你暂时不发表看法是明智的，"雷格继续道，"至于我本人，我打算等见识过胡萝卜再下判断。他们从周末就开始煮胡萝卜了，但我担心时间还是不够。能比胡萝卜更糟糕的东西只有一个，就是沃特金。他坐在咱俩之间，戴着一副傻乎乎的眼镜。顺便介绍一下，我叫雷格。你要是有时间，不妨过来踢我几下。"

小女孩被他逗得咯咯笑，抬头去看沃特金。沃特金不知所措，试图挤出一个和蔼的笑容，结果岂止是失败，简直令人毛骨悚然。

"你好，小姑娘。"他尴尬地说。她看清楚他的眼镜，竭力按捺住大笑的冲动。他们接着闲聊了几句，但小女孩多了个朋友，总算比刚才稍微高兴了一丁点儿。她父亲对她露出如释重负的笑容。

雷格重新转向理查德，理查德忽然问："你有家人吗？"

"呃……没有。"雷格平静地说，"来，你继续说，教完《三只瞎老鼠》，然后呢？"

"中间的各种转折就跳过不说了，总之最后我开始为前进之路科技公司工作……"

"哎呀，著名的路先生。来和我说说，他是个什么样的人？"

这个问题总是让理查德有点恼火，可能是因为有太多人问过他相同的问题。

"比他在媒体上的形象更好也更坏。其实，我很喜欢他。他和任何一个奋斗狂一样，有时候会让人有点难堪，但我在公司草创时期就认识他了，那会儿他和我都还没有半点名声。他为人挺好，但除非你有一台工业级的自动答录机，否则就千万别让他拿到你的电话号码。"

"咦，为什么？"

"他属于只有在说话时才能思考的那种人。每次他有点子了，就非要找个人把点子说出来不可，随便什么人都行。要是这个人本人不方便接电话——这种情况现在越来越常见了——自动答录机也能扮演同样的角色，他就会一个电话打过去，然后对着答录机说话。他有个秘书只负责一件事，就是从他有可能打电话的那些人手上搜集磁带，转成文字后加以整理，第二天装在一个蓝色文件夹里交给他。"

"一个蓝色文件夹？"

理查德耸耸肩，又说："想知道他为什么不直接用录音机吗？"

雷格想了想。"我猜他不用录音机是因为不喜欢自言自语，"他说，"这里头有个逻辑——算有一点吧。"

他吃了一大口新上桌的法式胡椒猪肉，嚼了好一阵，然后轻轻地放下刀叉。

"那么，"他最终说，"麦克达夫，你在这里面扮演什么角色呢？"

"哦，戈登让我负责编写苹果电脑的一个重要软件，财务电子表格，用来管账什么的，功能强大，使用便捷，能生成各种图表。我问他具体希望软件有什么功能，他只说：'一切。我要一套超高级的商业软件，那台机器用上就什么歌都会唱，什么舞都会跳。'我的脑子拐了个有点异想天开的弯儿，从字面上理解了他的话。

"你知道，一组有序的数字能描绘任何一样东西，能用来映射任何一个表面，调节任何一个动态过程，诸如此类。而一家公司的会计账本，归根结底也无非是一组有序的数字。于是我坐下来写了个程序，它能接收这些数字，做你想用数字做的任何事情。你想要直方图，它会吐出直方图；你想要饼图或散点图，那它就会吐出饼图或散点图。假如你希望一个美女跳着舞从饼图里蹦出来，吸引人们的注意力，免得他们去看饼图实际代表的数字，程序同样能做到。或者你也可以把数字变成……比方说一群海鸥，它们飞进屏幕的队形以及每只海鸥拍打翅膀的方式都能由贵司各分部的绩效来决定。它特别适合生成具有实际意义的企业徽标动画。

"然而最愚蠢的一个功能是这样的：要是你想用一部音乐作品来描绘公司账本，程序同样能做到。好吧，我本人认为这个功能很愚蠢，而企业界却为之痴狂。"

雷格小心翼翼地叉起一块胡萝卜，然后隔着胡萝卜严肃地望着理查德，但没有打断他的话。

"你要明白，一部音乐作品的任何一个段落都可以表达为数字的序列或模型，"理查德狂热地说，"数字能表达音高、音长，以及音高与音长的排列……"

"你指的是曲调。"雷格说。胡萝卜没动过地方。

理查德咧开嘴。

"'曲调'这个词倒是挺适合。我会记住的。"

"能帮你把话说得更流畅。"雷格放下胡萝卜，连尝都没尝一口。"那么，软件卖得很好喽？"他问。

"在英国不太行，大多数英国公司的年度决算报表转换后，怎么听都像《扫罗》里的《死亡进行曲》[1]，但是日本公司的账单们听着就像老鼠见了肉星子似的。它生成了许多欢快的公司颂歌，

1　《扫罗》是英国作曲家乔治·亨德尔创作的三幕清唱剧。《死亡进行曲》是其中的第三幕，曾在乔治·华盛顿、丘吉尔、李光耀等人的葬礼上被演奏。

开头往往很动听，然而非要鸡蛋里挑骨头的话，那就是结尾往往有点吵闹和嘈杂。它在美国简直是个商业奇迹，从生意角度说，美国是我们最大的市场。不过现在我最感兴趣的是去掉会计数据后软件的表现。把代表燕子振翅方式的数字直接转换成音乐，你会听见什么？借用一句戈登的话：反正不会是收银机的叮当声。"

"有意思，"雷格说，"非常有意思。"然后总算把胡萝卜塞进了嘴里。他转过去，探出身子，对新认识的小女孩说话。

"沃特金输了，"他正色道，"胡萝卜难吃的程度简直前所未有。对不起，沃特金，但非常抱歉，就像你差劲的人品那样，胡萝卜糟糕得举世无双。"

女孩咯咯笑得比刚才更自在了，她还朝教授露出微笑。沃特金尽量不动声色，然而从他眼神游向雷格的样子可以看出，他更习惯捉弄别人，而不是被人捉弄。

"求你了，爸爸，现在可以了吗？"女孩有了那么一丁点儿自信，同时也有了说话的勇气。

"等一等。"她父亲依然这么说。

"已经等了很久了。我一直在算时间。"

"呃……"他犹豫着，不知如何是好。

"我们去了希腊。"女孩用微弱但自豪的声音宣布。

"哦，原来如此，"沃特金微微点头，"好的，好的。去了什么具体的地方吗？还是说就是希腊？"

"帕特莫斯，"她毫不迟疑地说，"非常美丽。我认为帕特莫斯是全世界最美丽的地方。除了渡轮绝对不会按时靠岸，一次也没有，我记录过时间。我们误了航班，但我不介意。"

"啊哈，帕特莫斯，我明白了，"沃特金说，这个消息显然撩起了他的兴趣，"好的，你必须明白，年轻的女士，希腊不满足于统治古典世界的文化，还创造出了本世纪最伟大的——甚至有人认为是唯一的——真正有创造性的想象作品。我指的当然是希腊渡轮的时间表，一部出神入化的虚构作品。任何一个人，只要去爱琴海旅行过，都会赞同这一点。嗯，对，本人之见。"

女孩对他皱起眉头。

"我发现了一个陶罐。"她说。

"多半什么都不是，"她父亲连忙插嘴，"你们明白那是怎么回事。任何人第一次去希腊都会以为他们发现了什么陶罐，是不是这样？哈，哈。"

众人纷纷点头。确实如此。让人生气，但确实如此。

"我在港口发现的，"女孩说，"在水里。在我们等该死的渡轮的时候。"

"萨拉！我说过……"

"你就是那么说的。还有更难听的呢。你用的那些词，我本来以为你根本不会说呢。反正，既然在座诸位都觉得自己聪明绝顶，那一定有人能告诉我这东西究竟是不是真的来自古希腊。我认为它非——常——古老。老爸，你能给他们看看吗？"

她父亲绝望地耸耸肩，把手伸到椅子底下去拿东西。

"年轻的女士，"沃特金对她说，"你知道《启示录》就是在帕特莫斯写成的吗？确实如此，是圣约翰写的，你肯定知道吧。在我看来，里面有一些非常显著的迹象表明作者是在等渡轮的时候写了这篇东西。嗯，对，本人之见。它开篇的白日梦气氛，对吧，正符合一个百无聊赖的人消磨时间的状态，无所事事，你懂吧，他就开始编故事，然后越编越起劲，到最后高潮来了，他陷入某种绝望的狂想。我认为这个看法很有启发性，也许你该就此写篇论文。"他朝女孩点点头。

女孩看他的眼神像是在看疯子。

"啊哈，找到了。"她父亲说，把那东西重重地扔在桌上。"一个普普通通的陶罐，大家都看见了。她只有六岁，"他自嘲地笑笑，"对吧，亲爱的？"

"七岁。"萨拉说。

陶罐并不大，五英寸[1]高，最宽处直径四英寸。罐体近乎球形，颈部很细，从罐体向外突出不到一英寸。颈部和罐体的一半表面被板结的泥土所覆盖，能看清的其他地方布有粗糙的红色纹理。

萨拉拿起陶罐，硬塞给她右边的那位教授。

"你似乎很聪明，"她说，"请说说你的看法。"

1　1英寸≈2.54厘米。

教授拿住陶罐，用有点傲慢的视线仔细查看。"要是你刮掉罐底的泥土，"他说起了俏皮话，"我猜肯定会看见'伯明翰制造'这几个字。"

"有那么古老吗？"萨拉的父亲假笑道，"伯明翰似乎很久不制造任何东西了。"

"不过，"教授说，"这不是我的研究领域，我是分子生物学家。其他人想看一看吗？"

回应他的不是举席欢腾的狂热争抢，但陶罐还是被断断续续地辗转传到了长桌尽头。人们隔着厚厚的圆形镜片凝视它，透过角质框眼镜打量它，越过半月形眼镜注视它；把眼镜忘在另一套正装口袋里的人则眯起眼睛盯着它，他非常担心那套正装已经被送去清洗了。他们没人能确定它的年代，也并不特别关心。小女孩的表情又变得沮丧。

"这就是腐儒。"雷格对理查德说。他又拿起银质盐瓶，举到半空中。

"年轻的女士。"他探出身子对女孩说。

"哦，别再来这套了，你个老傻瓜。"年迈的考古学家考利说。他向后靠，用双手捂住耳朵。

"年轻的女士，"雷格重复道，"请看，这是一个普通的银质盐瓶，这是一顶普通的帽子。"

"但你没戴帽子。"女孩忧郁地说。

"哦，"雷格说，"稍等片刻。"他去取来了他的红色羊毛帽。

"你看，"他又说，"这是一个普通的银质盐瓶，这是一顶普通的羊毛帽。我把盐瓶放进帽子里，然后我把帽子递给你。戏法的下一步，我亲爱的女士……完全取决于你。"

他隔着两个碍事的邻座——考利和沃特金——把帽子递给女孩，女孩接过帽子往里看。

"去哪儿了？"她盯着帽子说。

"那要看你把它放在哪儿了。"雷格说。

"哦，"萨拉说，"我明白了。但……似乎不太好玩。"

雷格耸耸肩："一个简单的小戏法，但能给我带来乐趣。"然后转回去对理查德说，"那么，刚才聊到哪儿了？"

理查德看着他，有点震惊。他知道教授的情绪时常会突然拐进稀奇古怪的岔道，但这次教授的热情似乎在瞬息之间消失殆尽。理查德见过教授的这个表情，多年前他第一次在傍晚去拜访显然毫无准备的教授时，见到的就是这一脸心烦意乱。雷格大概觉察到理查德吓了一跳，立刻重新挤出笑容。

"我亲爱的小伙子！"他说，"我亲爱的小伙子！我最最亲爱的小伙子！我刚才说到哪儿了？"

"呃，你刚才在说'我亲爱的小伙子'。"

"对，但我觉得那似乎是其他什么话的前奏。它就像一小段托卡塔[1]，主题是你这个小伙子多么了不起，随后就要引入我想说的

---

1 一种富有自由即兴性的键盘乐曲，用一连串的分解和弦以快速的音阶交替构成。

主体部分了，然而我忘掉了后者的具体内容。你知道我打算说什么吗？"

"不知道。"

"哦。好吧，我想我应该很高兴。要是人人都知道我打算说什么，那我说话还有什么意义呢？那么，咱们来看看这位小客人的陶罐吧。"

陶罐已经传到了沃特金手上，他宣称他不是研究古人饮具的专家，他只研究人们就此写出的论文。他说考利在这方面的知识和经验是所有人都必须鞠躬致敬的，然后试图把陶罐塞给考利。

"我说了，"沃特金重复道，"你在这方面的知识和经验是我们都必须鞠躬致敬的。老天在上，你就别捂耳朵了，接过去稍微看两眼吧。"

他轻柔但坚定地掰开考利的右手，重新向他解释情况，然后把陶罐塞到他手里。考利简略但明显非常专业地看了一遍陶罐。

"我认为，"他说，"它大概有两百年历史。很粗糙，在这一类物品中算是非常拙劣的样本。当然了，毫无价值。"

他不由分说地放下陶罐，抬眼望向古老的门楼眺望台，天晓得为什么，它激起了他的怒火。

这番话带给萨拉的影响显而易见。她本来已经很气馁了，现在更是彻底变得沮丧。她咬住嘴唇，把身体往椅背上一扔，随即觉得自己幼稚得可笑，与这个场所格格不入。父亲瞪了她一眼，提醒她注意仪态，然后再次替她道歉。

"噢，布克斯特胡德，"他连忙改变话题，"对，布克斯特胡德那老小子。我们必须研究一下，看能不能做些什么。告诉我……"

"年轻的女士，"有人突然叫道，嘶哑的声音里充满惊诧，"你显然是一位魔法师，一位女巫，拥有巨大的力量！"

众人望向雷格——这个喜欢卖弄的老家伙。他拿起陶罐，用狂热的着迷眼神盯着它。他缓缓地把视线转向小女孩，像是碰上了一名令人生畏的敌手，正在第一次认真评估对方的能耐。

"请允许我向您致敬，"他轻声说，"虽然比起您的大能，本人是如此微不足道，但我恳请您准许我向您祝贺，因为我居然有幸目睹了魔法技艺中最精妙的一项伟绩！"

萨拉瞪大眼睛望着他。

"我可以让他们看一看您的伟绩吗？"他认真地问。

女孩微不可察地点点头，他拿起陶罐——曾经被女孩极为珍视，但现在惨遭遗弃——在桌上使劲磕了一下。

陶罐裂成不规则的两块，包裹罐体的黏土化作参差不齐的碎屑，掉在桌面上。陶罐的一侧倒下去，剩下的一块立在那里。

萨拉的眼睛瞪得都快掉出来了，因为有个东西卡在陶罐还立着的那一块里，它脏兮兮的，表面氧化变色，但你看一眼就知道那是学院餐厅的银质盐瓶。

"愚蠢的老傻瓜。"考利嘟囔道。

廉价的客厅戏法引来了一阵蔑视和谴责，但两者都没有减少萨拉眼神里的敬畏。雷格又转向理查德，漫不经心地说："你当年在学校里的那个朋友，后来还见过他吗？小伙子有个稀奇的东欧名字，斯弗拉德什么来着。斯弗拉德·切利。记得那家伙吗？"

理查德茫然地盯着他看了几秒钟。

"斯弗拉德？"他最后说，"哦，你说的是德克。德克·切利。不，我和他断了联系。我在街上遇到过他几次，但没什么交情。他好像动不动就改个名字。为什么问起他？"

第五章

　　岩岬高处，电僧依然坐在马背上，而马还是那么沉默寡言，那么任劳任怨。粗布僧袍的兜帽底下，电僧目不转睛地盯着峡谷深处，峡谷给它带来了一个新问题，这个问题对电僧来说极为恐怖，因为它就是——怀疑。

　　电僧受到怀疑折磨的时间从来都不长，然而每次狭路相逢，怀疑都会啃噬它的存在基础。

　　天气酷热，太阳盘踞在空荡荡的朦胧天顶，蹂躏着灰色的岩石和低矮的枯干杂草。没有任何动静，连电僧都一动不动。稀奇古怪的念头在它的大脑里沸腾，每当数据片段在通过输入缓冲区发生寻址错误时，就会出现这样的情况。

　　但电僧还是开始相信了。起初还战战兢兢的，不过很快，新的信仰就像炽烈的白色火焰，推翻了先前的全部信仰——相信山谷是粉色的愚蠢念头也不例外。它开始相信在山谷深处的某个角落里，从它所在之处向下大约一英里的地方，很快就会打开一道神秘莫测的大门，那道门通向一个奇异而遥远的陌生世界，而它应该走进那道门。这是一个令人惊愕的念头。

然而更加令人惊愕的是，这次它完全正确。

马觉察到要发生什么事情了。

它竖起耳朵，轻轻甩动脑袋。它盯着同一片乱石看得太久，已经进入恍惚状态，即将开始想象它们是粉色的了。它更使劲地甩了甩脑袋。

缰绳一抖，电僧的脚后跟轻轻一戳，它们就出发了，马小心翼翼地沿着怪石嶙峋的山坡向下走。山路险峻。山坡以棕色和灰色的松脱页岩为主，偶尔有些棕色和绿色的植物攀附在不怎么牢靠的地面上。电僧注意到这一点，内心毫无波动。它这个电僧已经变得更加老成和睿智，早已把幼稚的念头抛在脑后。粉色的山谷，雌雄同体的桌子，这些都是一个人通往真正启蒙所必经的自然阶段。

猛烈的阳光落在它们身上。电僧擦掉脸上的汗水和灰土，它勒住马，趴在马脖子上探身张望。它在摇曳的热浪中望定一大块露头岩，这块巨石屹立在谷底，电僧认为——更确切地说，从其存在核心狂热地相信——那道门将在石块背后出现。它尝试进一步聚焦视线，然而在蒸腾的热气中，视线抖动得令人晕眩。

它坐回鞍座上，正要驱马前进的时候，忽然注意到一件怪事。

不远处有一块还算平坦的岩壁——事实上岩壁离它非常近，

电僧惊讶于自己先前居然没有注意到——上面有一幅巨大的画。这幅画很粗糙，然而线条间并不欠缺风格，看上去非常古老，很可能古老得不可思议。涂料已经褪色并成块剥落，你很难看清楚它画的究竟是什么。电僧凑近了端详，似乎是史前的狩猎场景。

有一群多肢体的紫色生物，明显是早期的猎手。它们拿着简陋的长矛，正在追一只长角披甲的巨大动物，猎物似乎已经受伤。这幅画严重褪色到接近消失。事实上，你能完全看清楚的只有猎人的白牙，那些牙齿白得闪闪发亮，并没有受到几万年时光的磨损。说真的，它们让电僧的牙齿都相形见绌，尽管它今天早晨刚刚刷过牙。

电僧见过类似的绘画，但只在照片里或电视上见过，从没亲眼见过。人们通常会在岩洞里发现它们，岩洞能保护它们不受自然因素的侵扰，否则就不可能保存下来了。

电僧更仔细地打量岩石周围的环境，注意到尽管这里不是洞穴，但上面有一大块悬岩，正好挡住了风霜雨雪。这幅画居然能存留至今，真是咄咄怪事；更奇怪的是，人们到现在都还没有发现它。这些洞穴壁画上都是家喻户晓的形象，然而电僧从没见过眼前的这一幅。

这很可能是一个戏剧性的历史大发现。假如电僧回到城市，宣布这个发现，人们会重新接纳它，给它装上新的主板，允许它相信……相信……相信什么来着？它停下来，眨眨眼，摇摇头，清理暂时性的系统故障。

它迅速恢复常态。

它相信的是一道门。它必须找到那道门。那道门是一条路，通往……通往……

那道门就是路本身。

很好。

想应付你不知道答案的问题，黑体字永远是最好的办法。

电僧粗暴地拽着马头转了半圈，策马走下山坡。沿着难走的道路又走了几分钟，电僧和马终于来到谷底。电僧一时间陷入了惊恐，因为枯干的褐色土地上积了一层细细的尘土，而它发现这层尘土确实是泛着褐色的淡粉色，在河岸上尤其显眼。这条河每逢雨季就会在谷底奔涌，但在炎热的季节只是缓缓淌动的泥泞涓流。它跳下马，弯腰去摸粉色的尘土，让尘土在手指间滑过。尘土非常细致、柔软，摩擦皮肤的感觉很舒服。尘土的颜色也像皮肤，只是稍浅一点。

马在看它。它意识到——尽管稍微有点晚——马肯定渴坏了。它自己也渴坏了，但一直尽量不去想喝水的事。它解下鞍座上的水壶。水壶轻得可怜。它拧开盖子，喝了一口，然后拢起一只手，倒了些水在手心里伸向马，马贪婪地一口舔干净。

马抬起头，继续看它。

电僧哀伤地摇摇头，拧上壶盖，把水壶放回去。它有一小部分意识用来保存事实和逻辑，这部分意识告诉它，这点水撑不了太久，而没有水，它和马也都撑不了多久。驱使它前进的仅仅是信仰，这会儿具体来说是它对那道门的信仰。

它拍了拍粗糙袍服上的粉色尘土，挺直身体望向一百码[1]开外的露头岩。它望着巨石，视线里闪过一丝最轻微的颤抖。尽管意识的绝大部分都坚定而不可动摇地相信巨石背后有一道门，那道门将是它的路，但大脑里理解水壶现状的那一小部分还是不由自主地想起了以往的一次次失望，于是用一个虽然微小但足够刺耳的音符来提醒它。

假如它选择不去亲眼看那道门，那它就可以继续相信这道门直到永远。这道门将成为它生命（"它所剩无几的生命。"理解水壶现状的那部分大脑说）中的定海神针。

但假如它走过去拜见那道门，但门不在那儿……它该怎么办？

马不耐烦地呜咽一声。

答案非常简单。电僧有一整块电路板专门用来解决这种问题，事实上这正是它的核心功能。它会转而相信它在那里发现的任何一个事实，信仰不就是这个意思吗？

门会在那里的，即便门原本不在那里。

它鼓起勇气。门会在那儿的，它必须穿过那道门，因为那道门就是它的路。

它没有上马，而是牵着马向前走。这条路肯定很短，它应该谦卑地走向那道门。

1　1码≈0.91米。

它勇敢地挺胸抬头，庄重而缓慢地向前走。它接近巨石。它来到巨石旁。它拐过巨石。它望向前方。

门就在那里。

马不得不承认，自己非常吃惊。

电僧敬畏地跪倒在地，手足无措。它已经做好了一切准备来迎接它惯常遭遇的失望，尽管它永远不知道承认——它根本就完全没有准备好。它盯着那扇门，茫然地陷入了系统故障。

它从没见过这么一道门。它见过的门全都是精钢加固的庞然大物，因为那些门需要保护里面的录像机、洗碗机和必须相信一切的昂贵电僧。但这道门非常简单，仅仅是一扇小小的木门，尺寸和电僧的身体差不多。一扇电僧尺寸的门，漆成白色，在一侧快到半中间的地方有个坑坑洼洼的黄铜门把手。门就立在岩石地面上，无论是来源还是用途都难以解释。

惊愕之余，可怜的电僧不知道从哪儿冒出了勇气，它摇摇晃晃地爬起来，战战兢兢地牵着马走向那道门。它伸出手触碰门——警铃没响，它惊愕得向后跳了一步。它再次触碰门，这次稍微坚决了一点。

它让一只手缓缓落在门把手上——警铃还是没响。它等了几秒钟，确定真的没问题，然后开始转动门把手，动作非常轻柔。它感觉到门锁松开了。它屏住呼吸。什么也没有发生。它把门朝自己这边拉，门一拉就开了。它往门里看，与外面的沙漠阳光相比，里面的光线过于昏暗，它什么也看不见。最后，惊讶得濒临死亡的电僧终于牵着马走进了那道门。

几分钟后，一个人搓完了脸上的灰土——他坐在旁边的一块岩石背后，因此电僧没有看见他——他站起身，伸展四肢，拍着衣服走向那道门。

第六章

在上都，忽必烈汗曾

下令造一座堂皇的安乐殿堂：[1]

朗读者显然秉持着这样的观点：要想彰显一首诗的严肃感和伟大性，最好的办法就是用傻乎乎的声音把它念出来。他时而高飞，时而俯冲，扑向诗里的字词，吓得它们弯腰闪避，抱头鼠窜。

这地方有圣河亚佛流奔，

穿过深不可测的洞门，

直流入不见阳光的海洋。

1　屠岸译，下同。——译者注

理查德放松身体，往后一靠。与圣塞德学院英语系的任何一名毕业生一样，他也非常熟悉这些字词，它们轻松自然地掉进他的脑海。

人们非常看重学院和柯勒律治之间的联系，尽管他以喜欢借助某些药品取乐而闻名，而这部伟大诗篇，正是在这样的幻梦中写出来的。

完整的手稿被存放在学院图书馆的保险库里，在定期举行的柯勒律治晚宴上，人们会看着手稿朗读这首诗。

> 有方圆五英里肥沃的土壤，
> 四周环绕着楼塔和城墙：
> 那里有花园，蜿蜒的溪河在其间闪耀，
> 园里树枝上鲜花盛开，一片芬芳；
> 这里有森林，跟山峦同样古老，
> 围住了洒满阳光的一块块青青草场。

理查德在算读完这首诗需要多少时间。他扭头去看他以前的学监，老先生不屈不挠的坚定姿态让他害怕。抑扬顿挫的声调刚开始听得他心烦意乱，但没过多久就变成了催眠曲，他看见融蜡沿着蜡烛边儿向下滴渗，火苗微弱，摇曳的光芒投在凌乱的餐桌上。

> 但是，啊！那深沉而奇异的巨壑

沿青山斜裂，横过伞盖的柏树！
野蛮的地方，既神圣而又着了魔——
好像有女人在衰落的月色里出没，
为她的魔鬼情郎凄声号哭！

吃饭时他允许自己喝了几小口红酒，酒精暖洋洋地渗入他的血管，没多久他就开始走神了。雷格先前的问题勾起回忆，让他想到了以前的那位……朋友？能用朋友称呼他吗？不知道他现在怎么样了。他更像是一长串稀奇古怪的事件，而不是一个人。"他确实有朋友"这一推测倒也不是那么不可能，而更像是某种概念的错配，荒谬程度堪比你说苏伊士运河危机的起因是个圆面包。

斯弗拉德·切利。更受欢迎的称呼是德克，但话又说回来了，"受欢迎"这个词只怕用错了地方。应该说是声名狼藉，没错。总有人在找他，总有人在琢磨他，确实是真的，但"受欢迎"？恐怕只是公路上一起严重车祸的那种受欢迎：每个人路过都会放慢车速好好看一眼，但没人愿意靠近熊熊燃烧的烈焰——听起来更像是"臭名昭著"。斯弗拉德·切利，更臭名昭著的称呼是德克。

他比一般大学生更浑圆，也更爱戴帽子。其实是这样的，他习惯戴在头上的帽子只有一顶，然而像他这么年轻的人很少会对戴帽子这么狂热。那是一顶深红色的圆帽子，帽檐非常平坦，底下像是接了个万向轮，无论脑袋怎么动，帽子都能保持水平。作为一顶帽子而言，这件个人饰品离出神的杰作恐怕还很遥远，只能用非同寻常来形容。把它扣在一盏床头灯上，也许会得到一件优雅的装饰，有格调，有形有款，讨人喜欢，然而除此之外，戴在其他地方就不行了。

人们围着他打转，吸引他们的是他矢口否认曾发生在自己身上的故事，然而这些故事的来源，要是没有他本人的否认，就不会这么清楚得一览无余。

故事牵涉到应该是他从母亲家族那里继承来的通灵力量，而据他声称，这个家族曾经居住在特兰西瓦尼亚[1]比较开化的那一头。也就是说，他根本没声称过这些，反而斥之为最荒谬的胡说八道。他矢口否认他家里有任何种类的蝙蝠，威胁说谁敢散播这种恶毒谣言他就起诉谁，然而他特别喜欢穿一件宽大如翅膀的皮外套，还在他的房间里放了一台器械，就是倒挂在上面能治疗腰背疼痛的那种器械。他会在一天里的各种时刻让别人撞见他倒挂在器械上，尤其是深夜，然后气急败坏地否认这种行为具有任何意义。

基于他精心策划的战略部署，他否认了一系列极其耸人听闻和异乎寻常的事情，从而成功创造了一个神话：他是能通灵的神秘主义者、会心灵感应的超自然主义者、有透视眼的精神毒石吸

1　今属罗马尼亚。

血蝙蝠。

"精神毒石"是什么意思？

这个词是他自己说出来的，他发疯般地否认它具有任何意义。

> 巨壑下，不绝的喧嚣在沸腾汹涌，
>
> 似乎这土地正喘息在快速而强烈的悸动中，
>
> 从这巨壑里，不时迸出股猛烈的地泉；
>
> 在它那时断时续的涌迸之间，
>
> 巨大的石块飞跃着……

另外，德克永远身无分文，然而这一点很快就发生了改变。

首先上套的是他的室友曼德尔，一个听风就是雨的家伙。事实上，德克之所以会看上他，多半就是因为他的轻信。

斯蒂夫·曼德尔注意到德克喝多了躺下后会说梦话。会说梦话不稀奇，稀奇的是他会在睡梦中说奇怪的话，例如："打开商路咕噜咕噜嗝是帝国成长的转折点呼噜胡话咕噜。讨论。"

> ……像反跳的冰雹，
>
> 或者像打稻人连枷下的一撮撮新稻：

第一次听见他说梦话的时候，斯蒂夫·曼德尔立刻坐了起来。当时正值二年级预备考试前夕，德克的梦话——更确切地说，是明智而审慎的梦中嘟囔——听上去很像是《经济史》考卷上的题目。

曼德尔无声无息地起床，蹑手蹑脚地走到德克床边，竖起耳朵仔细听，但只听见了几句彼此毫无联系的胡话，其中提到石勒苏益格-荷尔斯泰因和普法战争，后者的大部分内容还被德克塞进了自己的枕头，再多的曼德尔就听不到了。

但消息传了出去——悄悄地，偷偷地，仿佛野火燎原。

> 从这些舞蹈的岩石中，时时刻刻
> 迸发出那条神圣的溪河。

接下来的一个月，德克发现每天都有人好吃好喝地招待他，希望他能睡得更加踏实，在梦里多说几道考试题目。说来奇怪，招待他的饭菜越精美，佳酿越高级，他就越不会把脸埋在枕头里。

不难看出，德克的计划是充分利用他所谓天赋的同时，又不承认他拥有天赋。事实上，对于他那些所谓能力的传闻，他的反应是公开的怀疑，甚至是敌视。

> 迷乱地移动着，蜿蜒了五英里地方，
> 那神圣的溪河流过了峡谷和森林，
> 于是到达了深不可测的洞门，
> 在喧嚣中沉入了没有生命的海洋；

从那喧嚣中忽必烈远远地听到

祖先的喊声预言着战争的凶兆！

德克还有——当然他否认他有——灵听能力。有时候他会在睡梦中哼歌，结果两周后他哼的小曲成了某人的热门单曲。这很难不让人产生联想，对吧？

为了建立神话，他其实只会做最少量的一点调查。他非常懒，他所做的基本上就是利用其他人的狂热和轻信替他实现目标。懒惰是核心要素——假如他用所谓超自然能力做到的事情过于细致和精确，人们反而会起疑心，转而寻求其他的解释。但反过来，他的"预言"越是语焉不详和模棱两可，人们就越会用一厢情愿的想法弥补可信性上的缺口。

德克对此一向不以为然，至少看起来如此。事实上，作为一名学生，每天有人掏钱请他好吃好喝，你不坐下来算算账，就意识不到他得到的好处其实大得超乎想象。

当然了，他绝对不会承认——实际上，他会激烈地否认——这些事情里有任何一件是真的。

就这样，在期末考试来临前，他给自己铺好了路，一个非常漂亮、巧妙的小小骗局即将上演。

安乐的宫殿有倒影，

宛在水波的中央漂动；

这儿能听见和谐的音韵，

来自那地泉和那岩洞。

这是个奇迹呀，算得是稀有的技巧，

阳光灿烂的安乐宫，连同那雪窟冰窖！

"我的天……！"雷格突然从瞌睡中惊醒，葡萄酒和朗读携手把他送进了梦乡。他用茫然的诧异目光扫视周围，却发现一切都没有改变。温暖而惬意的寂静笼罩了整个大厅，柯勒律治的诗句在其中缓缓流淌。雷格又皱了皱眉，落入另一场瞌睡，但这次的梦境更有吸引力一点。

有一回我在幻象中见到

一个手拿德西马琴的姑娘：

那是个阿比西尼亚少女，

在她的琴上她奏出乐曲，

歌唱着阿伯若山。

德克允许同学们说服他接受催眠，认真预测那年夏天的考试题目。

把这个主意种进众人脑海的从一开始就是他。他阐述了他无论如何都不能做这种事，然而出于种种原因，他又愿意这么做，只是为了用这个机会来证伪他本人强烈否认自己拥有的所谓超自然能力。

打好这些地基，经过精心准备，最后他终于同意了——仅仅因为这么做能一劳永逸地消灭一切愚蠢的念头，愚蠢得难以形容、令人厌烦的念头。他会在严格监督下通过自主书写来预测考题，把结果封在信封里存进银行，直到考试结束。

然后打开信封，看他预测得到底准不准确。

不出所料，数量相当可观的同学企图用相当可观的金额贿赂他，允许他们看他写下的预测，但这样的想法让他惊愕莫名。他说，这么做可就太不诚实了……

> 如果我心中能再度产生
> 她的音乐和歌唱，
> 我将被引入如此深切的欢欣，
> 以至于我要用音乐高朗又久长地
> 在空中建造那安乐宫廷，
> 那阳光照临的宫廷，那雪窖冰窟！

然而，仅仅过了几天，人们看见德克一脸焦急和愁苦地出现在镇上。别人问他有什么烦心事，刚开始他只是挥挥手，最终透露他母亲必须要做某种极其昂贵的牙科手术，他不肯说具体原因，只说必须去私人诊所做，但问题是他没钱。

情况急转直下，他开始接受捐款，为母亲筹集所谓的医疗费用，捐款的回报是能飞快地看一眼他预测的考试题目。事实证明，这条路足够陡峭而油水充足，他没怎么反抗就滑了下去。

接下来人们进一步得知，只有一位医生能做这种神秘的牙科手术，但那位东欧外科专家搬家去了马里布，因此德克不得不大幅提高捐款的最低限额。

当然了，他还是否认他的能力有众人吹捧得那么出众，事实上他根本不承认它们存在。他坚称要不是为了证伪，他绝对不会答应这么做——但与此同时，既然其他人愿意承担风险，相信他拥有他其实并没有的某些能力，他也乐于纵容他们的盲从，甚至允许他们为他神圣的母亲付手术费。

他无疑能从这个局中全身而退。

或者至少他这么认为。

> 谁都能见到这宫殿，只要听见了乐音，
>
> 他们全都会喊叫：当心！当心！
>
> 他飘动的头发，他闪光的眼睛！

德克在催眠下通过无意识书写预测的考卷，其实是他通过极少量的调查研究拼凑起来的，任何一个参加考试的学生都能做到：你只需要仔细阅读以前的考卷，看里面存不存在规律以及存在什么规律，然后开动脑筋，猜测这次的考题。他确定这样的成功率能达到一定水平：足够高，可以满足轻信的同学；但又足够低，让整件事不至于显得可疑。

他就是这么做的。

但结果他被炸得粉身碎骨，掀起巨大的风波，最后坐在警车后排座位上被送出剑桥。原因很简单，他卖掉的考卷与真正的考卷一模一样。

一模一样。每个字都一样。每个逗号都一样。

织一个圆圈，把他三道围住，

闭上你两眼，带着神圣的恐惧，

因为他一直吃着蜜样甘露，

一直饮着天堂的琼浆仙乳……

报纸上出现好一阵耸人听闻的报道，揭露他是个骗子，然后又吹捧他是真货，为的是能够再一次揭露他是骗子，然后再一次吹捧他是真货。直到他们玩腻了，换了个更有油水的斯诺克选手骚扰，事情才算是告一段落。

之后的这些年里，理查德偶尔会在街上遇见德克，德克首先会露出有所保留的似笑非笑，问你记不记得他欠你钱，然后绽放出满脸笑容，希望你能借给他一点钱。德克的名字变来变去，理查德据此猜测被这么对待的人不止自己一个。

理查德由衷地感到悲哀，一个人在校园的小世界里能显得那么璀璨夺目、生机勃勃，来到平凡的日子里却黯然失色。理查德不禁思考起雷格刚才为什么会突然打听德克的近况，而且语气听起来还非常轻快随意。

他再次扫视周围，看着身旁轻轻打鼾的雷格；看着全神贯注一声不响的小萨拉；看着昏暗摇曳的微光映照下的幽深厅堂；看着高挂于黑暗中的暮年首相和诗人的画像，烛光中只有牙齿在闪闪发亮；看着英语系学监用朗诵诗歌的调门朗诵诗歌；看着学监手里的《忽必烈汗》原稿；最后偷偷看了一眼手表。他重新坐好。

朗读还在继续，念到了这首诗的第二部分，那是完全陌生的一部分……

第七章

这是戈登·路人生的最后一个夜晚，他在思考雨下到周末会不会停。气象预报说近期天气多变，今晚有雾，周五和周六晴朗但寒冷，周日傍晚所有人赶回城区时或有零星阵雨。

这里的所有人并不包括戈登·路。

气象预报当然不会报得这么详细，这毕竟不是气象预报员的工作，然而他的占星师同样错得离谱。占星里提到他所属星座内的行星活动异常频繁，因此他必须分清他想要和实际需要的东西，并建议他应该用决心和百分之百的诚实来处理情感和工作上的问题，但难以解释地没能预测到他会在这一天结束前死去。

他在剑桥附近拐下高速公路，看见一家小加油站，于是停车加油。他在加油站多待了几分钟，用车载电话打了一通电话。

"好的，听我说，我明天打给你，"他说，"或者今天晚些时候，或者你打给我也行。半小时后我就在小木屋了。对，我知道这个项目对你的重要性。是的，我很清楚它有多重要，不必多说。你想做，我也想做。我当然想做了。我不是说我们不再赞助它，我只是说它太烧钱，我们应该用决心和百分之百的诚实来重新考虑一下。听我说，不如你也来小木屋吧，咱们可以仔细讨论讨论。行，对，好的，我知道。我明白。嗯，凯特，你好好想一想。回头聊。再见。"

他挂断电话，又在车里坐了几分钟。

这辆车很大，是一辆银灰色的梅赛德斯大型轿车，就是广告里常见的那种，而且不止在梅赛德斯的广告上能见到。戈登·路，苏珊的哥哥，理查德·麦克达夫的雇主，他非常有钱，是前进之路科技二代公司的创始人和拥有者。前进之路科技公司本身早已倒闭，他第一次创业挣到的家当全部灰飞烟灭，原因无非是常见的那些。

走运的是，他想方设法创立了第二家公司。

所谓"常见原因"是这样的：他以前从事的是电脑硬件行业，但举国上下的十二岁孩童忽然对会嘀嘀叫的箱子丧失了兴趣。他第二次发财靠的是电脑软件。公司推出了两个重量级软件，一个叫"圣歌"（另一个尽管更挣钱，但一直见不得光），前进之路科技二代因此成了能在一个句子里与"微软"和"莲花"等美国巨无霸企业同时出现的唯一一家英国软件公司。这种句子多半始于"前进之路科技公司，尽管还不是'微软'或'莲花'之类的美国巨无霸……"，但公司毕竟已经起步，"前进之路"登上了舞台，而公司老板就是他。

他把磁带塞进立体声音响。卡座吸入磁带，发出柔和而得体的咔嗒一声，几秒钟后，拉威尔的《波莱罗舞曲》从八个完美匹配的、带有细密哑光黑罩的扬声器中飘出。音乐声无比柔滑开阔，你几乎能感觉到一整个溜冰场的存在。他用手指轻轻敲打着方向盘软衬的边缘。他望向仪表盘，与雅致的发光数字和纯净的细小光点大眼瞪小眼。过了一会儿，他意识到这是个自助加油站，他必须下车加油。

加油花了他一两分钟。他拿着加油喷嘴站在油箱旁，跺着脚抵御寒冷的夜风，然后去破旧的小店付油钱。他顺便买了两张附近的地图，和收银员热烈地聊了几分钟，讨论电脑业明年的发展方向。戈登认为并行处理会是真正直观的软件生产率的关键，但他同时不认为人工智能研究——尤其是基于ProLog语言的人工智能研究——能在可预见的未来产生有实际商业价值的产品，至少就办公桌面环境而言，他持否定态度。收银员对这个话题完全不感兴趣。

"那家伙就喜欢唠叨。"后来收银员对警察说，"我的天，就算我去厕所待个十分钟，回来也会发现他在对收银机说话。要是我去个一刻钟，连收银机也会落荒而逃。对，我确定就是他，"他看着警察出示的照片说，"刚开始我不敢确定，是因为照片里他是闭着嘴的。"

"你百分之百肯定你没看见任何可疑的东西吗？"警察追问道，"任何东西，只要你觉得不寻常就行，有没有？"

"没有，我说过了，他就是个普普通通的顾客，那就是个普普通通的晚上，和其他晚上完全一样。"

警察面无表情地盯着收银员。"仅供参考，"警察继续道，"要是我忽然这么做——"他挤出对眼，从嘴角伸出舌头，上下跳动，手指插在耳朵里转圈，"你还会这么觉得吗？"

"呃，啊，嗯，"收银员紧张地后退，"我会觉得你彻底发疯了。"

"很好，"警察收起记事簿，"只是先生，你要明白，不同的人对'不寻常'的定义有时候不太一样。假如昨晚只是个普普通通的晚上，和其他晚上毫无区别，那我就是昆斯伯里侯爵的姨妈屁股上的一颗痘了。我们回头会找你录口供，先生。谢谢你抽出时间。"

这些事情还没有发生。

今天夜里，戈登把地图塞进口袋，不紧不慢地走向他的轿车。薄雾之中，它停在路灯下，车身蒙上了一层细致而吸光的湿气，看上去就像，呃，就像一辆极其昂贵的梅赛德斯-奔驰。戈登愣了一毫秒，希望他也能拥有这么一辆车，但他现在非常善于避开这种特殊的念头，这条思路只会原地兜圈，让他感觉抑郁而错乱。

他用物主的姿态拍拍轿车，然后绕着它走了一圈，发现后备箱没有关好，于是使劲关紧箱盖。箱盖关上时发出悦耳的铿锵响声。啧，光是听听这个声音就值了，对吧？这种悦耳的铿锵响声，这种旧时代的价值观和工匠精神。他想到了他有十几件事情要告诉苏珊，连忙坐进车里，按下电话上的自动拨号代码，开车回到公路上。

"……假如你愿意留言，我会尽早回电。或许吧。"

嘀。

"哦，苏珊，嘿，是我，戈登。"他说，笨拙地用肩膀夹住电话，"我正在去小木屋的路上。今天是，呃，星期四晚上，现在是，呃，八点四十七分。路上有点起雾。那什么，这周末会有一群人从美国来，和我讨论'圣歌'2.0的分销，还有促销活动，就那些东西，所以你看，你知道我不喜欢求你做这种事，但你也知道再不喜欢我都必须做，所以我就开口了。

"我需要确定理查德在做这个项目。我指的是用心做。我可以去问他，他会说当然，没问题，但有一半时间——妈的，那辆卡车的大灯太亮了，那帮蠢货卡车司机永远也学不会该怎么开大灯。我还没死在水沟里真是个奇迹，要是我就这么死了倒也不错，在别人的答录机上留下我著名的遗言：卡车大灯必须有自动光控开关。听我说，帮我记一下，转告苏珊——当然不是你，是办公室的秘书苏珊——叫她以我的名义写封信给环境部的那家伙，就说假如他能提供立法保障，我们就能提供这项技术，可以吗？这是为了社会和谐，再说他欠我一个人情，还有，要是不能随便踢人屁股，我的CBE[1]还有什么用处？你应该听到了，我会和美国人谈一整个星期。

"这就提醒了我，老天，真希望我带上了霰弹枪。美国人到底有什么毛病？听说能来我这儿打兔子，一个个都乐得发疯。我给他们买了地图，希望我能说服他们去健康万步走，让他们忘记打兔子这档子事。我真的为小动物感到抱歉。等美国人来了，我必须在草坪上立个牌子，你知道的，就像他们在贝弗利山那样，写着'武力还击'。

"再帮个忙，记下来转告苏珊，做个'武力还击'牌子，底下是根尖桩，高度刚好能让兔子看见。我说的当然是秘书苏珊，不是你。

"说到哪儿了？

"哦，对。理查德和'圣歌'2.0。苏珊，这东西两周内就要开始公测了。理查德告诉我没问题。但每次我看见他，他的电脑屏幕上都是沙发转啊转的那张图。他说这是个重要的概念，但我只看见了一件家具。想听公司账本唱歌的人肯定不会想买一张会旋转的沙发。不过我也不觉得他这会儿应该忙着把喜马拉雅山脉的侵蚀地貌图变成长笛五重奏。

"至于凯特的项目，苏珊，呃，我无法隐瞒一个事实，那就是它吞噬的薪水和电脑工时让我感到焦虑。它也许确实是重要的

1　大英帝国勋章体系中的司令勋章，位于第三等级。——译者注

长期研发项目，但它有缺陷的可能性同样存在——仅仅是可能性，但这个可能性毕竟是存在的，我认为我们有必要全面评估和探讨一下。真奇怪，后备箱里有怪声，我明明记得已经关严实了。

"总而言之，重点在于理查德。目前有可能知道他到底是在完成重要任务还是在成天摸鱼的只有一个人，而这个人，非常抱歉，就是苏珊。

"这个苏珊当然是你，不是办公室的秘书苏珊。

"所以呢，尽管我也不喜欢求你这么做，真的不喜欢，但你能不能盘查一下他的项目进度，让他理解情况究竟有多么紧迫？要确保他明白前进之路科技是个急剧扩张的商业公司，而不是给研发狂开的冒险游乐园。研发狂就有这个毛病，他们能想出一个切实可行的好点子，然后就等着你连续投资他们好几年，看着他们傻坐着计算自己肚脐眼的拓扑结构。对不起，我必须停车关一下后备箱，去去就来。"

他把电话放在副驾驶座上，把车停在路边的草地上。他下车绕到后备箱前，发现箱盖开着，一个黑影突然钻出来，用霰弹枪两根枪管里的子弹打穿了他的胸部，然后爱怎么飞就怎么飞了。

比起后续事情激起的惊诧，戈登·路因为突然遭受枪杀而产生的惊诧真的算不上什么。

第八章

"请进，亲爱的小伙子，请进。"

二号宿舍楼的角落里有一道旋转木楼梯，爬上去就是学校分配给雷格的套间，门口的照明不太好。实际上，要是灯能亮的话，门口的照明会非常好；可惜灯不亮，因此门口的照明不太好。更不妙的是门还上了锁。雷格掏出一大串钥匙，艰难地寻找房门钥匙，这一大把玩意儿很像忍者大师会扔出去打穿树干的东西。

校园里有些建筑物比较古老，房间像飞船气闸似的有内外两道门，开门需要的技巧也和开飞船气闸差不多。外门是漆成灰色的一整块实心橡木，门上只有用于塞信的狭缝和一把耶鲁锁，也就是雷格突然间终于找到钥匙的那把锁。

他打开耶鲁锁，拉开外门。里面是一道白色镶板的普通木门，装着普通的黄铜门把手。

"请进，请进。"雷格重复道。他打开内门，摸索着寻找电灯开关。刚开始的一瞬间，只有石砌壁炉里行将熄灭的琥珀色火焰还亮着，投出的红色光影像鬼魂似的在房间里舞动，还好电灯的光芒很快填满了所有空间，驱散了那一刻的魔法。雷格在门口犹豫片刻，紧张得不太正常，像是想在进去前先确认点什么事情，然后才匆匆进门，至少看上去挺高兴的。

这是个镶着墙板的大房间，有点旧的家具经过精心布置，令人愉快地填充着空间。对面墙边，四条粗壮而丑陋的桌腿支撑着一张伤痕累累的红木写字台，上面堆满了书籍、卷宗、文件夹和垒得摇摇欲坠的一堆堆论文。让理查德觉得好笑的是，他注意到，一副破旧的算盘也占据了一席之地。

算盘旁边是一张摄政时代的小写字台，要不是遭受过可怕的虐待，应该非常值钱；还有两把雅致的乔治王时期的高背椅、一个样式奇异的维多利亚时代的书架，诸如此类。简而言之，这是一位教授的房间。墙上是教授会挂的带框地图和版画，脚下是教授会铺的褪色磨旧的地毯，它看起来在几十年间似乎没发生过任何变化，事实上很可能确实如此，因为住在这儿的是一位教授。

两面墙上各有一扇向外开的门，理查德以前来过，知道其中一扇门通往书房。书房和这个房间如出一辙，只是更加拥挤：书本更大、更厚、更重；论文堆得更高，更岌岌可危；家具尽管古老而昂贵，却被滚烫的茶杯或咖啡杯留下了累累烙印，而留下烙印的杯子们则很可能依然傲立在那里。

另一扇门通往设施简单的厨房，室内的一道旋转楼梯通往卧室和卫生间。

"坐沙发吧，应该能舒服点，"雷格亲切地招呼理查德坐下，"不过很难说你坐上去舒不舒服。我总觉得沙发里好像填满了白菜叶和刀叉餐具。"他严肃地盯着理查德。"你有一张好沙发吗？"他问。

"呃，有。"理查德笑了，这个傻乎乎的问题逗乐了他。

"哦，"雷格郑重地说，"希望你能说一说你是从哪儿搞到的。我和沙发的麻烦事多得说都说不完，真的说不完。我这辈子就没碰到过哪怕一张舒服的沙发。你是怎么找到你那张沙发的？"他不小心碰到了一个小银盘，上面有一个醒酒瓶和三个酒杯，醒酒瓶里装着波尔多葡萄酒，他稍微有点吃惊。

"好吧，说到这个就有点奇怪了，"理查德说，"因为我到现在还没坐过那张沙发。"

"非常明智，"雷格发自肺腑地说，"真的非常明智。"他重复了先前脱衣、穿衣、摘帽、戴帽的那套复杂程序。

"倒不是我不想坐，"理查德说，"它卡在了我那套公寓的楼梯半中间。要是我没弄错，搬运工搬着沙发走到那儿，结果卡住了，无论怎么转方向都没法往前推哪怕一点，然后说来奇怪，他们也没法把沙发弄回楼下了。听着不太可能，对吧？"

"确实奇怪，"雷格赞同道，"我肯定从没遇到过与沙发有关的不可逆数学运算，这可能是个新领域。你和空间几何学家谈过吗？"

"岂止。我找到邻居家的一个孩子，他以前解魔方只需要十七秒。他坐在台阶上，盯着沙发看了一个多小时，最后宣布沙发无法挽回地卡死了。不得不说，他现在长大了几岁，已经发现了姑娘的好处，反正我当时是被彻底难住了。"

"接着说，我亲爱的小伙子，我非常感兴趣，但我先问你一句，要喝点什么吗？波尔多？要么白兰地？我觉得波尔多更值得一赌，学院1934年封存的，应该是你能找到的最好的陈年波尔多了，况且我其实也没有白兰地。或者咖啡？要么再来点红酒？有一瓶上等玛尔戈，我一直想找理由喝了它，但打开玛尔戈，你必须醒上一两个小时，倒不是说我不能……算了，"他急匆匆地说，"今晚还是别开玛尔戈为好。"

"我其实比较想喝茶，"理查德说，"当然了，要是您有茶的话。"

雷格挑起眉毛："你确定？"

"我得开车回家。"

"有道理。我去一趟厨房，很快就回来。你继续说，我能听见。继续说你的沙发，也请随便在我的沙发上坐。你的沙发在楼道里卡了很久吗？"

"哦，也就大概三个星期吧，"理查德坐下，"我可以把它锯开扔掉，但我不相信不存在符合逻辑的解决方式。它同时也促使我思考：购买家具前先知道它能不能上楼梯和过转角肯定会大有裨益。于是我在电脑上制作了这道难题的三维模型，然而直到今天电脑都说没门儿。"

"电脑说什么？"雷格说，他的声音盖过灌水壶的哗啦哗啦声。

"说不可能做到。我命令电脑计算把沙发弄出来的步骤，电脑说不存在。我说'什么？'，电脑说就是不存在。然后我让电脑——这个就更神秘了——计算把沙发从最开始的位置弄到现在这个位置的步骤，电脑说沙发不可能去那里，除非彻底改造墙体结构。所以，要么是构成楼梯墙壁的物质基础结构有问题，要么，"他叹息道，"是这个问题有问题。你觉得是哪一个？"

"你结婚了？"雷格喊道。

"什么？哦，我明白你的意思了。沙发卡在楼梯里将近一个月。哦，没有，算不上结婚，有个特别的姑娘，但我们还没结婚。"

"她是个什么样的人？做什么的？"

"她是职业大提琴手。我不得不承认，沙发成了我和她之间的一个争论焦点。实际上，她一生气搬回自己家住了，让我弄好沙发的事情再说。她，呃……"

理查德突然悲从心头起，起身随意在房间里走来走去，最后在行将熄灭的炉火前停下。他用拨火棒戳了戳灰烬，添了几块木柴，想驱走房间里的寒意。

"她是戈登的妹妹，"他最后说，"但两个人完全不一样。我不确定她到底认不认可电脑，但确定她不赞同戈登对金钱的态度。我觉得这个不能怪她，而且她知道的实际情况只有一半。"

"她不知道的另一半呢？"

理查德叹了口气。

"唉，"他说，"公司最初能够盈利，靠的是另一个软件，事情和产生这个软件的项目有关。这个软件名叫'理性'，它自有它的伟大之处。"

"什么呢？"

"怎么说呢，这个程序的功能基本上就是前后颠倒。说来好笑，许多了不起的点子实际上只是前后颠倒的旧点子。你知道，市场上已经有好几个帮你决策的程序，手段无非是合理排列和分析所有相关事实，它们自然而然就会指出正确的决定。这套方法的缺点在于，合理排列和分析事实后得出的结论未必是你想要的那个结论。"

"对——"雷格说，声音从厨房飘出来。

"那么，戈登的好点子是设计一个程序，让你先设定好你想得到的结果，然后再把所有事实喂给程序。这个程序的任务，就是构建一系列看似合理的、听起来合乎逻辑的步骤，将前提与结论联系起来，它轻而易举就能做到这一点。

"我不得不说，这个点子大获成功。戈登几乎立刻就买了一辆保时捷，尽管他当时已经破产，而且车技一塌糊涂。但银行经理在他的论证里找不到逻辑漏洞，而戈登只用了三个星期就把这辆车报销了。"

"我的天。这个程序卖得好吗？"

"不好，我们连一份都没卖出去。"

"这我就太吃惊了。按照你说的，它应该超级畅销才对。"

"它确实如此，"理查德犹豫道，"五角大楼买断了项目，锁起来不让别人使用。这笔交易给前进之路科技打下了坚实的财务基础。不过，公司的道德基础就不是我能打包票的东西了。最近我分析了为星球大战计划辩解的许多文章，要是你知道你在找什么，就会非常清晰地发现我们的算法脉络。

"说起来，我研究了五角大楼这几年的政策，我觉得可以肯定美国海军在用程序的2.0版，但不知道为什么，空军还在用1.5的公测版。真奇怪。"

"你还有程序的拷贝吗？"

"当然没有，"理查德说，"我不想再和它扯上任何关系。五角大楼的买断是真正的买断。每一段代码、每一张磁盘、每一本笔记，全都买走了。我很高兴能和它说再见。不过我不知道我们有没有真的和它说再见，因为后来我只顾着忙我的项目了。"

理查德又捅了捅炉火，心想他明明还有那么多活儿没干完，为什么要在这儿浪费时间。戈登没完没了地催他，要他发布"圣歌"的下一个版本，把Mac二代的潜能利用到极致，而他的进度严重落后。至于接入道琼斯股市信息并实时转换成MIDI数据的模块，他只是当笑话随口说说的，但戈登立刻一口咬住，坚持要他在新版本里实现。这个功能应该已经好了，然而实际上也没好。他忽然知道了他为什么会出现在这儿。

好吧，尽管他不知道雷格为什么急着见他，但这个晚上过得很愉快。他从写字台上拿起两本书。写字台显然兼作餐桌，因为尽管这堆纸看上去像是几个星期没动过地方了，但周围没有灰尘说明它们最近被搬动过。

他心想，即便是现在这个时代，在像剑桥这样封闭的集体里待久了，也会迫不及待地想找个外面的人聊聊天。雷格是个讨人喜欢的老学究，但吃饭的时候你能看出来，许多同事认为他的怪癖就像一盘气味浓烈的剩菜，尤其是他们每个人自己也都有一堆毛病需要应付。一个跟苏珊有关的念头在骚扰他，不过他已经习惯了。他翻了翻他拿起来的两本书。

其中一本比较古老，讲述波丽莱多里的闹鬼事迹，那是全英格兰的头号鬼屋。书脊已经朽烂，照片灰蒙蒙的，模糊得看不清任何细节。其中有一张照片，他以为它非常走运地拍到（或者伪造）了幽灵显形，但他看了眼标题，发现那是作者的肖像。

另一本比较新，说来巧得出奇，这是一本希腊群岛的导游指南。他随便乱翻，一张纸掉了出来。

"格雷伯爵还是正山小种？"雷格喊道，"或者大吉岭？还是PG Tips？不过反正都是茶包，而且都不太新鲜。"

"大吉岭好了。"理查德答道，弯腰去捡那张纸。

"加奶？"雷格喊道。

"呃，好的。"

"一份还是两份？"

"一份，谢谢。"

理查德正要把那张纸放回书里，看见上面有两行潦草的文字，内容很奇怪："*看这个普通的银质盐瓶。看这顶朴素的帽子。*"

"加糖吗？"

"呃，什么？"理查德吓了一跳，连忙把书放回原处。

"开个小玩笑而已，"雷格愉快地说，"看别人在不在听我说话。"他笑呵呵地走出厨房，手里的小托盘上有两个茶杯。他突然把托盘扔在地上，茶洒得地毯上到处都是。一个茶杯碎了，另一个滚到了桌子底下。雷格靠在门框上，脸色发白，目瞪口呆。

凝固的一秒钟悄然流逝，理查德吓得动弹不得，然后他回过神来，笨拙地跑过去扶住雷格。老先生忙不迭地道歉，说要去再煮一杯茶。理查德扶着他在沙发上坐下。

"你没事吧？"理查德手足无措地问，"要我叫医生吗？"

雷格挥手叫他别慌。"没事，"他嘴硬道，"我挺好。我刚才以为自己听见了，呃，一个声音，吓了我一跳。其实没什么。大概是被茶香熏到了吧。让我缓口气就好。来一口，呃，波尔多，我大概就活过来了。太对不起了，不是存心想吓你的。"他朝波尔多酒的大致方向摆摆手，理查德飞快地给他倒了一杯。

"什么声音？"理查德问，心想到底什么声音能把老先生吓成那样。

就在这时，楼上传来了东西挪动的怪声和某种非常奇特的沉重呼吸声。

"这个……"雷格喃喃道。酒杯落在他脚边摔碎了。楼上似乎有人在跺脚。"你听见了吗？"

"呃，听见了。"

老先生明显松了一口气。

理查德紧张地望着天花板。"楼上有人吗？"他问，尽管知道这是个愚蠢的问题，但他不得不问。

"没有，"雷格声音低沉，所蕴含的恐惧让理查德震惊，"没有人。上面不该有人。"

"那么……"

雷格挣扎着摇摇晃晃地起身，像是突然下定了决心。

"我必须上去看看，"他平静地说，"必须。你在这儿等我。"

"会是什么呢？"理查德问，他挡在雷格与房门之间，"你说会是什么呢？窃贼？你等着，我去看看。肯定没什么，只是风刮出来的声音。"理查德也不知道他为什么会这么说。不可能是风，甚至不可能是类似风的任何东西。原因很简单：风或许能弄出以假乱真的沉重呼吸声，但不太可能跺着脚走路。

"不行，"老先生说，礼貌但坚定地推开他，"这是我的职责。"

理查德无能为力，只好跟着他走出门，穿过一小段走廊，来到狭小的厨房。厨房里的乌木楼梯通往楼上，破旧的台阶遍布磨痕。

雷格打开一盏灯。这是个低瓦数的灯泡，光秃秃地悬在楼梯顶上。他抬起阴沉的视线，担忧地望着那盏灯。

"你在这儿等着。"他说着，爬上两级台阶，转过身，面对理查德，露出他所能露出的最严肃的表情。

"对不起，"他说，"害你卷入了……我生活中更棘手的一面。可你已经被卷进来了，尽管我很后悔，但我不得不求你做一件事。我不知道是什么在上面等着我，我没法确定。我不知道是我那些……那些愚蠢爱好招惹来的东西，还是出于巧合落在我头上的某些坏事。假如是前者，那就都是我自己的错，因为我就像一个没法戒烟的医生，或者更糟糕的，就像一个没法放弃开车的环保主义者。假如是后者，我只希望坏事不要也落在你的头上。

"我必须求你做一件事。等我从楼梯上下来，按理说我总会下来的，假如你觉得我的举止有任何奇怪之处，假如我变得不像我自己了，那你必须扑到我身上，把我按倒在地。听懂了吗？你必须阻止我做我想要做的任何事。"

"但我怎么知道？"理查德惊愕地问，"对不起，我不是那个意思，但我不知道什么叫……"

"你会知道的，"雷格说，"去客厅里等我。记住，关好门。"

理查德困惑地摇摇头，照他说的回到客厅。他站在凌乱的大房间里，听着教授一级一级爬楼梯的沉重脚步声。

他走得沉重而审慎，就像一口迟缓的大钟在走字。

理查德听见教授爬完楼梯，停下脚步，一切陷入寂静。时间慢慢过去，五秒，也许十秒，也许二十秒。先前吓得教授魂不附体的沉重脚步声和喘息声再次响起。

理查德快步走到门口，但没有开门。房间里的寒意挤压着他，让他感到不安。他摇摇头，试图摆脱这种感觉，他屏住呼吸，听着脚步声再次响起，慢慢走过仅两码宽的平台，然后再次停下了。

过了几秒钟，理查德听见悠长而缓慢的嘎吱声，一扇门正在打开，一英寸一英寸地打开，一英寸一英寸提心吊胆地打开，直到最终必须完全打开。

接下来的很长一段时间，似乎什么也没有发生。

然后，门重新缓缓关上。

脚步声穿过楼梯平台，再次停下。理查德从门口后退几步，目不转睛地盯着房门。脚步声开始下楼，沉重、缓慢而镇定，最终来到楼梯底下。过了几秒钟，门把手开始转动。门开了，雷格平静地走进客厅。

"没事，只是卫生间里有匹马。"他平静地说。

理查德扑上去，把他按倒在地。

"住手，"雷格叫道，"快住手，你给我起来，放开我，真该死，我没事。只是一匹马而已，普普通通的一匹马。"他没费多少力气就挣脱了理查德，气喘吁吁地坐起来，用双手梳理数量有限的头发。理查德警惕地站在他旁边，觉得特别尴尬，而且越来越尴尬。他一点一点退开，让雷格爬起来，找了把椅子坐下。

"只是一匹马，"雷格说，"但是，呃，谢谢你能把我的话当真。"他拍打身上的灰尘。

"一匹马。"理查德重复道。

"对。"雷格说。

理查德走出房间，顺着楼梯向上看，然后又回到客厅里。

"一匹马？"他又说。

"对，一匹马。"教授说，"等一等——"他朝理查德打个手势，理查德正要再出去看看情况，"随它去，不会等太久。"

理查德怀疑地瞪着他。"你说卫生间里有匹马，然后只是戳在这儿给我报披头士的歌名[1]？"

教授茫然地看着理查德。

"听我说，"教授说，"对不起，刚才我大概……吓到你了，只是个小插曲而已。这种事经常发生，我亲爱的小伙子，你别往心里去。我的天，我这辈子见识过比这更奇怪的事情，各种各样，比这奇怪得多。老天在上，只是一匹马而已。我这就上楼放它出去。你别自己吓自己。咱们喝两口波尔多提提神吧。"

"但是……马是怎么进来的呢？"

"哦，卫生间的窗户开着。我猜是从窗户进来的。"

---

1 《随它去》（*Let It Be*）和《不会等太久》（*It Won't Be Long*）都是披头士的歌曲。

理查德盯着他，不是第一次，也肯定不会是最后一次，怀疑地眯起了眼睛。

"你是存心的，对吧？"他说。

"存心什么，我亲爱的小伙子？"

"我不相信你的卫生间里有匹马，"理查德忽然爆发了，"我不知道那儿有什么，不知道你在干什么，不知道今天晚上到底是怎么回事，但我绝对不相信你的卫生间里有匹马。"他不顾雷格的连声反对，挤开教授，自己上楼看去了。

卫生间并不宽敞。

墙上镶着古老的仿折布式橡木墙板，就建筑物的年代和用途而言，很可能是什么无价之宝，然而从装饰的角度来说，只能用简陋和单调来形容。

地上铺着老旧磨损的黑白格毛毡地毯，有个简单的小淋浴房，很干净，不过珐琅瓷上有些非常古老的污渍和磨痕，还有个同样简单的小洗脸池，水龙头旁的玻璃杯里放着牙膏和牙刷。洗脸池上方，很可能是无价之宝的墙板上用螺丝钉固定着一个镜面的铁皮浴室柜。它被反复油漆过很多次，积淀的涂料弄脏了镜面边缘。马桶有个老式的拉绳铸铁水箱。房间一角有个漆成米色的木柜，旁边是一把古老的棕色曲木椅，上面放着几块叠得很整齐但已经磨得很薄的小毛巾。卫生间里还有一匹马，它占据了绝大部分空间。

理查德看着马；马看着理查德，用一种打量的方式。理查德有点摇晃，马站得纹丝不动。过了一会儿，它扭头去看木柜。它待在这儿，谈不上满意，更像是已经放弃了，等着被送到下一个地方去。除此之外，它还似乎……似乎什么呢？

　　月光穿过窗户洒进房间，照在马身上。窗户开着，但很小，而且还是在三楼，因此马从窗户爬进来的说法完全是无稽之谈。

　　这匹马有些奇怪之处，但他说不清楚究竟奇怪在哪儿。好吧，至少有一点是显而易见的，那就是马居然站在校园的一个卫生间里。也许奇怪就奇怪在这儿。

　　他伸出手，试着摸了摸马的脖子，感觉很正常——紧实，光滑，这是一匹健康的好马。月光照在毛皮上，看得他有点眼晕，但所有东西在月光下都会显得有点古怪。他的手碰到马的时候，马抖了抖鬃毛，但似乎并不在意。

　　理查德顺利地摸到了马，随手又撸了几把，挠了挠马的下巴。这时他发现卫生间对面的角落里还有一扇门。他小心翼翼地绕过马，走向那扇门。他倒退着走到门口，胆战心惊地推开门。

　　这扇门通向教授的卧室：房间很小，书和鞋扔得到处都是，有一张单人小床。卧室里还有一扇门，打开这扇门就回到了楼梯平台上。

　　理查德注意到楼梯平台的地面和楼梯一样，也有最近留下的刮痕和磨痕，这些痕迹符合有人赶着一匹马上楼的推测。理查德不可能想要亲自去赶马上楼梯，更不可能想当被赶上楼梯的那匹马，然而这种可能性终究存在。

但为什么呢？

他最后又看了一眼马，马最后又看了一眼他，他转身下楼。

"我同意，"他说，"你的卫生间里有匹马，我也需要喝一口波尔多定定神了。"

他给自己倒了一杯，然后也给雷格倒了一杯。教授望着炉火，静静地想心事，正好需要再倒一杯。

"说到我为什么会摆三个酒杯，"雷格找了个话题，"先前我还有点纳闷，现在我想起来了。

"你问我能不能带个朋友来，但你好像并没有带朋友来。肯定是因为沙发吧。没关系，这种事经常发生。哇，别倒了，会洒出来的。"

突然间，与马有关的所有问题都离开了理查德的脑海。

"我问过？"他说。

"对，我现在想起来了。我记得，你打电话来问我行不行。我说那是我的荣幸，真心诚意的。换了我是你，早就锯开沙发了。没人想为沙发牺牲人生幸福。也可能她觉得和你以前的导师共进晚餐会无聊得可怕，于是决定用更激动人心的洗头来消磨时间。我的天，我知道我会选哪一个。只是因为我现在发量有限，所以才会被迫参加那么折腾人的社交活动。"

现在轮到理查德脸色发白、目瞪口呆了。

是的，他知道苏珊肯定不想来。

是的，他对苏珊说今晚肯定无聊得可怕。但她坚持说她想来，因为只有在这种时候，她才会连续几分钟看见他的脸不被电脑屏幕照亮，所以他答应了带上她，而且做好了安排。

但他完全忘记了这档子事。他没去接她。

他说："能用一下您的电话吗？"

第九章

戈登·路躺在地上，不知道该怎么办。

他死了。这一点似乎没什么疑问。他胸口有个可怕的窟窿，但鲜血不再喷涌而出，而是变成涓涓细流。除了流血，他的胸部毫无动静。实际上，他身体的其他部分也一样。

他抬起头，左右扫视，看清楚了一个事实：他正在移动的这个部位，并不属于他身体的任何组成部分。

夜雾缓缓飘过，没留下任何解释。几英尺外，他的霰弹枪在草丛里静静地冒烟。

他继续躺在那儿，就是凌晨四点躺在床上睡不着的那个躺法，没法让心情平静下来，但又找不到其他事情可以去做。他意识到他很可能是震惊得休克了，这能解释他为什么不能头脑清晰地思考，但不能解释他为什么能思考。

关于死后会发生什么，人们已经激烈地辩论了许多个世纪——你是会去天堂、地狱、炼狱，还是直接湮灭。但有一点毫无疑问：等你死了，肯定会知道答案。

戈登·路死了，但他不知道他该怎么做。他可从来没遇到过这种情况。

他坐起来。和躺在地上逐渐变凉的那具躯体相比，坐起来的这具躯体似乎同样真实。血液蕴含的热量化作蒸汽，与冰冷夜风送来的薄雾混在一起。

他进而尝试爬起来，动作迟缓，感觉惊奇，摇摇晃晃。地面似乎能支撑他，承载了他的体重，但同时他又显然并没有体重需要承载。他弯腰抚摩地面，却只隐约感觉到某种带弹性的阻力，有点像你用发麻的胳膊捡东西时的那种感觉。他感觉不到他的这条胳膊，还有他的两条腿，还有另一条胳膊，还有躯干和头部。

他的身体死了。但不知道为什么，他的意识没有死。

他呆呆地站在那儿，陷入无法遏制的惊恐，雾气的触须缓缓地穿过他。

他重新望向自己，那个躺在血泊中满脸震惊、一动不动的自己。他的皮肤想要起鸡皮疙瘩，更确切地说，他想要能起鸡皮疙瘩的皮肤，他想要血肉之躯，但他没有。

惊恐的尖叫脱口而出，但发出来的是无处可去的寂静。他开始颤抖，但依然感觉不到颤抖。

音乐和灯光，来自他的轿车。他走向梅赛德斯。他尽量走得稳当，但步伐虚弱而无力，迟疑而……呃，不真实。脚下的地面缺乏实感。

司机座的车门依然开着，他下车去关后备箱的时候没关车门，他以为自己两秒钟就能回来。

但时间已经过去了足足两分钟，开车门的时候他还活着，开车门的时候他还是个活人，开车门的时候他以为他很快就会跑回车上继续开车。仅仅两分钟，生死相隔。

是疯了，对吧？他忽然想道。

他绕过车门，弯腰看后视镜。

后视镜里的他完全就是他自己，只是受到了巨大的惊吓，不过这倒是不足为奇。但他毕竟是他，他看上去很正常。一切肯定是他想象出来的，是个吓人的白日梦。他想到一个主意，于是对着后视镜哈气。

什么都没有，连一个小水珠都没凝结出来。医生肯定会满意地点点头，电视里的医生总是这样——镜面上没有凝结湿气，就说明没有呼吸。也许，他焦急地心想，也许都怪自加热的车外后视镜。这辆车的车外后视镜带自加热功能吗？销售员不是唠叨了很久加热这个、电动那个、伺服辅助另一个吗？车外后视镜也许是数字化的。没错，就是这样。数字化、自加热、伺服辅助、电脑控制、防水雾的车外后视镜……

他意识到他的思路完全乱了。他慢慢转身，再次惊恐地望着地上那具半个胸膛被打烂的尸体。医生肯定会满意地点点头。假如那是别人的尸体，这一幕当然会吓得他魂不附体，但那是他自己的……

他死了。死了……死了……他想让这个词戏剧性地回荡在脑海里，但无论如何都做不到。他没有变成电影音轨，只是死了而已。

他惊恐地望着自己的尸体，看着尸体愚钝呆滞的表情，他逐渐感觉到一丝哀伤。

这当然不难理解。有人躲在你那辆车的后备箱里，用你自己的霰弹枪朝你的胸口开枪，无论你是什么人，这一刻恐怕都只可能是这个表情。然而话虽如此，他也不愿意以这副模样被人们发现。

他跪在尸体旁，希望能重新排列五官，弄出一个还算有尊严的表情，起码不能欠缺基本的智力。

事实证明，这个任务困难得几乎不可能完成。他试图揉捏皮肤，揉捏他熟悉得让人害怕的皮肤，但无论如何都抓不住，更准确地说，他抓不住任何东西。感觉就像你的手臂压麻了，你却想用那只手捏橡皮泥，区别在于，你的手没有从模型上滑开，而是径直穿了过去。就此刻而言，他的手径直穿过了尸体的脸。

真该死，他竟然连这么简单的小事都做不好，厌恶、恐慌和愤怒吞没了他，他忽然惊讶地发现自己在狂怒中紧紧掐住尸体的喉咙使劲摇晃。他震惊地踉跄后退。经过这么一番折腾，却只是给蠢得让人发狂的表情添加了上撇的嘴角和眯起的眼睛，还有脖子上正在形成的瘀青。

他哭了，这次似乎发出了声音，那是某种奇怪而陌生的号哭声，来自他化作的这个不知道是什么鬼东西的体内深处。他用双手捂住脸，踉跄着向后退回到车里，扑倒在座位上。座位以随便而冷漠的方式接纳了他，就像你的姨妈，她不怎么待见你过去十五年的人生，虽然愿意倒一杯最便宜的雪莉酒给你喝，但没兴趣和你交心。

他能带自己去看医生吗？

为了逃避这个荒谬的念头，他发疯般地去抓方向盘，但双手径直穿了过去。他试图拉自动挡的挡杆，然而既握不住也推不动，只能暴躁地捶打它。

音响还在对着电话播放轻音乐，电话躺在副驾驶座上，一直在耐心地听音乐。他望着电话，心情越来越激动，因为他意识到电话还连接着苏珊的自动答录机。只要他不挂断，那头就不会停止录音。他和世界还有联系。

他不顾一切地想捡起电话，手忙脚乱，听筒滑来滑去，最后他只好趴下去凑近电话。"苏珊！"他对着电话喊道，声音嘶哑而模糊，仿佛风中的一缕哀号，"苏珊，帮帮我！老天在上，帮帮我。我死了……我死了……我死了，我……不知道该怎么办……"他说不下去了，绝望地啜泣着，竭尽全力抱住听筒，就像婴儿抱住小毯子寻求安慰。

"帮帮我，苏珊……"他又喊道。

"嘀。"电话说。

他再次望向他抱在怀里的电话。他总算碰到了什么东西，他总算按下了挂电话的按钮，他发疯般地试图再次抓住电话，但它一次又一次地从指间滑出去，躺在座位上一动不动。他碰不到它，他无法按下按钮。他在暴怒中抓起电话扔向风挡玻璃。这次它倒是动了。电话击中风挡玻璃，飞回来直接穿过他，在座位上弹了一下，落进变速箱的沟槽，然后无论他怎么努力，它都再也不肯挪动地方了。

接下来的几分钟，电话一动不动地躺在那儿，他一下一下地缓缓点头，恐惧逐渐退缩，化作茫然的凄凉。

有几辆车经过，但没人觉得有什么不对劲的——只是一辆车停在路边而已。车辆在黑夜中疾驰而过，车灯没有照亮他这辆车背后草地上的尸体，车上的人更不可能发现有个幽灵坐在车里独自哭泣。

他不知道他坐了多久。他几乎没有意识到时间在流逝，只觉得时间过得似乎不太快。他感觉不到外来的刺激因素，因此也就感觉不到时间的流逝了。他不觉得寒冷。事实上，他几乎不记得寒冷的意思和感觉了，只知道这是他此刻应该有的感觉。

他惨兮兮地缩成一团，但最后还是爬了起来。虽说他不知道到底还能做什么，但他必须做点什么。也许他可以尝试去小木屋，尽管他不知道到了小木屋能做什么。他只是需要一个目标。他需要这个目标帮他熬过漫漫长夜。

他鼓起勇气，钻出轿车，脚和膝盖轻而易举地穿透了门框的一角。他想再看一眼他的尸体，却发现尸体不见了。

　　就好像这个夜晚还不够让人震惊似的。他惊愕地瞪着草地上那块潮湿的凹痕。

　　他的尸体不见了。

第十章

理查德在礼貌允许的限度内以最快速度离开了。

他说非常感谢你教授、今晚过得多么愉快啊、雷格什么时候来伦敦一定要告诉他也就是理查德以及关于那匹马他能做点什么吗？没有？哦，那好，你说了算，另外再次感谢，非常感谢。

门终于关上之后，他在门口站了一两秒，思考今晚发生的所有事情。

雷格家客厅的灯光短暂地照亮了外面的楼梯口，他发现地板上没有任何痕迹。真奇怪，马只在雷格房间里的地板上留下了痕迹。

好吧，所有事都很奇怪，不多说了——但还有一件怪事要加进这些越堆越高的怪事里。今晚他本来想放下工作休息一下的。

他一时冲动，敲了雷格对面的房门。里面的人过了很久才来应门，等到门嘎吱一声打开的时候，理查德已经放弃了希望，正打算转身离开。

开门的人恶狠狠地仰头瞪着他，活像一只多疑的小鸟，理查德讶异地发现他是那位长了个赛艇龙骨鼻子的教授。

"呃，对不起，"理查德连忙说，"不过，呃，今晚你有没有看见或听见一匹马爬楼梯？"

教授手指的强迫性痉挛忽然停下了。他朝一侧歪了歪脑袋，似乎在身体里走了很远才找到舌头，发出的声音微弱而轻柔。

他说："这是十七年三个月零两天五小时十九分二十秒以来，第一次有人对我说话。我一直在算时间。"

他轻轻地关上门。

理查德一路飞奔，穿过二号宿舍楼。

到一号楼的时候，他放慢步伐，改成走路。寒冷的夜风灌满了肺部，再说跑步也没有任何意义。他没能和苏珊说上话，因为雷格的电话拨不出去，这是老先生神神秘秘不肯直说的又一件事情。不过这件事至少存在一个符合逻辑的解释：教授多半没付电话费。

就快回到街上的时候，理查德决定去一趟传达室，它就嵌在学院入口的巨型拱廊里，形状有点像储物室，钥匙、留言和电暖气把空间塞得满满当当。一台收音机在背景里自言自语。

接待台里站着一个大块头男人，他一身黑衣，抱着胳膊。"不好意思，"理查德对他说，"我……"

"你好，麦克达夫先生，有什么能帮你的吗？"

在当前的精神状态下，理查德要逼问自己好一会儿才能想起来他叫什么，因此他愣了几秒钟。然而，大学看门人总有这种堪称传奇的记忆力，而且往往稍做撩拨就要表演给你看。

"你知道，"理查德问，"学院里什么地方有马吗？我是说，要是学院里有一匹马，你肯定会知道，对吧？"

看门人连眼睛都没眨一下。

"没有，先生；是的，先生。还有什么能帮你的吗，麦克达夫先生？"

"呃，没有了。"理查德说，手指敲了几下台面，"没了，谢谢。非常感谢你的帮助。很高兴再次见到你，呃……鲍勃，"他冒险猜了个名字，"那就晚安了。"

他转身走开了。

看门人依然抱着胳膊一动不动地屹立在那儿，但极其微不可察地摇了摇头。

"来，喝杯咖啡吧，比尔，"矮小精瘦的另一个看门人说，他端着热气腾腾的杯子从里屋出来，"今晚有点冷，对吧？"

"我也觉得，弗雷德，谢谢。"比尔说着接过杯子。

他喝了一口。"这些人吧，你爱怎么说就怎么说，反正他们不会变得少奇怪一点。刚才来了个人，问学院里有没有马。"

"是吗？"弗雷德喝着咖啡，让蒸汽烘烤他的眼睛，"早些时候来了个人，一个怪里怪气的外国修道士。他说的话我刚开始一个字也听不懂，但他似乎就想站在暖气旁边听收音机里的新闻。"

"外国人，啧。"

"最后我叫他死开。别总站在我的暖气前面。他忽然说他真的非得这么做吗？死开？我用我最像亨佛莱·鲍嘉[1]的声音说：'朋友，你最好信我一句。'"

"是吗？我怎么觉得更像吉米·卡格尼[2]？"

"不，我是用鲍嘉的声音说的。这才是吉米·卡格尼：'朋友，你最好信我一句。'"

比尔皱起眉头。"你这是吉米·卡格尼？我一直以为你这是在学肯尼斯·麦凯勒[3]。"

"你没仔细听，比尔，你耳朵不够好。肯尼斯·麦凯勒是这样的：'噢，你走你的阳关道，我过我的独木桥……'"

"哦，我明白了。我想的是苏格兰那个肯尼斯·麦凯勒[4]。所以这个修道士说了什么？"

"哦，他只是直勾勾地看着我的眼睛，比尔，用这个奇怪的……"

"别管口音了，弗雷德，告诉我他说了什么，希望值得一听。"

"他说他不听我的。"

"好吧。所以你的故事好像没什么意思，弗雷德。"

"呃，好像也是。我说这个只是因为他还说他把马留在一间盥洗室里了，问我能不能去照看一下。"

1　好莱坞传奇男演员，有"影坛铁汉"的称号。
2　詹姆斯·卡格尼的昵称，美国著名男演员、舞蹈家、电影导演。
3　美国政治家。
4　与上注同名的苏格兰男高音歌唱家。

第十一章

戈登沿着黑暗的公路惨兮兮地向前飘，更确切地说，想方设法向前飘。

他觉得，身为一个幽灵——他不得不对自己承认，他变成了幽灵——他应该能飘来飘去。他对幽灵没什么了解，但他觉得既然没了实质性的躯体供你拖着走来走去，老天总要给你一点什么补偿吧，最起码的应该就是飘行能力。然而，没门儿，他还是要一步一步走完这段路。

他的目标是回家。他不知道等他回到家里能做什么，但就算是幽灵，也必须有个过夜的地方，他觉得待在熟悉的环境里会有帮助。什么帮助呢？他不知道。至少这段路给了他一个目标，等他回到家，可以再想一个目标出来。

他沮丧地从一根电线杆走到下一根电线杆，并在每根电线杆前停下，上下打量自己的部件。

他确实越来越像一条游魂了。

他有时候会消退得近乎不存在，比雾气中一团正在玩耍的影子好不到哪儿去，像他自己的梦，随时都会蒸发散去；有时候似乎又坚实得成了实体。他有一两次试着在电线杆上靠了靠，但一个不小心就会穿过去。

最后，尽管一万个不情愿，他还是开动脑筋，琢磨到底发生了什么事情。这份不情愿还挺奇怪。他真的不想去思考这个问题。心理学家说意识时常会压抑创伤性事件的记忆，他觉得这多半能解释他为什么不情愿。一个陌生人跳出你自己车子的后备箱，然后一枪打死你，假如这都不能算创伤性事件，那么他很想知道究竟什么才能算。

他疲惫地艰苦跋涉。

他努力回忆那个黑影的样子，但感觉就像用针戳蛀牙，他转而去想其他事情。

比方说，他更新过遗嘱吗？他不记得了，在心里记下一条，明天打电话给律师，然后又在心里记下一条，他不能再像这样在心里做笔记了。

离了他，公司能活下去吗？两种可能性他都不怎么喜欢。

他的讣告呢？这个念头让他从骨头里发冷，虽说天晓得他的骨头去了哪儿。他能搞到一份拷贝吗？讣告会怎么说他？那帮浑蛋，给我好好吹捧一下。看看他做了什么吧。单枪匹马拯救英国软件业：巨额出口、慈善捐款、科研奖学金、开太阳能潜水艇横渡大西洋（失败，但依然是个有益的尝试）——各种各样的丰功伟绩。他们千万别又挖出五角大楼的烂事，否则他就放律师去收拾他们。他在心里记下一笔，明早打电话给……

不行。

说起来，死人能起诉别人诽谤吗？只有他的律师才知道，而他明早没法给律师打电话。他毛骨悚然地意识到一点：在他离开生者国度时留下的所有事物里，他最怀念的无疑是电话。他坚定不移地抓住思维，拖着它走向它不肯去的另一个方向。

那个黑影。

他是真的觉得那个黑影非常像死神，还是想象力在戏弄他？那个戴兜帽的黑影是他梦见的吗？那个黑影——无论它是戴兜帽还是穿休闲装——待在他的后备箱里干什么？

一辆车在公路上嗖的一声超过他，带着犹如绿洲一样的灯光消失在黑夜之中。他想到被遗弃在路边的梅赛德斯，他多么想念温暖的车厢啊，还有皮革内饰和空调！这时，一个奇异的念头忽然跳进脑海。

他能不能找个办法搭车？有人能看见他吗？要是能看见，他们会有什么反应？好吧，只有一个办法能找到答案。

他听见又一辆车从背后开来，于是转身面对它。两团模糊的灯光穿过黑夜，渐渐地越来越近，戈登咬住他的幽灵牙齿，竖起大拇指请求搭车。

车不管不顾地开了过去。

没戏。

他朝着越来越远的红色尾灯愤怒地竖起中指，视线却穿透了举起的手臂，他意识到现在不是他最显眼的时刻。他能在需要时用意志力把自己变得更显眼一些吗？他眯起眼睛，凝聚意志力，然后意识到他必须睁开眼睛才能确定结果。他再次尝试，尽他所能地凝聚精神，但结果并不让人满意。

他的身体有了一丁点儿可喜的改变，但无法持久，几乎一转眼就恢复了原状，不管他压上多少心灵力量都一样。他必须非常精确地卡准时间，否则就不可能让其他人感觉到他的存在，更不用说看见他了。

又一辆车从背后开近，速度很快。他再次转过身，竖起大拇指，等时机来到，才用意志力让自己显形。

这辆车稍微拐了一下，随即打直方向，仅仅放慢了一下车速。好吧，有进步。他还能做些什么呢？首先，他可以站在灯柱底下；其次，他可以多加练习。他肯定能拦住下一辆车。

第十二章

"……假如你愿意留言,我会尽早回电。或许吧。"

嘀。

"妈的。该死。稍等一下。浑蛋。听我说……呃……"

咔嗒。

理查德把听筒放回底座上,倒车开了二十码左右,再次查看路口的指示牌,刚才他在夜雾中开过了这个路口。他用老办法摆脱了剑桥的单向道网络,简而言之就是以越来越快的速度兜圈,直到最终达到逃逸速度[1],以横切线的方向飞出去,此刻他正在辨认这究竟是哪个方向并尝试修正轨道。

回到刚才的路口,他努力把指示牌上的信息和地图上的信息联系起来。但他无论如何都做不到。这个路口被蓄意放在地图上

---

[1] 人造天体无动力脱离地球引力束缚所需的最小速度。若不计空气阻力,它的数值为11.2千米/秒。

分页的地方，而恶毒的寒风吹得指示牌直打转。直觉告诉他走错了方向，但他不想走回头路，因为他害怕再次掉进剑桥交通网的引力旋涡。

他向左转，希望能在这个方向上碰到好运气，但没开多远就丧失了信心，于是冒险向右转，然后又试探着向左转。就这么拐来拐去，几轮过后，他彻底迷路了。

他暗自咒骂，打开暖气。他对自己说，假如你能集中精神看路，而不是妄图同时找方向和打电话，那这会儿你至少能知道你在哪儿。他其实并不喜欢车载电话，他觉得这东西既害人分心又扰人清静。但戈登坚持要他装，甚至掏钱给他装。

他气恼地叹了口气，开着黑色萨博后退，然后再次掉头，险些撞上一个扛着尸体走向野地的人。他过度疲劳的大脑有一瞬间觉得它看见了这幅景象，实际上多半只是当地农民扛着一袋肥料，但为什么非要挑一个寒冷的夜晚做这种事就没人知道了。他再次掉转方向，车头灯有一瞬间照亮了一个扛着东西穿过野地的黑影。

"他死总比我死好。"理查德咬牙道，一脚油门溜了。

过了几分钟，他来到一个路口，交叉的这条路看上去有点像一条主干道，他险些右转，但在最后一刻左转了。这里没有指示牌。

他再次按下电话上的按钮。

"……我会尽早回电。或许吧。"

嘀。

"苏珊，是我，理查德。该从哪儿说起呢？简直一团乱麻。听我说，对不起，对不起，真的对不起。我彻底搞砸了，全是我的错。还有，你听我说，给我一个机会，让我补偿一下吧，不管要我做什么都行，我庄严地宣誓……"

他觉得好像不该用这种语气对答录机说话，但还是硬着头皮说了下去。

"说真的，咱们可以出去玩玩，找个地方度假一周，要是你愿意，就这个周末好了。说真的，这个周末。咱们去个阳光灿烂的地方。戈登再怎么压榨我都无所谓，你也知道他多能制造压力，他毕竟是你哥。我可以只……呃，说起来，好像只能下个周末了。该死，该死，该死。因为我答应过他，不，听我说，不管了，咱们去度假。我不在乎能不能赶在电脑展会前完成'圣歌'2.0。又不是世界末日，咱们走就是了，让戈登哪儿凉快哪儿待着去——啊啊啊啊！"

理查德猛打方向盘，因为戈登·路的鬼影突然在车头灯的光束中冒出来扑向他。

他踩死刹车，轿车向前滑行，他努力回忆车辆滑行时驾驶者该怎么做，他记得几年前在某个讲开车的电视节目里看到过，什么节目来着？天哪，他连节目的名字都不记得，更别说——哦，对了，节目里说你绝对不能踩死刹车。就是这么说的。

整个世界令人晕眩地在他周围旋转，巨大的惯性带着轿车旋转，萨博滑过路面，颠簸着冲上路边的草地，终于颤抖着停下了，车头面对来时的方向。他趴在方向盘上，喘着粗气。

他捡起掉在地上的电话。

"苏珊，"他艰难地说，"我会再打给你的。"然后挂断电话。

他抬起眼睛。

戈登·路的鬼影就站在车头灯的强光中，隔着风挡玻璃直勾勾地盯着他，眼睛里饱含着无法形容的恐惧，慢慢抬起手指着他。

他不确定他在车里坐了多久。没过几秒钟，鬼影就从视野里消散了，但理查德只是坐在车里发抖，充其量不过一分钟，直到被强光和刺耳的刹车声惊醒。

他使劲摇头。他发现自己停在路上，面对着来时的方向。刹车停下的是一辆警车，它的保险杠几乎贴上了他的保险杠。他深呼吸两三次，拖着僵硬而颤抖的身体爬出车门，面对慢慢走向他的警察站直，警车的车头灯勾勒出警察的剪影。

警察上下打量他。

"呃，对不起，警官，"理查德说，把他能找到的冷静全塞进声音里，"我，呃，打滑了。路面很滑，我，呃……侧滑了。我在路面上打转。你看见了，我，车头的方向反了。"他指着车，请警察看它面对的方向。

"能说说你为什么会打滑吗，先生？"警官直视他的眼睛，掏出记事簿。

"呃，就像我说的，"理查德解释道，"起雾了，所以路面很滑，还有，那个，我跟你说实话——"尽管他很想捂住自己的嘴，但还是不由自主地说了出来，"我好好地在开车，突然想象到我老板扑向我的车头。"

警察平静地看着他。

"负罪感，警官，"理查德挤出假笑，"你知道的。我正在考虑这个周末要不要休息一下。"

警官似乎拿不准主意，在同情和怀疑之间举棋不定。他眯起眼睛，但态度没有动摇。

"喝酒了吗，先生？"

"喝了，"理查德叹息道，"但只喝了一丁点儿。两杯葡萄酒，最多两杯。呃……还有一小杯波尔多。就这么多了。刚才只是大脑溜了个号，已经没事了。"

"姓名？"

理查德报上姓名和住址。警察工工整整地写在记事簿上，他看一眼车牌号，也抄下来。

"那么，先生，你老板是谁？"

"他姓路。戈登·路。"

"哦，"警察挑起眉毛，"那位电脑大亨。"

"呃，对，没错。我为他的公司设计软件，前进之路科技二代。"

"我们局里有一台你们的电脑，"警察说，"我要用它工作那就死翘翘了。"

"哦，"理查德厌烦地说，"什么型号？"

"好像叫什么夸克二代。"

"哦，这个嘛，很简单，"理查德松了一口气，"本来就不行，根本就没研发完。那东西是一坨屎。"

"有意思，先生，我一直就是这么说的，"警察说，"但有些弟兄不同意。"

"不，你百分之百正确，警官。那东西毫无指望。老公司完蛋的主要原因就是它。我建议你就拿它当个大号镇纸好了。"

"哦，先生，这倒是不行，"警察拒绝道，"门会被吹开的。"

"什么意思？"理查德问。

"我用它抵门，先生。每年这个时候，我们局里就会刮很讨厌的穿堂风。当然了，到夏天我们用它砸嫌疑犯的脑袋。"

警察合上记事簿，塞进衣袋。

"给你一个建议，先生，回去的路上好好开车。把车锁起来，把周末花在生闷气上。我发现这是唯一的出路。路上当心。"

他回到警车里，摇下车窗，目送理查德倒车并驶向黑夜，然后自己也掉头离开。

理查德深吸一口气，冷静地驶向伦敦，冷静地回到自己的公寓里，冷静地爬上沙发，坐下，给自己倒了一杯白兰地，然后开始使劲地颤抖。

他颤抖有三个原因。

第一个很简单，是险些出车祸造成的惊吓反应，这种事总会给你带来超乎想象的烦恼。肾上腺素在刹那间流遍全身，然后逐渐损耗你的身体系统。

然后是车辆失控的原因：戈登的怪异鬼影在那一刻扑向他的车头。哎哟，我的天！理查德喝了一口白兰地，用烈酒漱口。他放下酒杯。

众所周知，假如负罪感是种自然资源，那么戈登无疑拥有全世界第一富矿，他每天清晨都能送一吨到你家门口。然而在今天之前，理查德没有意识到它居然把自己拿捏到了这种程度。

他再次拿起酒杯，上楼推开工作室的门，同时推开了一摞倒下来压在门上的《字节》杂志。他踢开杂志，走向这个大房间的尽头。房间的这一头全是玻璃，能让你看见北伦敦的大半样貌。雾气正在从北伦敦散去，圣保罗教堂在暗沉沉的远处绽放光芒，他盯着尖顶看了几秒，但教堂并没有做任何特别的事来回馈他。经历过今晚的一连串怪事，他觉得这是个令人愉快的惊喜。

房间的另一头是两张长桌，被Mac电脑捂得密不透风，按照上次的清点，电脑共有六台。桌子中央一台Mac二代的屏幕上，沙发的红色线框模型在楼梯的蓝色线框模型里缓缓旋转，扶手栏杆、暖气管和保险丝盒等细节一应俱全，楼梯半中腰那个尴尬的拐角当然也不例外。

沙发朝一个方向转啊转，碰到障碍，于是扭曲自己沿另一个平面旋转；碰到另一个障碍，于是沿第三个坐标轴旋转；直到再次停下，然后换个顺序重复这些动作。不需要等多久，你就会看见整个序列开始重复。

沙发显然卡住了。

另外有三台Mac电脑通过彼此纠缠的线缆连接着一大堆乱糟糟的合成器：一台Emulator Ⅱ＋HD采样器、一组TX模块、一台Prophet VS、一台Roland JX 10、一台Korg DW 8000、一台Octapad和一台左撇子用的Synth-Axe MIDI吉他控制器，角落里甚至还有一套老式电子鼓在积灰。还有一台很少使用的小型磁带录音机——音乐如今都以MIDI格式保存在电脑里，而不是录在磁带上。

他一屁股坐进一台Mac前的椅子里，看电脑有没有偷懒在干些别的什么。屏幕上有个"未命名"的Excel表格，他回忆了几秒它的用途。

他保存文件，然后看有没有给自己的提示，很快发现电子表格里是他在《世界报道者》和《知识》的在线数据库里搜索关键词"燕子"后下载的资料。

他有鸟群迁徙习性、翅膀形状、空气动力学结构和涡流特性的详细数据，还有描述鸟群飞行队形的原始数据，但不知道该怎么把它们结合在一起。

今晚他太疲倦了，没法做出特别有建设性的思考，于是他霸道地在电子表格里随便选择并复制了几列数字，粘贴进他的转换程序，转换程序根据他的实验性算法缩放、筛选和操作这些数字，并把结果文件传给Performer。这是一个强大的编曲程序，能通过随机选择的MIDI通道，用刚好开着的任何一台合成器演奏结果数据。

一小段超级难听的不和谐音突然爆发，他停止了播放。

他重新运行转换程序，这次让程序强行把音高值映射为g小调。他决定最终要去掉这个功能，因为他认为这么做等于作弊。他坚信能在自然发生的现象中找到（至少能从中衍生出）最让他满意的旋律与和弦，假如这个推测存在任何现实基础，那么令人满意的形态和音调也应该能够自发涌现，而不是需要通过干预强行塑造。

不过就目前而言，他已经干预了。

一小段超级难听的g小调不和谐音突然爆发。

随机捷径算法，到此为止吧。

第一项任务相对简单，只需要按照燕子飞行时的翅尖轨迹绘制波形图，然后合成这个波形。这样他就能得到一个单独的音符了，这是个好的开始，用不了一个周末就能做完。

问题在于，显而易见，他没有一个周末来完成这项任务，因为他必须在接下来一年内——或者按照戈登的说法，一个月内——想办法把"圣歌"2.0弄出来。

于是理查德就不得不直面导致他颤抖的第三个原因了。

无论是这个周末还是下个周末，他都绝对不可能休息，去实现他对苏珊的自动答录机许下的承诺。假如今晚的天大错误还没有促使他们分手，那再来这么一出，末日就百分之百在前方等着他了。

然而话已出口，无法撤销。你根本就拿别人家自动答录机里的留言束手无策，只能看着事情按照既定的轨迹发生。话已出口，覆水难收。

一个古怪的念头忽然涌上心头。

尽管被它打了个猝不及防，但他确实看不出这个念头有什么问题。

第十三章

　　一副望远镜正扫视着伦敦夜晚的天际线，漫无目的地好奇窥探。这儿看一眼，那儿看一眼，只是看看发生了什么，有没有什么有趣的事情，或者有用的事情。

　　视线落在一幢房屋的背后，一点轻微的动静吸引了它。那是一栋维多利亚晚期的宽敞别墅，如今多半改造成了公寓。能看到许多根黑色铸铁排水管和绿色塑料垃圾箱，但黑乎乎的。没有，什么也没有。

　　望远镜继续转动，就在这时，月光照亮了又一点轻微的动静。望远镜略略调整焦距，努力寻找更多的细节、清晰的边缘和黑暗中的一丝明暗对比。雾气已经散去，黑暗闪闪发亮。望远镜又稍微调整了一点焦距。

　　看见了。肯定有东西。但这次比刚才的位置更高，也许一英尺，也许一码。望远镜沉下去，放松下来——稳定下来，寻找边缘，寻找细节。望远镜又沉了一下——它找到了目标，目标横在一个窗台和一根排水管之间。

那是一条黑影，别扭地紧贴墙壁，它往下看，寻找新的落脚点；它往上看，寻找能借力的窗台。望远镜盯得很认真。

人影是个高大瘦削的男人，穿着一身适合这个行当的打扮：黑色长裤加黑色套头衫，但动作笨拙而生硬。他在紧张。有意思。望远镜在等待并考虑，考虑并判断。

那家伙显然是个外行。

看看他笨手笨脚乱摸的模样。看看他愚蠢透顶的动作。他的脚在排水管上滑了一下，他的手怎么都够不到窗台。他险些摔下去。他停下来喘息。他有一会儿甚至开始向下爬了，却发现那条路更难走。

他再次起跳，这次抓住了窗台。他双脚乱踢，想稳住身体，险些没蹬住排水管，差点酿成非常非常惨的惨剧。

不过接下来就比较容易了，进展也更顺利。他爬过又一根排水管，伸手抓住四楼窗台，和死神眉来眼去了几秒钟，挣扎着爬上窗台。这时他犯了个致命的错误，他向下看了一眼，一时间没站稳，一屁股坐了下去。他手搭凉棚，望向室内，确定房间里没有灯光，然后开始撬窗户。

业余盗贼和职业盗贼的区别之一就在于此，业余盗贼会觉得带上撬窗用的工具是个好主意。还好房主也是外行，提拉窗不情愿地向上滑开了。盗贼爬进窗户，似乎松了一口气。

他应该关上窗户以保护自己，望远镜心想。一只手伸向电话，一张脸凑到窗口向外看，月光短暂地照亮了它，这张脸随即缩回去，继续干它该干的事情去了。

那只手在电话上方停顿了一两秒，望远镜在等待并考虑，考虑并判断。这只手转而伸向伦敦城区的街道交通图。

一阵漫长而慎重的停顿后，望远镜继续认真地看这儿看那儿，手再次伸向电话，拿起听筒，开始拨号。

第十四章

苏珊的公寓虽然小，但很空旷，理查德打开电灯开关，紧张兮兮地心想，似乎只有女性才能变出这种戏法。

让他紧张的当然不是这个观察结果——这他以前也想到过，而且想过很多次。实际上，每次来她的公寓他都会这么想。每次他都感到惊讶，通常是因为他直接从他自己的公寓来，他家比这套公寓大三倍，却拥挤得没处下脚。这次他同样直接从家里来，只是走的路径不怎么循规蹈矩，正是这一点让他原本平常的观察变得异常紧张。

尽管夜晚很冷，但他在出汗。

他望向窗外，然后转过身，蹑手蹑脚地穿过房间，走向放电话和答录机的独立小桌。

蹑手蹑脚没有任何意义，他对自己说。事实上，他非常想知道她去了哪儿——就像今天晚上刚开始的时候，她非常想知道他去了哪儿一样。

他意识到他还在蹑手蹑脚。他拍了一下大腿，强迫自己停止这么做，但还是继续蹑手蹑脚地向前走。

爬墙进来简直太恐怖了。

他用运动衫的袖子擦了擦脑门，他身穿他最旧、最油腻的一件运动衫。有一个凶险的瞬间，他的人生走马灯似的闪过眼前，但他的心思全放在担心摔死上，因此错过了所有的美好片段。他意识到，绝大多数美好的片段里都有苏珊。不是苏珊就是电脑。而当苏珊和电脑同时出现的时候，就组成了大多数不美好的时刻。所以你才会出现在这儿，他对自己说。他想说得更有说服力一些，于是又重复了一遍。

他低头看手表。十一点四十五分。

他忽然想到，在他触碰任何东西之前，最好先去洗一洗他汗津津、脏兮兮的手。他担心的并不是警察，而是苏珊那位让人害怕的清洁大妈。她肯定会看出来的。

他走进卫生间，打开电灯开关，然后擦开关。他一边洗手，一边借着日光灯明亮的光线打量镜子里那张惶恐的脸。他一时间想到了柯勒律治晚宴上舞动的温暖烛光，今晚早些时候的景象似乎已经是遥远而模糊的历史了，却在此刻突然喷涌而出。晚宴上他过得逍遥自在，无忧无虑。美酒闲谈，助兴戏法。他想到萨拉雪白的小圆脸，想到她如何惊讶得双眼圆睁。他开始洗脸。

他心想：

当心！当心！

他飘动的头发，他闪光的眼睛！

他梳了头。他想到高悬于众人头顶上的画像。他刷了牙。日光灯的嗡嗡声忽然把他拉回现实，他惊恐地想到自己是作为窃贼来到这里的。

内心的某种情绪逼着他直视镜子里的脸，他摇摇头，让自己清醒过来。

苏珊什么时候回来？这当然取决于她这会儿在干什么。他飞快地擦干双手，重新走向自动答录机。他戳了一下按钮，他的良知戳了一下他。磁带已经走了很长一段，他陡然惊觉，多半是因为戈登打了个滔滔不绝的电话。

他忘记了磁带上还会有其他人的留言，听其他人的留言等于偷拆信件。

他再次向自己解释，你正在做的是撤销一个你犯下的错误，以免它造成不可避免的损害。他可以只回放一点小小的片段，直到听见自己的声音。这样不会太糟糕，你甚至听不清片段里究竟在说什么。

他在内心哀叹，咬紧牙关，按下播放按钮。他的动作太粗暴，没有按对按钮，反而弹出了磁带。他把磁带插回去，按下播放按钮，这次比较小心。

嘀。

"哦，苏珊，嘿，是我，戈登。"答录机说，"我正在去小木屋的路上。今天是，呃……"他快进了几秒钟，"我需要确定理查德在做这个项目。我指的是用心做……"理查德抿紧嘴唇，再次按下快进按钮。他非常厌恶戈登企图通过苏珊施加压力，而戈登总是否认他这么做过。要是再这样下去，苏珊时常因为他忙工作而发脾气，理查德也就没法责怪她了。

咔嗒。

"'……还击。'再帮个忙，记下来转告苏珊，做个'武力还击'牌子，底下是根尖桩，高度刚好能让兔子看见。"

"什么？"理查德喃喃道，手指在快进按钮上方犹豫了一秒钟。他觉得戈登发疯般地想效仿霍华德·休斯[1]，假如在财富方面永远也无法企及，那么至少可以在不正常方面加倍努力。戈登在表演，明显在表演。

"我说的当然是秘书苏珊，不是你。"戈登的声音继续道，"说到哪儿了？哦，对。理查德和'圣歌'2.0。苏珊，这东西两周内就要开始公测了……"

理查德猛戳快进按钮，抿紧嘴唇。

"……目前有可能知道他到底是在完成重要任务还是在成天摸鱼的只有一个人，而这个人……"他再次愤怒地猛戳按钮。他向自己发过誓，他一个字也不会偷听，但此刻听见的内容气得他

1　美国企业家、飞行员、电影人，晚年因受精神问题困扰而举止怪异。

113

七窍生烟。他不该再听下去了。唉，好吧，再试一次。

开始播放，他听见的却是音乐。奇怪。他再次快进，还是音乐。为什么会有人打电话进来，对着答录机播放音乐呢？他很好奇。

电话响了。他停止播放，拿起听筒，这才意识到他在干什么，险些把电话像电鳗似的扔出去。他几乎不敢呼吸，把听筒放在耳边。

"闯空门的规矩，第一条，"一个声音说，"干活的时候千万别接电话。老天在上，你以为你是谁？"

理查德愣住了。他乱翻了好一会儿才找到他自己的声音。

"你是谁？"他低声说。

"第二条，"那个声音继续道，"做好准备工作。带上正确的工具，戴上手套。半夜三更挂在窗台上晃荡之前，先对你要做的事情尽量有个哪怕最不着边际的概念。

"第三条，绝对不要忘记第二条。"

"你是谁？"理查德叫了出来。

那个声音不为所动。"邻里守护者，"它说，"你从后窗向外看，会见到……"

理查德拖着电话线跑到窗口向外看，一道闪光吓了他一跳。

"第四条，绝对不要站在有可能被拍照的地方。"

"第五条……你在听我说吗，麦克达夫？"

"什么？在……"理查德慌乱道，"你怎么知道我是谁？"

"第五条，听见你的名字绝对不要答应。"

理查德站在那儿说不出话，呼吸急促。

"要是你感兴趣，"声音说，"我开了个小小的学习班。"

理查德无言以对。

"你在学习，"声音说，"学得很慢，但毕竟在学习。要是你学得比较快，这会儿应该已经放下电话了。但你不是个合格的罪犯，而且你太好奇，所以你没放下电话。我办的当然不是新手窃贼学习班，虽说这个点子相当诱人，肯定能从哪里拉到点赞助。既然窃贼必定存在，受点训练总比空手上阵好。

"不过，要是我真在办这么一个学习班，保准会允许你免费参加，因为我太好奇了。我想知道理查德·麦克达夫先生为什么会突然投身于闯空门事业，因为按照我的了解，这位年轻人很有钱，在电脑业算是一号人物。"

"你是……？"

"于是我做了点小小的调查，打给电话查号台，发现你正在闯的公寓属于一位路小姐。另外我知道理查德·麦克达夫先生的雇主是著名的路先生，所以我在想路先生和路小姐会不会凑巧有血缘关系。"

"你是……？"

"和你说话的是斯弗拉德，大家都叫他德克·切利，目前使用的姓氏是简特利，至于原因，这会儿就不多说了。晚上好。要是你想知道更多信息，十分钟后来阿佩尔街的玛尚诺比萨店找我。记得带钱。"

"德克？"理查德叫道，"你……你在勒索我？"

"不，白痴，买比萨。"咔嗒一声，德克·简特利挂了电话。

理查德头晕目眩地站了几秒钟，再次擦拭额头，轻轻地放下电话，就好像那是一只受伤的仓鼠。他的大脑呜呜哭着，吸着大拇指，皮层深处的许多小突触手拉手跳舞唱儿歌。他使劲摇头，命令它们停下，快步走到答录机旁重新坐下。

他和自己辩论了一会儿，要不要再次按下播放按钮，还没等他下定决心，手指已经按了下去。舒缓的轻音乐飘扬了还不到四秒，走廊里忽然响起钥匙插进门锁的声音。

理查德惊恐地按下退出键，磁带弹了出来，他抓起磁带塞进牛仔裤口袋，从答录机旁的一摞空白磁带里抓起一盘塞进机器。他家的答录机旁边也有这么一摞空白磁带，办公室那位苏珊给的——是那位可怜的、常年受苦的秘书苏珊。明天早上，等他有了时间和精力，他必须记得同情她一下。

然而突然间，他甚至都没通知自己一声就改变了主意。他的动作快如闪电，先把替换的磁带弹出答录机，换上他企图偷走的那一盘，再按下倒带按钮，扑向沙发，利用门打开前的最后两秒钟，尽可能地摆出一个冷淡而迷人的姿势。一时冲动之下，他把左手塞到背后，说不定能派上什么用场呢。

他忙着重新摆放五官，挤出一个后悔、喜悦和性诱惑各占三分之一的表情，这时门开了，走进房间的是迈克尔·温顿-威克斯。

世界停顿了。

窗外，冷风偃旗息鼓，猫头鹰悬停在半空中。好吧，猫头鹰有没有停下还能商榷，但中央供暖系统确实选择了这个时刻停机，大概是也无法忍耐突然席卷整个房间的超自然寒意了。

"星期三，你来这儿干什么？"理查德叫道。他跳下沙发，像是被怒气托了起来。

迈克尔·温顿-威克斯人高马大，面相凄楚，有些人叫他迈克尔·星期三-本周[1]，因为他总是答应在本周把事情办好。他穿着一身剪裁极其考究的正装，然而仅限他父亲（已故的马格纳勋爵）于四十年前置办时而言。

理查德有个他格外讨厌的人员名单，不长，但迈克尔·温顿-威克斯的排名特别高。

某些人不但有特权，而且觉得世界并不明白特权人士面临的难题，因此总是自怜自艾，理查德打心底里厌恶这种念头，所以打心底里讨厌迈克尔。反过来，迈克尔也讨厌理查德，原因非常简单：理查德讨厌他，而且从不掩饰。

迈克尔惨兮兮地慢慢扭头往走廊里看，苏珊这时也走了进来。她看见理查德，停下脚步。她放下手包，松开围巾，解开大衣的纽扣，脱掉大衣，递给迈克尔，走到理查德面前，然后扇了他一个耳光。

1　"温顿-威克斯"（Wenton-Weakes）的字形和发音类似"星期三-本周"（Wednesday-Week）。

"我整个晚上都在憋这一招，"她怒气冲冲地说，"别假装你背后是你忘记带来的一束花了，这个把戏你耍过了。"她转过身，跺着脚走开。

"这次我忘记的是一盒巧克力，"理查德闷闷不乐地说，对着她越走越远的背影伸出手，"我爬了那么高的外墙，结果忘了带。进来后我觉得自己像个傻瓜。"

"不是很好笑。"苏珊说。她恶狠狠地走进厨房，听声音像是在徒手磨咖啡。她看上去总是那么干净、甜美和优雅，骨子里的脾气却大得可怕。

"真的，"理查德完全不理睬迈克尔，"我险些摔死。"

"我可不会上你的当，"苏珊在厨房里说，"要是你想试试被又大又锋利的东西砸，不如过来给我说个笑话。"

"现在道歉是不是已经没有意义了？"理查德大声说。

"你说呢？"苏珊恶狠狠地走出厨房，闪着凶光的眼睛盯着他，两只脚正在货真价实地跺着地板。

"说真的，理查德，"她说，"你大概又要说你忘记了吧。你怎么有脸站在这儿，两条胳膊、两条腿、一个脑袋，就好像你真是个活人？你这种行为，连阿米巴原虫[1]都会觉得羞愧。我敢打赌，最低等的阿米巴原虫偶尔都会带女朋友去胃部黏膜跳两圈狐步舞。哼，希望你今晚过得糟糕透顶！"

1　一种可寄生在人体肠道、大脑等部位的寄生虫。

"确实糟糕，"理查德说，"你肯定不会喜欢的。卫生间里有匹马，你知道自己会有多么讨厌这种事。"

"哦，迈克尔，"苏珊粗暴地说，"别像一块丢了魂的布丁似的傻站在那儿。非常感谢你的晚餐和音乐会，你是个好人，我很高兴可以听你说一整个晚上的烦恼，暂时能让我从自己的烦恼中换换脑子还真不赖。现在我只想找到你的书，打发你回家。因为我很快就要开始上蹿下跳、大发雷霆了，而我知道这样会刺痛你纤弱的感性灵魂。"

她从他手上拿起大衣挂好。抱着大衣的时候，迈克尔似乎完全沉浸在这个任务之中，完全不知道其他事物的存在。没了大衣，他变得失落、脆弱，被迫重新面对生活。他转动他那双阴沉的大眼睛，重新望向理查德。

"理查德，"他说，"我，呃，读了你在……《洞察》杂志上的文章，论音乐与……呃……"

"分形景观。"理查德截断他的话头。他不想和迈克尔交谈，更不想和迈克尔讨论他那份恶心的杂志。更确切地说，是曾经属于迈克尔的那份杂志。

理查德不想被拖进去的正是这个话题。

"呃，对。非常有意思，是的，"迈克尔用他过于圆润的丝滑声音说，"山的形状，树的形状，各种各样的东西。还有循环藻类。"

"递归算法。"

"哦，对，没错。非常有意思。但错得厉害，错得太离谱了。哦，我是说对杂志而言。说到底，那毕竟是艺术评论杂志。换了我，绝对不可能允许登这种文章。罗斯彻底毁了它。彻底。他必须滚蛋。必须。他没有艺术感知力，他就是个小偷。"

"他不是小偷，星期三，你说得太荒谬了！"理查德怒道，尽管下过决心，但他还是被拖进了这个话题，"你出局和他毫无关系。那是你自己的愚蠢错误，而你……"

有人倒吸一口凉气。

"理查德，"迈克尔用他最柔和、最平静的声音说——和他争论就好像被丝绸降落伞缠了个正着——"我认为你不明白这有多么重要……"

"迈克尔。"苏珊温柔但坚定地拉开门。迈克尔·温顿-威克斯微微点头，似乎有些泄气。

"你的书。"苏珊又说，递给他一本年代久远的小书，看书名说的是肯特郡的教会结构。他接过书，嘟囔着说了谢谢，盯着理查德看了几秒钟，像是突然发现了什么怪事，然后收拾起心思，点头告别，转身离开。

迈克尔走后，理查德意识到先前他的弦绷得有多么紧，这会儿才突然放松下来。他向来厌恶苏珊对迈克尔的宽容态度，尽管她总是嘴上非常粗暴，但这只是在掩饰她心软的事实。也许这正是理查德感到厌恶的原因。

"苏珊，我能说什么呢？"他没什么底气地说。

“你可以先说一句'好疼'。我扇你那一巴掌好像还挺用力的，你甚至连这点成就感都不肯给我。该死，怎么这么冷！窗户为什么开着？”

她过去关窗。

“我说过了，我就是从那儿进来的。”理查德说。

他说得足够认真，希望她能转过身，诧异地看他。

“真的，”他说，“就像巧克力广告那样，只是我忘了带那盒巧克力……”他胆怯地耸耸肩。

她诧异地望着他。

“你是中了什么邪？”她说。她把脑袋伸出窗户向下看。“你会摔死的。”她说，转身看着他。

“呃，嗯，对……”他说，“但似乎只有这一条路……我也说不准。”他振作起来，“你把钥匙要回去了，没忘记吧？”

“没忘记。我受够了你跑来洗劫我的食品库，但就是懒得自己去采购。理查德，你真是从墙上爬进来的？”

“那个，我想在这儿等你回来。”

她困惑地摇摇头。“我不在的时候你进来反而好得多，所以你才穿了这么一件肮脏的旧衣服？”

“对。你不会以为我会穿成这样去圣塞德参加晚宴吧？”

“我已经懒得思考你觉得什么样的行为算是合情合理了。”她叹息道，拉开一个小抽屉。“给你，”她说，“希望能救你一命。”她把穿在一个环上的两枚钥匙递给他。“我太累了，懒得发火。听迈克尔唠叨了一个晚上，我一点力气也没了。"

"我一直不明白你为什么能容忍他。"理查德一边说着，一边去厨房取咖啡。

"我知道你不喜欢他，但他很体贴，自有一种可悲的魅力。通常来说，和一个只关注自己的人待在一起你会很放松，因为对方不会对你提出任何要求。但他现在痴迷于希望我能为他的杂志做些什么。当然了，我并不能。世界不是这么运转的。然而我确实觉得他很可怜。"

"我不觉得。他的日子一直过得逍遥自在。现在也还是逍遥自在。这次只是被人抢走了玩具而已，离不公平还远着呢，你说呢？"

"不是公不公平的问题，我同情他只是因为他不开心。"

"好吧，他当然不开心了。A. K. 罗斯把《洞察》办成了一份犀利而睿智的杂志，每个人突然都想找来看看了。而它以前只是一堆装模作样的垃圾，唯一的用处就是让迈克尔找他喜欢的人吃饭、拍马屁，前提是他们说不定会为他写点什么。他连一期像样的刊物都没办出来。整件事就是个笑话。他完全是在自欺欺人。我不觉得这有什么迷人和有趣的。对不起，我又没完没了地说这个了，我不是存心的。"

苏珊不自在地耸耸肩。

"我觉得你的反应太激烈了，"她说，"不过他要是总找我做这种我做不到的事情，我也只能离他远远的了。实在太耗神了。总而言之，听我说，我很高兴你今晚过得很糟。我想聊聊咱们这个周末的安排。"

"啊，"理查德说，"说到这个……"

"哦，对了，我先查一下留言。"

她从他身旁走过，打开自动答录机，播了几秒钟戈登的留言，然后不耐烦地弹出磁带。

"懒得听了，"她把磁带塞给理查德，"明天直接交给办公室的苏珊吧，省得她跑一趟。就算有什么要紧事，她也可以告诉我。"

理查德吃了一惊，说："呃，好的。"把磁带装进口袋。末日推迟，他高兴得浑身刺痒。

"那么，这个周末——"苏珊说着坐进沙发。

理查德用手蹭了蹭眉头："苏珊，我……"

"很抱歉，我得加班。妮可拉生病了，下周五威格莫音乐厅的演出我必须替她上场。曲目里有我不太熟的维瓦尔第和莫扎特，所以周末我必须去加练。很抱歉。"

"呃，其实呢，"理查德说，"我也必须加班。"他在她身旁坐下。

"我知道。戈登逼着我去催你。我特别讨厌他这样。这些事和我没关系，而且弄得我很难做。我受够了被人逼着做这做那，理查德，至少你没这么对我。"

她喝了一口咖啡。"不过我确定，"她继续道，"在步步紧逼和彻底遗忘之间，还存在一些灰色地带，我很想好好发掘一下。来，抱住我。"

他抱住苏珊，觉得他真是不配享有这份难以想象的巨大幸运。一小时后，他告别苏珊，发现玛尚诺比萨店已经打烊了。

与此同时，迈克尔·温顿-威克斯正在回切尔西家里的路上。他坐在出租车的后座上，用茫然的视线望着街道，手指在车窗上敲出若有所思的迟缓旋律。

嗒嗒嗒嗒嘀嗒嗒嘀嗒嘀嗒。

他是个危险人物，他们这种人只要能满足心意，就会表现得温和柔顺，就像一头母牛。由于他总能得到满足，而且似乎很容易被取悦，因此任何人都没想到过他除了温和柔顺如母牛之外还有另一副面孔。你必须推开许多温和柔顺的东西，才能找到一小块无论怎么推都纹丝不动的硬骨头，而那些温和柔顺的东西之所以存在，就是为了保护这块硬骨头。

迈克尔·温顿-威克斯是马格纳勋爵的小儿子，这位溺爱成性的父亲是位出版商和报业巨头，在他的保护伞下，迈克尔得以愉快地经营自己的一份小杂志，不需要担心随之而来的巨大损失。马格纳勋爵的父亲，第一代马格纳勋爵，建立了一个出版帝国，如今勋爵正无可奈何地看着帝国不失尊严地逐渐衰弱。

迈克尔继续用指节轻敲车窗。

嘀嗒嗒嘀嗒嘀嗒。

他想起父亲换插头时不小心触电身亡的那个恐怖日子。他母亲，居然是他母亲接管了生意。不但接管，而且开始以出乎意料的热情和决心管理事业。她用锐利的视线审视公司的运行情况——或者按照她的说法：爬行情况——最后终于翻开了迈克尔那份杂志的账本。

嗒嗒嗒。

迈克尔对业务的了解仅限于知道数字应该长什么样，而他做到的仅仅是说服父亲相信数字确实就长这个样。

"这个工作可不能只是一份闲职，你必须明白，我的好小子，你必须奋斗出自己的道路，否则别人会怎么看你，你会变成一个什么样的人？"他父亲曾经对他说。迈克尔严肃地点头，琢磨下个月的数字该长什么样，还有他什么时候才能出版下一期刊物。

但他母亲不一样，他母亲并不纵容他。一点也不。

迈克尔总是将母亲比作一把旧战斧，然而假如真要将她比作战斧，那也只可能是一把精心打造、均衡匀称的战斧，只有少许装饰性的优雅雕纹，终止于寒光闪烁的斧刃之前。这么一把凶器轻轻一挥，你都不知道自己被砍中了，直到下次抬起手腕看表，才发现少了一条胳膊。

她一直在耐心（至少看上去很有耐心）等待，扮演忠诚的妻子和溺爱孩子但严格的母亲。但现在——咱们暂时切换一下比喻——有人从鞘里拔出了她，吓得所有人哭爹喊娘。

迈克尔也包括在内。

她坚定不移地相信，她不动声色地爱着的迈克尔被宠坏了，不是普通的被宠坏了，而是把这个概念发扬到了最圆满、最可怖的境地。尽管为时已晚，但她依然下定决心要改变这种情况。

她只用了几分钟，就发现他每个月都在瞎编数字。杂志损失的海量金钱被迈克尔挥霍一空，他对比虚构的税金，信手捏造了金额可观的餐饮账单、出租车费用和员工开销。整个账目直接消失在了马格纳家族浩如烟海的账册之中。

她召唤迈克尔来见她。

嗒嗒嘀嗒嗒啪。

"你要我怎么对待你？"她说，"当你是我儿子还是我手下一份杂志的总编？我愿意两个都要。"

"您的杂志？呃，我是您的儿子，但我不明白……"

"对。迈克尔，你给我看这些数字，"她轻快地说，把一张电脑打印纸递给他，"左侧是《洞察》杂志的真实收入和支出，右侧是你的数字。有没有看出点什么来？"

"妈妈，我能解释，我……"

"很好，"马格纳夫人甜甜地说，"你这么说我很高兴。"

她收回那张纸。"接下来该怎么做，才能把这份杂志经营得更好，你有什么想法吗？"

"有，太有了，有特别强烈的想法。我……"

"很好，"马格纳夫人的笑容非常灿烂，"特别好，非常让人满意。"

"您不想听我……？"

"不想，亲爱的，不重要。我高兴只是因为你对收拾烂摊子有话可说。我相信《洞察》杂志的新主人会很愿意听你说的。"

"什么？"迈克尔震惊道，"您是说要卖掉《洞察》？"

"不。我想说的是已经卖掉了。可惜得到的不多，一英镑和一个保证，接下来的三期刊物还是你当主编，然后就完全听凭新主人处置了。"

迈克尔的眼珠都快瞪出来了。

"好了，别这样，"他母亲解释道，"目前这个情况恐怕不可能继续下去了，你说呢？你一向赞同你父亲说的，这份工作不该是个闲职。无论是相信你还是怀疑你，对我来说都非常困难，所以我只好另找一个更能客观看待彼此关系的人，把这个难题交给他。那么，迈克尔，就这样吧，我还约了别人。"

"呃，但是……你把杂志卖给谁了？"迈克尔气急败坏道。

"戈登·路。"

"戈登·路！我的天啊，妈妈，他是……"

"他迫不及待地希望人们看到他在资助艺术事业。我指的就是居高临下的那种资助。亲爱的，我相信你和他一定会相处得很好。那么，要是你不介意……"

迈克尔还不肯放弃。

"我就没听说过这么荒谬的事！我……"

"知道吗，我把这些数字拿给路先生看，他也是这么惊叹的，然后强烈要求你再主编三期刊物。"

迈克尔长吁短叹，面红耳赤，手指摇动，但想不出还能说什么。最后只憋出一句："要是我说您就当我是您手下一份杂志的主编，会让这个结果发生什么变化吗？"

"哎呀，亲爱的，"马格纳夫人露出她最甜美的笑容，"我会叫你温顿-威克斯先生。而且现在也不会让你拉好领带了。"她继续道，手指在下巴底下比画了一下。

嗒嗒嗒嗒嗒嗒。

"十七号，对吧，老兄？"

"呃……什么？"迈克尔晃晃脑袋。

"你之前说的是十七号，没错吧？"司机说，"因为我们到了。"

"哦。哦，对，谢谢。"迈克尔说。他钻出车门，在口袋里掏钱。

"嗒嗒嗒，对吧？"

"什么？"迈克尔把车费递给他。

"你嗒嗒嗒地敲了一路。"司机说，"有心事，对吧，朋友？"

"他妈的不关你事。"迈克尔没好气地说。

"随便你，朋友。我还以为你发疯了或者怎么了呢。"司机说完，开车离开。

迈克尔开门进屋，穿过冷冰冰的前厅，来到餐厅，他打开天花板上的大灯，拿起酒瓶给自己斟了一杯白兰地。他脱掉大衣，扔在红木大餐桌上，拖了把椅子走到窗口，细细品尝烈酒和他的委屈。

嗒嗒嗒，他又开始敲窗户。

他闷闷不乐地主编完约定的三期刊物，杂志举办了一个小小的仪式送他出门。新主编上任，名叫A.K.罗斯，年轻，贪婪，野心勃勃，很快把杂志办得有声有色。与此同时，迈克尔变得失落，无处可去。他什么都没了。

他继续敲打窗户，和平时一样，望着窗台上的小台灯。这是一盏平平无奇的小台灯，相当难看，他之所以时常会盯着它入迷，是因为这盏台灯电死了他的父亲，而他父亲当时就坐在这个位置上。

老家伙对现代科技一窍不通。迈克尔仿佛能看见他戴着半月形眼镜，噘着胡须，全神贯注地盯着一个十三安的插头，试图破解其中神秘莫测的奥义。事后看来，他把插头插回了墙上的插座里，但没有拧上盖板，紧接着就想在原位更换保险丝。电击之下，他脆弱的心脏停止了跳动。

就是这么个简简单单的小错，迈克尔心想，任何人都有可能犯，真的是任何人，造成的后果却是场灾难，彻底的大灾难。他父亲的逝世，他本人的损失，可恶的罗斯爬上高位，杂志取得了可憎的成功，还有……

嗒嗒嗒。

他望向窗户，看着玻璃上自己的影子，看着窗外灌木丛黑乎乎的影子。他继续看台灯。就是这个东西，就在这个地方，一个简简单单的小错。很容易犯，更容易避免。

隔开他和那一刻的仅仅是一道不可见的屏障：两者之间相距的几个月时光。

某种怪异的冷静突如其来地笼罩了他，就好像他忽然下定了什么决心。

嗒嗒嗒。

《洞察》杂志是他的。它不该取得成功，那是他的人生。别人夺走了他的人生，他必须做出回应。

嗒嗒嗒哗啦。

他吓了自己一跳，因为他突然一拳打穿窗户，把自己划得鲜血淋漓。

第十五章

戈登·路站在他的"小木屋"前，不由得体会到身为死者的种种烦恼。

按照一般人的标准，这座屋子其实相当宽敞。他从小就想要一幢乡间小木屋，然而等他终于买得起小木屋的时候，他发现自己的资产早就超过了他想象中可能拥有的数字，于是他买下了教区长的宽敞旧宅。尽管这座屋子有七间卧室和剑桥郡阴冷潮湿的四英亩[1]土地，但他还是管它叫"小木屋"。那些真正拥有小木屋的人当然不会因为这个词语而亲近他，但是，假如戈登·路会根据别人亲不亲近而改变他的做法，那他就不是戈登·路了。

当然，他现在已经不是戈登·路了，他是戈登·路的鬼魂。

他这个鬼魂的口袋里装着戈登·路的钥匙。

1　1英亩≈4046.9平方米。

正是因为意识到这一点，他才在他不可见的轨迹上停了下来。他厌恶穿墙的念头。他整个晚上都在竭力避免穿墙。他挣扎着尝试抓住他碰到的所有物体，为的就是对抗这个念头，从而证明自己是有实体的。进入这座屋子——这座属于他的屋子——除了打开正门，以拥有者的姿态阔步走进，其他任何方式都会给他带来强烈的失落感。

他望着屋子，衷心希望它不是如此极致的维多利亚哥特风，希望月光不会如此冰冷地照亮狭窄的山墙窗和可憎的塔楼。买下屋子的时候，他开过一些愚蠢的玩笑，说它看上去活该闹鬼，但没想到有朝一日它真的会闹鬼，尤其是这个鬼还是他自己。

他悄无声息地走上车道，寒意笼罩了他的灵魂，向左右两侧望去，远比住宅本身古老的紫杉依稀可辨。一个人要是在这么一个夜晚走上这么一条车道，恐怕会因为担心遇到他这么一个幽灵而胆战心惊，这个念头让他非常烦恼。

隔着左侧的一排紫杉，他能隐约看见旧教堂的庞然身影。这座教堂现已衰败，与附近各个村庄的另外几座教堂轮流使用，主持仪式的教区牧师每次都会气喘吁吁地蹬着自行车来到这儿，然后气馁地发现等待他的教徒寥寥无几。月亮在教堂的尖塔背后冷眼旁观。

戈登的眼睛忽然捕捉到了一丝微弱的动静，屋子旁边的灌木丛里似乎有个黑影在移动，他对自己说，这只是你的幻觉而已，死亡的重负绷紧了你的神经。这里还有什么东西能吓住他呢？

他继续向前走，绕过教区长馆的厢房，穿过常青藤盘绕的阴暗门廊，走向门廊深处的大门。他突然诧异地意识到屋里灯火通明——照明的不但有电灯，还有壁炉的闪烁火光。

过了一两秒，他才回过神来：小木屋做好了迎接他的准备，但当然不是现在这个状态的他。老管家本奈特夫人肯定来过，为他铺床，生壁炉，做一顿简单的晚饭。

电视应该也开着，而且是特地为他打开的，好让他一进门就不耐烦地关掉。

他没能在砾石上踩出嘎吱嘎吱的声音。尽管知道无论他多么想开门，结果肯定都是失败，但他还是忍不住走向大门，想先试一试打开大门，然后再扎进门廊的阴影深处，闭上眼睛，可耻地放任自己穿过墙壁。他走到门口，停下脚步。

门开着。

尽管只开了半英寸，但门确实开着。他的灵魂在担忧和惊讶之中颤抖。门怎么会开着？本奈特夫人对这种事向来一丝不苟。他站在那里，犹豫了几秒钟，然后不无困难地把身体压在门板上。尽管他只能向门板施加微乎其微的压力，但门还是不情不愿地慢慢打开了，铰链发出抗拒的呻吟。他走进屋子，沿着铺了石板的门厅向前走。宽阔的楼梯通往黑洞洞的楼上，门厅两侧的房门都关着。

离他最近的房门通向客厅，壁炉的火熊熊燃烧，他能隐约听见深夜电影里汽车追逐的声音。他和亮闪闪的黄铜门把手搏斗了一两分钟，徒劳无功之下被迫承认他遭遇了耻辱的挫败。突如其来的愤怒控制了他，他径直撞向那扇门——然后穿了过去。

里面这个房间是舒适而温暖的家居生活的写照。他跟跟跄跄地扑进房间，无法阻止自己在飘浮中穿过一张轻便小桌，桌上摆着厚实的三明治和用保温杯装的热咖啡。他穿过有软垫的扶手椅，冲进炉火，穿过炽热的厚砖墙，来到了隔壁冷冰冰、黑洞洞的餐厅。

通往客厅的连接门同样关着。戈登呆呆地摸索了一会儿，最终不可避免地承认了现实。他鼓起勇气，冷静而平和地穿过这扇门，第一次注意到木头内部的丰富纹理。

戈登几乎无法承受房间的舒适感，他漫无目的地走来走去，静不下来，放任温暖活泼的炉火穿透他的身体。然而炉火无法温暖他。

他心想，鬼魂每天夜里都该做些什么呢？

他坐下，坐立不安地看电视。可是没多久，追车戏就演到了平静的结局，屏幕上只剩下灰色的雪花点和哗哗的白噪声，而他还没法关掉电视。

他发觉自己在椅子里陷得太深，他和椅子的组成物质混在了一起，他奋力把自己拔出来。他站在桌子中央，试图用这个办法逗自己高兴，然而他的情绪不屈不挠地滑向沮丧的深渊，无论如何也拉不回来。

也许他可以睡觉。

也许。

他并没有疲惫或困倦的感觉，心里只剩下对彻底消亡的极度渴望。他穿过关着的门，回到黑洞洞的门厅，宽阔而结实的楼梯从门厅通往楼上阴郁的宽敞卧室。

他茫然地爬上楼梯。这么做毫无意义，他心里清楚，要是你没法开卧室的门，那你也就没法在卧室的床上睡觉。他穿过卧室门，飘到床上躺下，他知道床冷冰冰的，但他感觉不到。月光似乎不肯放过他，明晃晃地追着他照，而他睁着眼睛，茫然地躺在床上，甚至无从回忆睡眠是什么以及该怎么入睡。

某种空虚的恐惧袭上心头。想想凌晨四点你清醒地躺在床上，并且觉得会躺到天荒地老——就是这种恐惧。

他无处可去，就算去了也无事可做，无论他去找谁，被他弄醒的人见到他都会惊恐万分。

此前最糟糕的时刻莫过于他在公路上撞见理查德的那个瞬间，理查德被吓得煞白的脸凝固在风挡玻璃后面。他再次看见了理查德的脸，还有理查德旁边那条白色鬼影的脸。

他脑海深处本来还存在最后一丝萦绕不去的热乎气，对他说这只是个暂时性的问题，夜里觉得难熬是正常的，等明早见到其他人，理清楚头绪，天下就太平了。现在这一丝热乎气终于离他而去。他紧紧抓住那个瞬间的记忆，无法放手。

他看见了理查德，而他知道理查德也看见了他。

他的生活不可能恢复正常了。

通常来说，夜里心情格外糟糕的时候，他会下楼去翻冰箱。于是他起身下楼，这总比待在月光下的卧室里让人愉快。他可以在厨房里晃来晃去，摸着黑磕磕碰碰。

他顺着楼梯扶手滑下去（有一段是穿过去的），想也没想就穿过厨房门飘进去。他花了五分钟聚集精神和能量，打开电灯开关。

他得到了货真价实的成就感，决定开罐啤酒庆祝一下。

他一次又一次地抓起又弄掉一罐福斯特啤酒，折腾了两分钟后，他决定放弃。他连一点打开拉环的思路都没有，再说，摔了这么多次，啤酒也跑气了——还有，就算他能打开，他该怎么喝啤酒呢?

他没有身体可以装啤酒。他把啤酒甩出去，它滚到了餐具橱的底下。

他注意到了自身的一个规律：他抓东西的能力似乎在跟随某种缓慢的节奏涨落，他的可见程度也一样。

但这个节奏并不规则，也可能是某些时候它的效果不如其他时候显著。而显著程度似乎也在跟随某种更慢的节奏起伏。只是在那个时刻，他能感觉他的力量正在增长而已。

他忽然来了劲头，想看看厨房里有多少东西是他能移动、使用或通过某种手段来利用的。

他打开餐具橱，他猛拉抽屉让餐具掉了一地，他让食品处理机短暂地呜呜转动，他打翻电动咖啡机却没能让它运转起来，他打开煤气炉的开关但点不着火，他用割肉刀乱砍一条面包。他试着把面包塞进嘴里，但面包穿过嘴巴掉在了地上。一只老鼠钻出来，吓得毛发竖起，立刻逃之夭夭。

最后他停下来，坐在餐台上，精神疲惫但身体麻木。

他心想，人们对我的死亡会有什么反应？

得知他死了，最难过的会是谁？

刚开始人们会震惊，然后悲伤，再然后会调整情绪。他将变成一段逐渐褪色的记忆，人们继续过没有他的生活，以为他去了人死之后都会去的地方。想到这里，最冰冷的恐惧充满了他的心灵。

他没有离开。他还在人间。

他坐在那儿，面对着他至今没能打开的那扇橱柜，无论他怎么拽把手，门都不肯打开，于是他非常生气。他笨拙地抓起一个番茄罐头，走到这个偌大的餐具橱前，抢起罐头砸把手。门突然开了，他血淋淋的失踪尸体恐怖地掉了出来。

戈登从来不知道，原来幽灵也会昏厥。

现在他知道了，并且昏了过去。

两小时后，煤气炉爆炸的巨响吵醒了他。

第十六章

第二天早晨，理查德醒了两次。

第一次，他认为他犯了个错误，于是翻了个身，断断续续地又睡了几分钟。第二次，他猛地坐起来，因为昨晚的各种事情不依不饶地纠缠着他。

他下楼吃了一顿忧郁不安的早饭，整个过程中没有一件事情是顺利的。他烤焦了吐司，碰翻了咖啡，然后想到他忘了买昨天就应该买的果酱。他审视了一番为了喂饱自己而做出的徒劳努力，想到他今晚起码应该腾出一点时间，带苏珊出去吃顿好的，以弥补他昨晚犯下的愚蠢过错。

前提是他能说服她一起去。

有一家餐馆，戈登曾经赞不绝口地宣扬过它有多么惊艳，推荐他们一定要去试试。戈登在选餐馆方面眼光很好——毕竟他花了那么多时间待在餐馆里，这也是理所当然的。理查德坐在那儿，用铅笔敲了几分钟牙齿，然后上楼去工作室，从一堆电脑杂志底下翻出电话簿。

餐馆叫"楼梯上的妙语"[1]。

他打电话到餐馆，然而当他说想要订座的时候，电话那头似乎觉得有点好笑。

"哎呀呀，不行哦，先生，"领班说，"非常抱歉，但真的不可能。你必须至少提前三周订座。不好意思，先生。"

理查德感到惊讶，居然有人能提前知道他们三周后要做什么，他向领班道谢，挂断电话。好吧，看来只好再吃一顿比萨了。想到这儿，他回想起昨晚他没能守住的另一个约定。过了一会儿，好奇心征服了他，他再次拿起听筒。

简特曼……

简特斯……

简特利。

根本没有姓简特利的。一个也没有。他翻出另外几本电话簿，但不包括姓氏开头从S到Z的那本，出于某种难以理解的原因，他的清洁女工一次又一次地扔掉了那一本。

当然也没有切利，连读音接近的都没有。没有金特利，没有吉特利，没有姜特利，没有琼特利，连稍微挨着点边的都没有。他想到森特利、桑特利和真特利，还打给了查号台，但查号台占

---

1 原文为法语，语出法国作家狄德罗，指与人争辩时反应不过来，等走下楼了才突然想出妙语反击。

线。他坐下，继续用铅笔敲牙齿，望着电脑屏幕上缓缓旋转的沙发。

说起来还真稀奇，就在几个小时前，雷格还一脸急切地问过德克的情况。

假如你特别想找某个人，你该如何入手，该从哪儿找起呢？

他打电话给警察局，但警察局也占线。好吧，只能这样了。除了雇私家侦探，他已经试过了他能想到的所有办法，而他还有更好的办法可以浪费时间和金钱。他会再次碰到德克的，他们每隔几年就会碰到一次。

他很难相信世界上真有这种人，怎么说呢，去当私家侦探。

他们是什么样的人呢？长什么模样？在哪儿工作？

如果你是私家侦探，你会打什么样的领带？肯定是人们以为私家侦探一定不会打的那种领带。想象一下你刚起床就在思考这种问题。

仅仅是出于好奇，也因为不好奇就只能去写"圣歌"的程序了，他不由得再次翻开了黄页。

私家侦探——见侦探事务所。

这几个字放在一本正经的商务语境中显得很奇怪。他把黄页翻了一遍，干洗店、驯狗师、牙科技师、侦探事务所……

就在这时，电话响了，他抓起听筒，语气有点不太好。他不喜欢被打扰。

"怎么了，理查德？"

"哦，凯特啊，你好。对不起，没事。我……我刚才在想事情。"

凯特·安塞姆是前进之路科技的另一位明星程序员。她主持一个人工智能的长期项目，这种项目怎么听怎么荒谬，但经她一解释就不荒谬了。戈登需要定期听她解释，一半是因为项目开销让他紧张，一半是因为——好吧，戈登就喜欢听凯特说话。

"我不想打扰你的，"她说，"只是我想联系戈登，但找不到他。我打到伦敦，打到小木屋，也打给他的车和寻呼机，但都没有回音。戈登这个人对保持联络很执着，这样好像不太寻常。你知道他在隔离罐[1]里都装了电话吗？我说真的。"

"我最后一次和他说话是昨天。"理查德答道，忽然想起苏珊的自动答录机磁带，他向上帝祈祷，希望他在磁带上只唠叨了兔子，没有任何重要的内容。他说："我知道他要去小木屋。呃，我也不知道他去哪儿了。你试过——"理查德想不出还能去哪儿找戈登，"呀，我的天。"

"理查德？"

"太诡异了……"

"怎么了，理查德？"

"没什么，凯特。呃，我刚刚看到了一条特别惊人的消息。"

"是吗，你在看什么？"

---

1 精神病学家约翰·C. 莉莉提出的一种装满水、避光、隔音的环境，人可以漂浮在水面上。

"呃，其实就是黄页……"

"真的？我这就冲出去买一本。电影改编权卖掉了吗？"

"听我说，凯特，不好意思，我能回头再打给你吗？我不知道戈登去哪儿了，而且——"

"没关系。我知道等不及要翻页是什么感觉。它们喜欢吊你的胃口一直到结尾，对吧？肯定是兹比格涅夫[1]干的。周末愉快。"她挂断电话。

理查德放下电话，傻乎乎地盯着面前打开的黄页上一个被框起来的广告。

> **德克·简特利**
>
> **整体侦探事务所**
>
> **我们破解整个案件**
>
> **我们寻回整个人证**
>
> **请立刻致电，解决你的整个问题**
>
> **（尤擅猫咪失踪案和麻烦离婚案）**
>
> **派肯德街33号A，伦敦N1，01-359 9112**

步行几分钟就能到派肯德街。理查德抄下地址，穿上大衣，小跑下楼，中途停了一会儿，又飞快地审视了一遍沙发。他心

1　波兰裔美国外交官。

想，他肯定看漏了什么特别明显的线索。一条狭窄长廊的拐角里卡着一张沙发。楼梯在此处中断，插进一段转弯的平台，只有两码长，位置刚好对着理查德家楼下的那套公寓。可惜这次还是没看出什么新东西来，最后他只能爬过沙发，走出公寓楼的正门。

你在伊斯灵顿扔一块砖头，至少能砸中三家古董店、一家房产中介店和一家书店。

就算没有真的砸中，你也肯定能触发店里的防盗警报，而且它要叫完这个周末才会被关掉。一辆警车沿着阿佩尔街玩它最喜欢的碰碰车游戏，刚从他身旁驶过就嘎吱一声急刹车停下。理查德在警车背后穿过马路。

今天是个寒冷的晴天，他喜欢这种天气。他走过伊斯灵顿绿地的顶角，醉鬼在那儿挨揍；他经过柯林斯音乐厅的旧址，音乐厅已毁于火灾；他穿过坎登通道市集，美国游客正在挨宰。他翻了一会儿古董，看见一副耳环，苏珊或许会喜欢，但他不敢确定。然后他也不敢确定自己喜不喜欢了，他不知道该怎么办，最后只好放弃。他走进一家书店，心血来潮之下买了本《柯勒律治诗选》，因为它就摆在最外面。

然后他穿过蜿蜒曲折的后街小巷，跨过运河，经过运河旁的政府办公楼，穿过一系列越来越小的广场，最终来到了派肯德街，这段路实际上比他想象中要远得多。

这里是开捷豹豪车的房产开发商会在周末流着口水来转悠的那种地方。街边挤满了租约到期的商铺、维多利亚时代的工业建筑和一小段乔治王朝晚期的朽败排屋，全都迫不及待地想被推倒，让结实的水泥方块代替它们拔地而起。饥渴的地产经纪成群结队地巡游，警惕地互相打量，他们的写字板一触即发。

他终于找到了33号，它像三明治似的被夹在37号和45号之间。这座屋子状况凄惨，急需修缮，不过也并不比这条街上的其他房屋差到哪儿去。

这幢楼的底层是一家积满灰尘的旅行社，窗户碎了，褪色的英国海外航空公司海报已经成了值钱的古董。紧挨着它的一扇门被漆成亮红色，手艺不怎么好，但至少是最近才上的。门旁边有个按钮，底下工工整整地写着："多米尼克，法语教学，四楼。"

然而这扇门最有看头的地方不是这个，而是镶在门的正中央的一块铜牌，这块牌子亮闪闪的，非常扎眼，上面印的文字是："**德克·简特利，整体侦探事务所。**"

只有这么几个字。牌子很新，连固定铜牌的铆钉也还闪闪发亮。

理查德轻轻一推，门开了，他往里张望。

里面是个散发着霉味的狭小门厅，门厅里只有通往楼上的楼梯。门厅尽头有一扇门，似乎好几年没打开过了。门上堆着古老的金属棚架、一个鱼缸，还有一辆自行车的残骸。除了这些杂物，墙壁、地面、楼梯本身和后门能摸到的地方全被刷成了灰色，试图用廉价的手段把这里打扮得时髦一点，但涂料已经磨损得很严重了。靠近天花板的墙面上有一块地方在漏水，几小团真菌在那儿伸头探脑。

愤怒的交谈声传进耳中，他爬上楼梯，逐渐分辨出那是两伙人在楼上吵架，他们各吵各的，但同样火热。

一伙人突然停了下来——也可能是这伙人之中的一方放弃了。一个胖男人怒气冲冲地走下楼梯，把他的雨衣领子拉直。另一方在上面继续愤愤不平地迸发法语。胖男人从理查德身旁挤过去，说："省省你的钱吧，朋友，还不如打水漂呢。"随后就消失在外面寒冷的晨风中。

另一场争吵的音量比较小。理查德来到二楼的走廊口，一扇门在某处被狠狠摔上，给这场争吵也画上了句号。离他最近的一扇门敞开着，他向内望去。

里面是一间小接待室，接待室通往里屋的门关着。一个穿廉价蓝外套的圆脸姑娘气冲冲地拉开办公桌抽屉，拿出几瓶化妆品和几盒纸巾塞进包里。

"这儿是侦探事务所吗？"理查德试探着问她。

姑娘点点头，咬着嘴唇，不肯抬头。

"简特利先生在吗？"

"可能在，"她说，撩起头发往后甩，但她的头发卷得太厉害，因此甩不起来，"也可能不在。我没立场告诉你。而且他在哪儿也和我没关系。就目前而言，他在哪儿只关他自己的事。"

她取出最后一瓶指甲油，想要摔上抽屉。抽屉里有一本厚厚的册子挡着，所以没能关上。她再次尝试，依然失败。她取出那本册子，撕掉一沓纸，又放回去。这次她轻而易举地做到了。

"你是他秘书？"理查德问。

"前秘书，我希望保持这个身份，"她说，没好气地合上拎包，"他想把钱花在愚蠢又昂贵的铜牌上，而不是付我工资上，那是他的事情。但我不会留在这里默默忍受，谢谢。对生意有好处？去他的吧。好好接电话才对生意有好处呢，我倒想看看他漂亮的铜牌怎么接电话。不好意思，请让一让，我要跺着脚冲出去了。"

理查德让到一旁，她跺着脚冲了出去。

"总算清静了！"里屋有个声音喊道。电话响了，立刻有人拿起听筒。

"有人吗？"里屋的声音暴躁地叫道。姑娘溜回来拿围巾，但没发出任何声音，免得被前老板听见，然后她就真的一去不回了。

"对，这儿是德克·简特利整体侦探事务所。您需要什么帮助吗？"

楼上的法语怒骂狂潮已经停了，紧张的寂静笼罩全场。

里屋的声音说："没错，桑德兰夫人，我们尤其擅长解决麻烦的离婚案。"

一阵沉默。

"是的，谢谢，桑德兰夫人，还没那么麻烦。"放下听筒，片刻之后，另一部电话又响了。

理查德扫视简陋的小办公室。没多少东西。破旧的三合板办公桌，古老的灰色文件柜，深绿色的铁皮废纸篓。墙上有一张"杜兰杜兰"乐队的海报，有人用红色签字笔在海报上潦草地写道："请取下这东西。"

　　另一个人在底下写道："不行。"

　　前一个人在底下写道："你必须取下来。"

　　后一个人在底下写道："没门儿。"

　　再底下："你被解雇了。"

　　再底下："好极了！"

　　争执似乎就此平息。

　　他敲敲里屋的门，但没人回答。那个声音继续道："我很高兴您问到这个，洛林森夫人。'整体'这个词说的是我的理念，我们事务所只关注万物之间本质性的相互联系。指纹粉、泄露秘密的衣袋细绒、无聊的脚印，我对这些细枝末节全都不感兴趣。我认为，您能在整体的模式和网络中找到每一个问题的答案。我们对物理世界的理解过于粗浅并带有先入之见，因此我们会想当然地相信某些观念，然而因果之间的联系往往要微妙和复杂得多。

　　"洛林森夫人，我给您举个例子。您牙疼去看针灸师，他却在您大腿上扎针。洛林森夫人，您知道他为什么这么做吗？

　　"不知道，对吧，洛林森夫人？我也不知道，但我们愿意去搞清楚。很高兴和您聊天，洛林森夫人。再见。"

　　他放下这部电话，另一部电话又响了。

理查德推开门，向内张望。

还是那个斯弗拉德（或德克）·切利。腹部比以前圆了点，眼周和脖子更松弛和红润了，但大体而言还是同一张脸，理查德对这张脸最清晰的记忆来自八年前，当时它刚刚挤出一个狞笑，而脸的主人正坐进剑桥郡警察局一辆警车的后排座。

他一身厚实的浅棕色旧西装，这身西装很可能曾在遥远的美好过去陪伴什么人云游天下，披荆斩棘探险。红色方格衬衫与西装不可能和平共处，而绿色条纹领带拒绝支持任何一方。他还戴着一副粗金属框的眼镜，他穿成这样肯定有一部分眼镜的责任。

"啊哈，布鲁绍尔夫人，听见您的声音我真是心花怒放。"他说，"得知蒂朵小姐过世，我感到万分难过。多么令人伤心的消息。然而，尽管如此……难道我们就能允许绝望的乌云遮蔽您已经升天的猫咪所永远享受的灿烂阳光吗？难道我们要让黑色的绝望把您那只幸福的猫咪永远居住的更美丽的光明隐藏起来吗？

"我不这么认为。您听！我好像听见了蒂朵小姐的喵喵叫声。她在呼唤您，布鲁绍尔夫人。她说她很满足，她过得很安宁。她说要是您能付清账单，她就会过得更加愉快。您有没有想起点什么，布鲁绍尔夫人？说到这个，我记得三个月前我把账单寄给了您，不知道是不是这东西在搅扰她的永世安息？"

德克摆摆手招呼理查德，示意理查德把一盒他刚好够不到的皱皱巴巴的法国香烟递给他。

"那好，布鲁绍尔夫人，星期天晚上，八点半好了。您知道地址。对，我保证蒂朵小姐会出现，就像我确定您的支票簿会出现一样。到时候见，布鲁绍尔夫人，到时候见。"

他还没摆脱布鲁绍尔夫人，另一部电话就又响了。他抓起听筒，顺手点了一支皱皱巴巴的香烟。

"哎呀，绍斯金德夫人，"他对着听筒说，"我最老的客户，也可以说最宝贵的客户。祝您今天过得开心，绍斯金德夫人，过得开心。非常遗憾，小罗德里克还是没有消息，真叫人伤心，但搜索正在紧锣密鼓地进行中，我相信已经接近收尾阶段。我向您保证，从今天开始的几天之内，顽皮的小家伙就会回到您的怀抱里，可爱地喵喵叫个不停。哎呀，对了，账单，不知道您有没有收到。"

那支烟皱巴得太厉害，德克抽不下去了，于是他用肩膀夹住听筒，翻口袋找烟，但口袋里什么都没有。

他在桌上抓起纸和铅笔头，写了个条子递给理查德。

"对，绍斯金德夫人，"他对着听筒保证道，"我在聚精会神地听您说呢。"

字条上写着："叫秘书去买烟。"

"对，"德克对电话说，"然而正如我努力向您解释过的那样，绍斯金德夫人，在咱们认识的这七年多时间里，我倾向于用量子力学的观点看待这个问题。我的理论是您的猫没有丢，只是它的波形暂时坍塌了，必须被恢复原状。薛定谔啊，普朗克啊，之类的。"

理查德在纸上写："你没有秘书。"然后把它推回去。

德克思考片刻，在纸上写："真该死。"然后又推给理查德。

"我向您保证，绍斯金德夫人，"德克愉快地继续道，"咱们是不是可以这么认为，十九岁对一只猫来说算是个罕见的高龄了，但我们难道允许自己相信，像罗德里克这样的猫活不到这个年龄吗?

"然而我们难道可以在它的晚年把它丢给命运随意摆布吗?现在无疑是它最需要我们用持续不断的调查来支持它的时候，现在正是我们应该加倍投入资源的时候，当然是在您的许可下，绍斯金德夫人，这就是我打算做的事情。想象一下，绍斯金德夫人，假如您连这么简单的小事都不肯为它做，您以后该怎么面对它呢?"

理查德拨弄了一会儿字条，耸耸肩，在纸上写："我去买。"然后又推回去。

德克告诫地摇了摇头，然后写："你太好了，我都没法表达该怎么感谢你。"理查德刚看完这句，德克拿回字条，在底下写："我秘书要钱。"

理查德看着那张纸，想了想，拿起铅笔，在之前写的"你没有秘书"旁边打了个钩。他把字条推给德克，德克看了一眼，在"你太好了，我都没法表达该怎么感谢你"旁边打了个钩。

"这样吧，"德克对绍斯金德夫人说，"您说说账单的哪些部分给您带来了困扰，大致说说就行。"

理查德开门出去。

下楼的路上，他遇到一个满脸期待的年轻人，年轻人穿牛仔外套，理着平头，期待地往楼梯上面看。

"哥们儿，厉害吗？"他对理查德说。

"了不起，"理查德喃喃道，"太了不起了。"

他在附近找到一个报摊，给德克拿了两盒高卢蓝标，给自己拿了最新一期的《个人电脑世界》，杂志封面上是戈登·路的照片。

"为他遗憾，对吧？"报摊老板说。

"什么？哦，呃……对。"理查德说。他经常这么想，但还是惊讶于他的想法得到了如此广泛的回应。他又拿了一份《卫报》，付账离开。

理查德回到房间时，德克还在打电话，两只脚搁在桌上，正在愉快地和客户讨价还价。

"对，费用嘛，唔，在巴哈马群岛确实高昂，绍斯金德夫人，这是由费用的本质决定的。名副其实嘛。"他接过理查德递给他的香烟，发现只有两包，似乎有点失望，但还是朝理查德挑了挑眉毛，表示欠他一个人情，然后挥挥手，请理查德坐下。

楼上传来部分用法语进行的一场争论。

"我当然愿意再次向您解释为什么必须得去巴哈马，"德克·简特利安慰道，"这是莫大的荣幸。如您所知，绍斯金德夫人，我相信万物之间本质性的互相联系。更进一步说，我绘制并三角定位了万物之间互联性的矢量，寻踪找到了百慕大的一处海滩，因此我必须在调查过程中定期前去探访。我衷心希望事情不是这样的，因为非常可悲地，我对阳光和朗姆潘趣酒双双过敏，但我们每个人都有自己的十字架要背负，绍斯金德夫人，您说对不对？"

电话里爆发出含糊不清的怒吼。

"您伤了我的心，绍斯金德夫人。我希望能在心里找到理由认为您的怀疑有根有据且能发挥正面作用，然而尽管用上了我能找到的全部意志力，却还是做不到。您伤透了我的心，绍斯金德夫人，伤透了我的心。希望账单里有个条目也能对您造成同样的效果。让我看一眼。"

他从手边拿起一张复印纸。

"'绘制并三角定位万物之间互联性的矢量，一百五十镑。'这条我们讨论过了。

"'根据上述结果，寻踪前往巴哈马的一处海滩，旅费与住宿费。'区区一千五百镑而已。住宿条件，当然了，简朴得让人伤心。

"哎呀，找到了，'因客户让人伤心的怀疑而倍感煎熬，买醉——三百二十七镑又五十便士'。

"您不想承担这种费用？我亲爱的绍斯金德夫人，您不希望这种情况一再发生，不是吗？但是，不相信我的侦查手段，只会害得我更难完成任务，绍斯金德夫人，因而更加昂贵得令人心痛。"

楼上的争吵变得越来越激烈，说法语的声音濒临歇斯底里。

"绍斯金德夫人，"德克继续道，"我同样希望调查费用能保持在与预估数字差不多的范围内，然而我确定反过来您也会明白，这项任务花了我七年时间，显然比一个下午就能完成的事情要困难得多，因此费用也会高得多。我一直在根据目前为止探明的困难程度来不断修正我对任务困难程度的预估。"

听筒里的怒吼变得更加疯狂。

"我亲爱的绍斯金德夫人——我能叫您乔伊丝吗？那好，没问题。我亲爱的绍斯金德夫人，请允许我这么说。账单您就别担心了，别因为它而感到惊慌或不安。我恳求您，请不要让它成为您焦虑的来源。您就咬紧牙关付钱吧。"

他把脚从桌上拿下来，趴在办公桌上，缓慢但无情地把听筒移向电话机底座。

"和平时一样，绍斯金德夫人，很高兴和您谈话。现在，咱们再见吧。"

他终于放下听筒，然后又拿起来，随手扔进垃圾桶。

"我亲爱的理查德·麦克达夫，"他说，从办公桌底下拿出一个巨大的扁平盒子，放在桌上推给他，"你的比萨。"

理查德诧异地瞪着他。

"呃，不了，谢谢，"他说，"我吃过早饭了。谢谢，你自己吃吧。"

德克耸耸肩。"我跟他们说了你周末会去结账，"他说，"哦，对了，欢迎来到我的办公室。"

他朝破败的四周随便一挥手。

"照明是好的，"他指着窗户说，"重力也能用，"他拿起铅笔扔在地上，"除此之外就只能碰运气了。"

理查德清清喉咙。"这是什么？"他问。

"什么是什么？"

"这个，"理查德叫道，"整个这个。你开了一家整体侦探事务所，但我甚至都不明白这到底是什么意思。"

"我提供全世界独一无二的一项服务，"德克说，"'整体'一词表达了本人的信念，我们在此处理的是万物之间本质性的互相……"

"好的好的，我刚才已经听见了，"理查德说，"但我必须要说，它听起来像个借口，专门用来盘剥容易上当的老太太。"

"盘剥？"德克问，"哈！要是真有人付过钱，那大概算吧，不过请你尽管放心，我亲爱的理查德，这种事我连千万分之一的可能性都没见过。我活在所谓的希望之中。我希望能接到引人入胜且有利可图的好案子，我的秘书希望我能付她工资，她的房东希望她能缴房租，供电局希望她的房东能清账单，诸如此类。我觉得这是一种奇妙的乐观主义生活态度。

"同时，我给了很多迷人又傻气的老妇人一个高高兴兴泄愤的好理由，同时百分之百地确保了她们的猫咪能够享受自由。你

154

问我有没有——我替你问了，因为我知道你知道我多么讨厌话说到一半被打断——有没有一个案子动用了我哪怕一星半点的智慧？而你用不着我来告诉你我拥有多么无与伦比的智慧吧？不，没有。但我失去希望了吗？我垂头丧气了吗？是的。直到，"他喘了口气，继续道，"今天。"

"哦，好的，很高兴你这么说，"理查德说，"但猫啦，量子力学啦什么的，全是瞎扯吧？"

德克叹了口气，训练有素的手指轻轻一抖就掀开了比萨盒的盖子。他悲哀地打量着冷冰冰的圆形物体，随手撕了一块。辣香肠和凤尾鱼的碎片撒在办公桌上。

"我相信，理查德，"他说，"你肯定熟悉'薛定谔的猫'这个概念。"他把大半块比萨塞进嘴里。

"当然了，"理查德说，"好吧，还算熟悉。"

"具体说说？"德克嚼着嘴里的食物说。

理查德气恼地换了个坐姿。"那是一个例证，"他说，"用以说明在量子层面上，所有事件都由概率控制——"

"在量子层面上，因而也就是在所有层面上，"德克说，"只是在比亚原子更高的所有层面上，在事件的正常轨迹中，我们难以辨别这些概率的累积效应和不可违反的物理法则造成的结果。请继续。"

他又抓起一块凉比萨塞进嘴里。

理查德觉得德克的嘴里已经塞进了太多的东西。食物，加上他说的那么多话，进出他那张嘴的交通可谓川流不息。他的耳朵则恰恰相反，在对话中几乎被完全弃用。

理查德忽然想到，假如拉马克[1]是正确的，一个人能够把这种行为代代遗传下去，说不定颅骨内的结构会迎来某些翻天覆地的变化。

理查德继续道："不但量子层面的事件由概率控制，而且这些概率只在受到观测时才会确定成为具体事件。用你刚才在瞎扯淡时用过的术语来说，观测行为使概率波坍缩。在此之前，比方说一个电子，它所有的可能性路径作为概率波共同存在。没有什么是确定的，直到它被观测到为止。"

德克点点头。"大致如此，"他又咬了一大口比萨，"但猫呢？"

理查德明白了，假如他不想看着德克吃完剩下的比萨，唯一的办法就是他自己抢先吃完。他卷起剩下的比萨，在一头咬了一小口。味道好得出奇。他又咬了一口。

德克惊诧而厌恶地看着他。

"好的，"理查德说，"通过'薛定谔的猫'这个概念，科学家想提出一种方法，使得量子层面的概率行为能够影响宏观世界。或者说，影响我们的日常世界。"

"对，说来听听。"德克说，用凄惨的眼神望着剩下的比

---

1 法国博物学家，进化论先驱，提出"用进废退"和"获得性遗传"假说。

萨。理查德又咬了一口，喜滋滋地说下去。

"想象你抓了一只猫，放进一个完全密封的盒子。你还在盒子里放了一小块放射性物质和一瓶毒气。你调整装置，每隔一段时间，那块放射性物质里就会有一个原子以百分之五十的概率衰变并释放出一个电子。假如衰变确实发生，这个电子会触发开关，释放毒气，杀死那只猫；要是不发生，猫就活着。一半对一半，取决于那个原子百分之五十的衰变概率。

"按照我的理解，重点在于：单个原子的衰变是量子层面的事，在被观测到之前不存在确定性的结果。但你无法进行观测，除非你打开盒子去看猫是否活着，然而这个行为会造成一个出乎意料的后果。

"在你打开盒子之前，猫的生死处于不确定的状态。它活着和死去的可能性是两个不同的波形，在盒子内相互叠加。薛定谔提出这个概念是为了证明他认为量子理论有多么荒谬。"

德克起身走到窗口，想必不是为了外面不值一提的风景——从这扇窗户俯瞰一座旧仓库，一位另类喜剧演员正在挥霍他丰厚的广告费，把它改造为奢华公寓——而是因为他不忍心眼看着最后一块比萨逐渐消失。

"说得好，"德克说，"给你鼓掌！"

"但薛定谔和这个……这个侦探事务所有什么关系呢？"

"哦，这个嘛，嗯，有几位研究者真的做了这个实验，但等他们打开盒子时，却发现猫既没活也没死，而是彻底失踪了。他们叫我去调查，我推理出的结果是没有发生任何稀奇的事情。猫受够了被反复关在盒子里，偶尔还得吃毒气，于是在捞到第一个机会的时候就跳窗逃跑了。还好我放了一碟牛奶在窗台上，用哄骗的声音叫'伯妮斯'——那只猫叫伯妮斯，你知道吧——"

"欸，你等一等——"理查德说。

"——猫很快就回来了。非常简单的一个活儿，但给某些圈子里留下了特定的印象，很快事情就起了连锁反应，累积起来就变成你眼前这个欣欣向荣的事业。"

"等一等，你等一等。"理查德猛拍桌子。

"怎么？"德克一脸无辜地问他。

"喂，德克，你到底在说什么？"

"我刚才说的那些话，你有什么问题吗？"

"我都不知道该从哪儿说起了，"理查德认真地说，"好吧。你说有人做了这个实验。胡扯。'薛定谔的猫'不是真正的实验，只是一个用来讨论问题的思想实验。你不可能在现实中这么做。"

德克用古怪的眼神看着他。

"哦，是吗？"他最后说，"为什么不可能？"

"呃，你无法证明任何东西。这个概念的重点就在于观测前思考一下会发生什么。不看就不可能知道盒子里在发生什么，但只要一看，波包就会坍缩，概率就确定下来了。这个实验是自我反证的，没有任何意义。"

"就你说的这些而言，你当然没错。"德克答道，回到座位上。他从烟盒里取出一支烟，在桌上轻敲了几下，俯身越过写字台，用过滤嘴指着理查德。

"但你想象一下，"他继续道，"假如在实验中引入一名特异功能者——他有透视能力，不需要打开盒子就能确定猫的健康情况，或者这个人与猫之间有着某种古怪的通感能力。那会怎样？能不能让我们进一步洞察量子物理的奥秘？"

"是他们想这么做？"

"他们就是这么做的。"

"德克，这完全是瞎扯。"

德克挑衅地挑起眉毛。

"好吧，好吧，"理查德举起双手，"暂且顺着这个思路想一想好了。就算我接受——当然我一秒钟也不可能接受——透视能力存在任何现实基础，也无法改变这个实验在本质上就不可实现。如我所说，事情的关键在于观测前盒子里发生了什么。如何观测并不重要，无论你是用眼睛看还是——呃，假如你非要坚持——用心灵看。透视能力假如确实存在，它也只是另一种看盒子里在发生什么的手段；假如不存在，那就和这个话题毫无关系了。"

"它或许取决于，呃，你对透视能力的看法……"

"咦，是吗？你对透视能力有什么看法？考虑到你的过往事迹，我倒是很想知道。"

德克又拿着香烟在桌上顿了顿，眯起眼睛望着理查德。

一段漫长而深刻的沉默，只有模糊的法语叫声打破了寂静。

"我还是一直以来的那个看法。"德克最后说。

"也就是？"

"我没有透视能力。"

"是吗？"理查德说，"那考卷是怎么一回事？"

听他提到这个话题，德克·简特利的眼神变得暗淡。

"巧合，"他用低沉的声音恶狠狠地说，"一个让人胆寒的奇怪巧合，但依然还是巧合。请允许我补充一句，这个巧合害得我在监狱里待了相当长一段时间。巧合有时候既恐怖又危险。"

德克再次长久地打量理查德。

"我一直在仔细观察你，"德克说，"就你的处境而言，你似乎异乎寻常地放松。"

理查德觉得他这句话说得很奇怪，他思索了几秒钟其中的逻辑，然后灵光一现——非常恼人的灵光。

"我的天，"他说，"他不会也找上你了吧？"

这句话似乎反过来让德克困惑不已。

"什么找上我了？"德克说。

"戈登。不，显然没有。戈登·路。他有个坏习惯，喜欢找其他人向我施压，逼着我完成他心目中的重要任务。我想了几秒钟——哦，算了。那你是什么意思？"

"啊哈。戈登·路有这个坏习惯？"

"对，我很不喜欢。怎么了？"

德克长久地注视着理查德，用铅笔轻轻敲打写字台。

他靠回椅子里，说了以下的话："今天破晓前，人们发现了戈登·路的尸体。他遭到枪击和锁喉，住处被人纵火。警方目前推断他不是在住处中枪的，因为他们只在尸体里找到了霰弹枪的弹丸，而屋子里没有。

"但是，警方在路先生的梅赛德斯500 SEC轿车附近找到了弹丸，车被弃置于离他家三英里的路边。这说明他遇害后尸体被搬动过。负责验尸的法医进一步认为，其实路先生中枪后还遭到了锁喉，说明凶手脑子颇有点不太清楚。

"出于令人惊诧的巧合，警方昨夜恰好盘问过一位疑似意识混乱的先生，他声称受到某种负罪情结的折磨，觉得自己在不久前碾死了其雇主。

"这位先生名叫理查德·麦克达夫，他的雇主正是已故的戈登·路先生。进一步调查后发现，理查德·麦克达夫先生是最有可能从路先生的亡故中获益的两个人之一，因为前进之路科技公司至少会有部分股份落到他手上。另一个人是戈登·路先生唯一的在世亲属，苏珊·路小姐，昨夜有人目击理查德·麦克达夫擅自闯入她的住所，当然了，警方还不知道这一点。如果我们能保守秘密，他们将永远不会知道。然而，这几个人中任意两者的关系都将受到严密审查。电台新闻称警方正在急切地寻找麦克达夫先生，说他能协助警方进行调查，但语气表明：毋庸置疑他就是罪犯。

"本人的收费标准如下：两百镑一天，外加各项费用。费用没有商讨余地，尽管我的开支项目有时候会让不熟悉这些事情的人觉得不着边际，但它们都是必需的，而且如我所说，没有商讨余地。你愿意雇我吗？"

"不好意思，"理查德微微点头，"你能从头再说一遍吗？"

第十七章

电僧几乎不知道它该相信什么了。

它在过去数小时内体验了多得令人头晕目眩的信仰体系，绝大多数未能向它提供它的核心程序永远在追寻的长期精神慰藉。

它受够了，真的。而且很累。而且沮丧。

不止这些，它惊讶地发现它很想念它的马。那是一匹迟钝而温驯的动物，电僧的意识注定要永远追寻远远超过马匹理解能力的崇高事物，因此它不该浪费心思去牵挂那匹马。话虽如此，它还是很想念它的马。

它想坐在马背上。它想抚摩它的马。它想感受马不理解事物时的感觉。

它在想它的马会在哪儿。

它哀伤地坐在树杈上，两条腿晃来晃去，它在树上待了一夜。为了追寻某个狂野离奇的幻梦，它爬上这棵树，结果就下不去了，只好坐到天亮。

尽管天已经亮了，但它还是不知道该怎么下去。它有一瞬间几乎危险地相信它能飞，但反应迅速的错误检查协议旋即插手，对它说别犯傻。

然而问题仍旧存在。

无论是什么样的信仰火焰燃烧着它，什么样的信仰之翼鼓舞着它，促使它在神奇的午夜时刻爬上这棵大树的枝杈，它们都没有指点它该怎么爬下去。和从前无数个只在夜间炽烈燃烧的信仰一样，天一亮，它们就把它抛弃了。

说到（其实是想到）炽烈燃烧的东西，天亮前的某个时刻，离这儿有段距离的某个地方，曾经出现过一个炽烈燃烧的大家伙。

某种发自肺腑的精神召唤拉着电僧走向这棵除了高得不方便爬之外普通得令人尴尬的大树，它觉得那东西就位于它来的这个方向上。它渴望前去膜拜那团火光，永远效忠于那片神圣光芒，然而就在它绝望地寻找爬下枝杈的道路时，消防车纷纷赶到，扑灭了神性的光辉，又一个信仰就此被踢出窗户。

太阳已经升起来几个小时了，尽管电僧想方设法消磨时间，相信云朵，相信嫩枝，相信以某种特定形式飞行的甲虫，但这会儿它相信它已经受够了，同时百分之百地确信，它饿了。

它希望自己昨晚要是从探访过的那处居所补充一些食物就好了。昨晚它扛着它神圣的担子去了那个地方，把神圣的担子藏在神圣的餐具橱里，但离开时它沉浸在白热化的激情之中，相信食物这种凡俗之物没什么了不起的，那棵树肯定也能给它。好吧，树确实给了它食物。

树上有嫩枝。

但电僧不吃嫩枝。

其实，想到这里，电僧对自己昨晚相信的某件事有点不太确定了，而且发现那件事导致的某些结果让它有点困惑。有人向它下了明确的指令，叫它"开枪[1]"，它奇怪地觉得它必须服从，然而这个命令是用它学会仅仅两分钟的语言下达的，它如此不假思索地执行也许是个错误。它开枪打死的那个人的反应无疑有点极端。

在它自己的世界里，一个人要是像那样被开枪打死，下个星期还能回来演下一集，但它觉得这个人似乎做不到了。

一阵风吹过大树，大树轻快地摇摆。它向下爬了一小段。前一部分其实很容易，因为树枝长得很密。但最后一段似乎是个难以逾越的障碍——垂直下坠，有可能造成严重内伤或撕裂，还可能导致它开始反过来相信特别奇怪的事情。

野地远处的一个角落传来交谈声。一辆卡车靠着路边停下。它仔细找了一会儿，但没找到任何值得相信的东西，于是继续反省。

它想起昨晚出现的一个怪异的函数调用，它以前从未遇到过，但它觉得那有可能是它听说过的某种东西：悔恨。它开枪打死的那个人一动不动地躺在地上，这幅景象让它不太舒服。电僧

---

1 门卫对电僧说的"Shoot off"既有"赶紧离开"又有"开枪"之意，很遗憾电僧只知道后一种意思。

刚开始走开了一会儿，后来又回来仔细查看。那个人脸上的表情无疑在说出事了，出的事完全不符合他的计划。电僧担心自己很可能把这个人的整个晚上毁得一塌糊涂。

然而，回头再想，只要你做了你坚信正确的事情就行，这才是重点。

接下来它坚信正确的事情是，既然它毁了这个人的整个晚上，那它至少应该送这个人回家才对。它飞快地翻了一遍这个人的口袋，找到一个地址、几张地图和几把钥匙。这一趟走得很艰苦，但信仰帮助它撑到了终点。

"卫生间"这个词出乎意料地飘过野地。

它又抬起头，看着远处角落里的卡车。穿深蓝色制服的男人正在向穿粗布工作服的男人解释什么，后者似乎不太高兴。风吹来了"直到我们找到主人"和"简直疯透了"这些字词。穿工作服的男人似乎接受了他的处境，但谈不上心甘情愿。

几分钟后，一匹马从卡车车厢里被牵出来领进了野地。电僧大吃一惊。它的线路震颤不已，涌动着诡异。现在终于出现了它能相信的东西，一个真正的奇迹，它泛滥而随意的虔诚信仰总算得到了奖赏。

马迈着毫无怨言的耐心步伐。它早已习惯了忍耐别人带它去任何地方，但这次它觉得它确实不介意待在这儿。它心想，这是一片生机勃勃的田野，有青草，有不妨一看的树篱，有足够的空间，兴致来了还可以小跑转圈。人类上车离开，留下它自由自在地生活，它很高兴能被留在这里。它慢吞吞地溜达了一会儿，然后只是因为它乐意就停止了溜达。它可以爱干什么就干什么了。

何等的快乐。

何等巨大而不寻常的快乐。

它慢慢地勘察这片野地，然后开始规划美好而轻松的一天该怎么过。等会儿可以跑几圈，它心想，比方说三圈就不错。然后可以在东边草比较厚的地方躺一阵，那里看上去非常适合考虑晚饭怎么吃。

午饭，它有点想去野地南边吃午饭，一条小溪从那儿流过。在小溪边吃午饭，我的天哪，简直是天堂！

它还有点喜欢一个点子：靠左边走一走，靠右边走一走，交替着来，走半个小时，没什么特别的理由。两点到三点之间的那段时间，它不知道要用来甩尾巴还是思考一些事情。

哎呀，两件事它都可以做嘛，随它乐意，稍微晚一些去遛弯儿也没关系。这时它看见了一段似乎挺漂亮的树篱，正适合趴在上面看风景，餐前愉快地消磨一两个小时不成问题。

很好。

绝妙的计划。

这个计划最好的一点在于，既然已经制订完毕，马就可以彻彻底底、完完全全地把它忘个干净了。马转而走到野地里唯一的一棵树底下，懒洋洋地站在那儿。

电僧从树枝上跳下去，落在马背上，同时发出疑似"杰罗尼莫"的叫声。

第十八章

德克·简特利大致复述了一遍关键事实，理查德·麦克达夫的世界无声无息地缓慢坍塌，落入幽暗的冰冻海洋，他以前根本不知道这片海洋就在他脚下数英寸之处悄然等待。德克第二次说完，寂静笼罩了房间，理查德愣愣地望着他。

"你从哪里听说的？"他最后说。

"收音机，"德克微微耸肩，"至少要点是这么听来的。新闻里全都是这个消息。至于细节？哦，四处找联络人私下打听到的。我在剑桥郡警察局有一两个熟人，你应该知道我是怎么认识他们的。"

"我不知道该不该相信你，"理查德平静地说，"能用一下电话吗？"

德克很有礼貌地从垃圾桶里捡起听筒递给他。理查德拨了苏珊的号码。

电话几乎立刻就通了，一个惊恐的声音说："喂？"

"苏珊，是我，理——"

"理查德！你在哪儿？我的天哪，你在哪儿？你没事吧？"

"别说你在哪儿。"德克说。

"苏珊，发生了什么？"

"你不——"

"有人说戈登出事了，但……"

"出事了？他死了，理查德，他被谋杀——"

"挂电话。"德克说。

"苏珊，听我说。我——"

"挂电话。"德克重复道，弯腰摸到电话机，切断通话，"警察多半在追踪号码。"他解释道。他拿过听筒，又扔进垃圾桶。

"但我必须去找警察。"理查德叫道。

"去找警察？"

"否则呢？我必须去找警察，告诉他们不是我干的。"

"告诉他们不是你干的？"德克难以置信地说，"好吧，你这么一说，事情大概就全解决了。真可惜，克里平医生怎么没想到呢？肯定会省下他许多麻烦[1]。"

"对，但他是有罪的。"

1　犯罪史上的著名案件。1910年，克里平医生的妻子失踪，医生被指控杀人，在美国被捕后引渡回英国，受审定罪并处以绞刑。——译者注

"对，所以他看起来也有罪。你现在看上去也很像。"

"但不是我干的啊，老天在上！"

"请记住，和你说话的这个人也因为他没做过的事蹲过监狱。我说过巧合是奇怪而危险的东西。相信我，你去找证据来证明自己是清白的，这比指望警察帮你找到证据要明智得多，因为他们已经认定你有罪了，而你会烂在牢房里。"

"我这会儿思路不清，"理查德用手按住脑门，"你安静一下，让我想清楚——"

"请允许我——"

"让我自己想！"

德克耸耸肩，注意力回到香烟上，这支烟似乎让他忧心忡忡。

"不行，"过了一会儿，理查德摇头道，"我静不下心。就好像你在解三角学难题时，旁边有人在踢你脑袋。好吧，说说你认为我该怎么做。"

"催眠。"

"什么？"

"考虑到你的处境，你没法整理思绪也没什么好吃惊的。这时候让别人替你整理就显得至关重要了。假如你允许我催眠你，事情对你我都会简单得多。我强烈认为有大量关键信息在你脑袋里混成了一团，要是不打散重组，恐怕就不会浮现出来，甚至完全不会出现，因为你没有意识到它们的重要性。在你的允许之下，我们可以抄捷径跳过这一切。"

"好的，我决定了，"理查德站起身，"我去找警察。"

"很好，"德克说，向后一靠，摊开手掌放在桌上，"祝你一万个好运。出去的时候帮个忙，请秘书给我拿盒火柴。"

"你没有秘书。"理查德说，离开了。

德克坐在那儿沉思了几秒，勇敢但徒劳地试图把可悲的空比萨盒塞进垃圾桶，然后去碗柜里找节拍器了。

理查德回到室外，阳光照得他直眨眼。他站在最底下的一级台阶上，有点立足不稳，然后沿着街道跌跌撞撞向前走，怪异的步伐反映了他的意识正在跳旋风舞。一方面，他无法相信证据居然不肯确凿无疑地显示他不可能犯案；但另一方面，他也不得不承认情况似乎异乎寻常地诡异。

他发现他做不到清晰或理性地思考这件事。戈登遇害的消息在他的脑海里一次又一次地爆炸，其他所有思绪都被掀得七零八落。

他忽然想到，无论凶手是谁，都肯定是个快枪手，没等被负罪感的波涛吞没就扣动了扳机，但他立刻又因为这个念头感到懊悔。事实上，陡然跳进脑海的纷乱念头的总体质量让他震惊。

它们似乎不合时宜且不值一提，大多数念头关系到这件事将如何影响他在公司里的项目。

他在内心寻找巨大的哀伤和悔恨，他认为它们肯定存在于某处，很可能就藏在名叫震惊的这面高墙背后。

他回到能看见伊斯灵顿绿地的地方，几乎没注意到他走了多远的距离。他突然看见警车停在他家门口，这个景象像铁锤一样砸在他脑袋上，他连忙转身，目不转睛地盯着一家希腊餐厅橱窗里的菜单。

"葡萄叶包饭。"他疯狂地心想。

"烤肉串。"他心想。

"一小截希腊辣香肠"这几个字癫狂地划过脑海。他背着身努力用心灵之眼重建场景。就他短暂地看见的那一幕来说，有个警察站在路边望着街道，通往他楼上那套公寓的侧门好像敞开着。

警察在他的公寓里。就在他的公寓里面。番茄炖豆！满满一碗用番茄和蔬菜酱汁慢炖的菜豆！

他向侧面转动眼珠，从肩膀上朝后张望。警察正在看他。他把视线拉回菜单上，努力用肉糜混合土豆、面包屑、洋葱和裹着香料的油炸小丸子装满脑海。警察肯定认出他了，此刻正在穿过马路，准备一把抓住他，把他扔进警车后座，就像多年前他们在剑桥对待德克那样。

他撑起肩膀，试图抵抗即将到来的震惊，但警察的大手没有落在他身上。他再次向后张望，警察在漠不关心地看另一个方向。牛肉炖菜。

他心知肚明，他的行为不属于一个打算把自己交给警察的人。

那他还能怎么做呢？

他僵硬而笨拙地模仿正常步态，从橱窗前猛地转身，紧张地沿着这条路又走了几码，然后立刻钻进坎登通道。他走得很快，呼吸急促。他该去哪儿？找苏珊？不行——她那里肯定有警察，或者受到监控。去樱草山的公司办公室？不行——原因相同。他默默地对自己尖叫，你怎么就突然成了逃犯呢？

他对自己言之凿凿地说，他不该逃避警察，他先前也是这么对德克言之凿凿说话的。他对自己说，就像他从小得到的教导那样，警察来找你是为了帮助和保护无辜者。这个念头有一瞬间让他拔腿就跑，险些撞上一盏因爱德华时代的丑陋落地灯而自豪的新主人。

"对不起，"他说，"对不起。"他惊诧于居然有人会买这么一个东西，然后放慢脚步向前走，用狩猎者般锐利而惶恐的目光环顾四周。非常熟悉的店面——摆满了古旧的抛光黄铜物件、古旧的抛光木质物件和日本的鱼类画片——忽然显得充满威胁和咄咄逼人。

谁会想杀死戈登呢？他向南拐进查尔顿路。他目前唯一关心的是，反正他没想过。

但谁会想呢？

这是一条新思路。

不待见戈登的人很多，但讨厌一个人（甚至非常讨厌）是一码事；开枪打一个人，掐他脖子，拖着他穿过野地，把他家付之一炬，就是另一码事了。两者之间的区别让绝大多数人日复一日地活了下去。

有可能只是窃贼吗？德克没提到有东西失窃，但理查德也没问。

德克。荒唐但奇怪地颐指气使的德克，像只大蛤蟆一样坐在破旧的办公室里动歪脑筋。他的嘴脸锲而不舍地跳进理查德的脑海。理查德发现自己正在按原路返回，于是存心在该左转的路口向右转。

那个方向只有疯狂。

他需要的仅仅是空间和一点时间，让他思考和整理头绪。

好的——那他该去哪儿呢？他停下来想了想，掉头，然后又停下。葡萄叶包饭的念头忽然显得非常诱人，他忽然想到，沉着、冷静而镇定的做法应该是走进餐厅吃一顿。这能让命运知道谁说了算。

然而，命运也采取了完全相同的做法，虽说它没有走进一家希腊餐厅坐下吃葡萄叶包饭，但只要它愿意，随时都可以，因为显然是它说了算。双腿无情地拖着理查德重新穿过蜿蜒的街道，跨过运河。

他在拐角的一家商店稍做停留，然后加快步伐经过政府办公楼，回到开发商热爱的地段，最终再次来到了派肯德街33号的门口。就在命运喝下最后一口希腊松香葡萄酒，擦擦嘴，思考还有没有胃口吃一块果仁蜜饼的时候，理查德抬头望着高耸的维多利亚时代的建筑，看着被煤烟熏黑的砖墙和令人望而生畏的厚实窗户。一股风吹过街道，一个小男孩撞进他怀里。

"滚开。"小男孩快活地说，随后停下，仔细打量他。

"欸嘿，先生，"他又说，"上衣能送给我吗？"

"不能。"理查德说。

"为什么不能？"男孩问。

"这个嘛，因为我喜欢它。"理查德说。

"看不出为什么，"男孩喃喃道，"滚开。"他没精打采地向前走，瞄准一只猫踢石头。

理查德再次走进这座建筑物，他不安地爬上楼梯，再次朝办公室里张望。

德克的秘书坐在办公桌前，低着头，抱着胳膊。

"我不在。"她说。

"我明白了。"理查德说。

"我回来，"她愤怒地盯着桌上的一个点，没有抬起头，"只是为了确定他注意到我走了，否则他只会忘个干净。"

"他在吗？"理查德问。

"谁知道呢？谁在乎呢？你还是找个为他工作的人问一问吧，因为这个人不是我。"

"带他进来！"德克在里面吼道。

她恶狠狠地瞪了两秒钟，起身走到里屋门口，打开门，吼道："你自己带他进来。"然后摔上门，回到自己的座位上。

"呃，不如我自己进去吧？"理查德问。

"我听不见，"德克的前秘书说，坚定地盯着办公桌，"我人都不在这儿，怎么可能听得见？"

理查德做了个安慰人的手势，她只当没看见。理查德穿过接待室，自己打开德克办公室的门。他惊讶地发现房间里光线昏暗。百叶窗拉下了一半，德克躺在椅子里，办公桌上奇特的物品组合诡异地照亮了他的脸。桌子前侧边上摆着一个灰色的旧自行车灯，面向后方，微弱的光线照着一台节拍器。节拍器前后摇摆，发出柔和的嘀嗒声，金属杆上绑着一个擦得锃亮的银茶匙。

理查德把两盒火柴扔在桌上。

"请坐，放松，盯着茶匙看，"德克说，"你已经觉得想睡……"

理查德的公寓外，又一辆警车嘎吱一声急刹车停下，一个面容冷酷的男人钻出车门，大步流星地走向在公寓门口站岗的一名巡警，亮了一下证件。

"梅森督察，剑桥郡刑侦处，"他说，"这里是麦克达夫家吗？"

巡警点点头，把侧门指给他，进了那道门，里面是通往顶层公寓的狭长楼梯。梅森一阵风似的冲进去，又一阵风似的冲出来。

"楼梯中间有一张沙发，"他对巡警说，"给我搬开。"

"有几位弟兄已经试过了，长官，"巡警紧张地答道，"沙发似乎卡住了。大家暂时只能从上面爬进爬出，长官。对不起，长官。"

梅森从浩瀚的表情库里翻出另一个冷酷的表情甩给巡警，这方面他库存丰富，从最底下超级阴沉的冷酷开始，一路向上数，能找到疲惫的认命和微薄的冷峻，那是他为儿女生日准备的。

"给我搬开。"他冷酷地重复道，一阵风似的冷酷地冲进那道门，冷酷地紧了紧裤子和大衣，为冷酷地爬向最高一层的旅程做好准备。

"还没找到他的下落？"他那辆警车的司机走过来，"吉尔克斯警司。"他自我介绍道。他一脸倦容。

"据我所知还没有，"巡警说，"但他们什么都不告诉我。"

"能理解你的感受，"吉尔克斯赞同道，"刑侦处一旦插手，你的工作就变成了给他们开车。知道那人长相的只有我一个人，我昨晚在路上拦过他。我们刚从路先生家里回来。一塌糊涂。"

"难熬的一夜，对吧？"

"精彩纷呈。从谋杀到把马从卫生间里拖出来，什么都有。不，你连问都别问。你那辆车也这样吗？"他指着自己的车说，"我这辆车一路上都快把我逼疯了。暖气开不大，收音机总是自己开开关关。"

第十九章

同一个早晨，迈克尔·温顿-威克斯的情绪不太寻常。

你必须和他很熟，才会知道这是一种特别不寻常的情绪，因为绝大多数人觉得他本身就很奇怪。很少有人和他熟到这个程度。他母亲或许知道，但他们如今陷入了冷战状态，彼此好几个星期不说话了。

他还有个哥哥，彼得，是一名资深的海军陆战队队员。彼得满载荣誉、晋升和对弟弟的蔑视归来之后，除了父亲的葬礼，迈克尔连一次也没见过他。

彼得很高兴他们的母亲接管了马格纳帝国，为此特地寄了一张军队的圣诞卡给迈克尔。他本人最大的乐趣还是跳进泥泞的战壕，发射机关枪至少一分钟。就算在目前的动荡局面下，他依然不认为英国报刊出版业能给他带来这样的乐趣，至少在澳洲人杀进来之前不可能。

迈克尔起得很晚，昨夜他先发泄了一阵残忍的兽性，随后做了许多令人不安的噩梦，现在快到中午了，这些噩梦还在折磨他。

梦里充满了熟悉的失落感、孤独感、负罪感和类似的这个感那个感，但同时还难以解释地牵涉到数量可观的烂泥。在夜晚的放大作用下，关于烂泥和孤独感的噩梦漫长得让人恐惧、难以想象，结尾时还出现了一些黏滑的有腿生物在黏滑的大海上蠕行。这就实在太过分了，他陡然惊醒，浑身冷汗。

尽管和烂泥有关的部分似乎很陌生，但失落感、孤独感、压倒性的受迫害感和想取消既成事实的欲望，都在他的灵魂里找到了安乐窝。

连那些黏滑的有腿生物也奇怪地眼熟，令人恼火地在他意识深处爬来爬去，他给自己做迟到的早饭——葡萄柚和中国茶，允许视线在《每日电讯报》的艺术版上歇一歇，然后笨拙地给手上的割伤换药。

生活琐事做完了，关于接下来该干什么，他还举棋不定。

他能以出乎意料的冷静和超然看待昨晚的那些事情。没问题，很正确，顺利完成。但无法解决任何问题。最重要的难题还没有解决。

最重要的？他的思潮以奇异的方式涨落涌动，他不由得皱起眉头。

通常来说，他会在这个时候去他的俱乐部。以前他去俱乐部的时候会有某种奢侈感，因为等着他去做的其他事情多得可怕。

然而现在没有其他事情等着他去做了，因此待在俱乐部和待在其他地方没有任何区别，时间都会沉甸甸地压在他手上。

等他去了俱乐部，他会和平时一样，先享受金汤力和闲聊，然后允许视线轻轻地落在《泰晤士报文学增刊》《歌剧》《纽约客》和其他凑巧在手边的读物上，但毫无疑问，最近他这么做的时候远不如以前那么有热情和乐趣了。

然后是午饭。今天中午他没有约别人吃饭（又是这样！），因此他只能待在俱乐部里吃香煎多佛鳎鱼配马铃薯和碎欧芹，然后再来一大块水果蛋糕布丁、一两杯桑塞尔白葡萄酒，还有咖啡。然后是下午和下午能带来的一切消遣。

但是很奇怪，今天他非常不想这么做。他活动了几下那只受伤的手的肌肉，又倒了一杯茶，以奇特的冷淡态度看着依然摆在骨瓷茶壶旁的大菜刀，等了一秒钟看他接下来会做什么。不过他接下来做的，其实是上楼去了。

他的屋子冷冰冰的，整齐得毫无瑕疵，看上去就像仿品家具购买者想象中的理想之家。然而事实上，从水晶、红木到威尔顿地毯，他家里的所有物品都是真货，之所以看上去像假货，只是因为没有任何生气。

他上楼走进工作室，整幢屋子只有这个房间不是井井有条得枯燥无味，取而代之的是杂乱无章的书籍和文件，显然长期疏于照看。所有东西上都积了一层薄薄的灰。迈克尔好几个星期没来过这儿了，而且明令禁止清洁工进这个房间。主编完最后一期

《洞察》后，他再也没来过这儿。当然了，不是真正的最后一期，而是正常的最后一期。他在乎的最后一期。

他把茶杯放在厚厚的灰尘上，查看他古老的唱机。他发现唱机上有一张古老的唱片，维瓦尔第的某一部管乐奏鸣曲，他播放唱片，坐进椅子。

他再次等着看自己接下来会做什么，忽然惊讶地发现他已经在做了，而他在做的事情是"听音乐"。

困惑慢慢爬上他的脸庞，因为他意识到他以前从未做过这件事。这首曲子他听过很多很多次，觉得是一种怡人的噪声。事实上，他发现它作为讨论音乐会季的背景音十分怡人，但他从没考虑过它是不是真的值得一听。

他坐在那儿，像是遭了雷劈，旋律与副旋律的相互作用忽然向他露出了真身，这是一种透彻的感觉，与积灰的唱片表面和十四年没换的唱针毫无关系。

然而随着这种启示，失望几乎立刻接踵而来，他因此变得更加困惑。忽然向他揭示其存在的音乐奇异地无法令人满足。就好像在一个戏剧性的转折瞬间内，他理解音乐的能力突然增强，远远超过了音乐有可能满足他的能力。

他侧耳倾听，想找到缺少的究竟是什么，他觉得音乐就像不能飞的鸟类，它甚至不知道自己失去了什么能力。它走得很稳当，但它在应该翱翔的时候行走，在应该猛扑的时候行走，在应该升高、翻身、俯冲的时候行走，在应该因急转而激动的时候行走。它甚至从不仰望天空。

他仰望天空。

过了好一会儿，他才意识到他只是在傻乎乎地看天花板。他摇摇头，发现那一刻的天启已经消失，现在他只感到恶心和眩晕。天启并没有彻底消失，但缩进了他的内心深处，他无法触及的深处。

音乐还在播放。一种颇为动听的怡人的背景噪声，但不再能够撩动他的心弦。

他需要理清头绪，搞清楚他刚刚体验了什么，一个念头在脑海深处闪现，告诉他也许能在哪儿找到那些头绪。他恼火地踢开这个念头，但它再次跳了出来，而且闪个不停，直到他最终听从劝告，动了起来。

他从写字台底下拉出一个大号铁皮废纸篓。他禁止清洁工进来打扫卫生，因此废纸篓一直没倒过，他拨开来自烟灰缸的垃圾，在一堆碎纸里发现了他在找的东西。

他用冷酷的决心克制住厌恶，把这些可憎的碎片在桌上移来移去，笨手笨脚地用透明胶把它们粘起来——透明胶动不动就卷起来，把错误的碎片与错误的碎片粘在一起，把正确的碎片和他粗短的手指粘在一起，然后又粘在桌面上——直到一本勉强重新拼凑起来的《洞察》出现在他面前。畜生A. K. 罗斯主编的那一期。

太恶心了。

他翻动粘手的沉重纸页，动作就像在挑炸鸡块。连一张琼·萨瑟兰或玛丽莲·霍恩的素描像都没有。连一篇科克街重量级艺术品交易商的小传都没有。

他关于罗塞蒂作品的系列评论：停止刊登。

"温室闲话"：停止刊登。

他难以置信地摇着头，这时终于找到了他要找的文章。

《论音乐与分形景观》，理查德·麦克达夫。

他跳过开头的导言，从中间读了起来。

数学分析与电脑建模向我们揭示了我们在自然界遇到的物体形状和生成过程——植物如何生长，山峦如何被侵蚀，河流如何流淌，雪花和岛屿如何成形，光如何在表面反射，牛奶如何随着搅拌在咖啡中扩散和融合，笑声如何在人群中传播——所有这些过程，尽管看起来奇妙而复杂，却能通过数学运算的互相作用来进行描述，这些运算因其简洁而更显奇妙。

看似随机的形状事实上是数字遵从简单规则的复杂变位网络的产物。我们往往认为"自然"一词代表着"无序"，它所描述的物体形状和生成过程看起来复杂得难以理解，我们的意识因而无法感知它们背后的自然法则是多么简单。

数字能够描述一切。

说来奇怪，比起第一次随便扫到的那几眼，现在迈克尔觉得这个想法没那么可恨了。

他读了下去，精神越来越集中。

  然而我们知道，意识能够理解这些事物所有的复杂性和简单性。一个球在空中飞过，抛掷的力度和方向、重力的作用、球必须消耗能量去克服的空气摩擦力、球表面周围空气的扰动、球转动的速度和方向都对球的飞行产生影响。

  让你的意识去计算3×4×5或许会有困难，但它可以用快得令人震惊的速度做微分运算和与其相关的各种计算，使你能接住飞来的球。

  人们称之为"本能"，但这只是给现象起了名字，却没有解释任何东西。

  人类在表达我们对这些自然复杂性的理解时，我认为最接近的手法就在音乐之中。音乐是最抽象的艺术，除了其存在本身，音乐没有任何意义和目的。

  一段音乐的每一个方面都能用数字进行描述。从整部交响乐中乐章的组织到构成旋律、和弦的音调与节奏的模式，从塑造一场演出的力度变化到音符本身的音色及其和声与随着时间变化的方式。简而言之，把短笛声和鼓声区分开的所有声学因素——所有这些都能通过数字的模式和层级关系进行表达。

就本人的经验而言，数字在不同层级上的模式之间的内在关系越多——无论这些关系有多么复杂和微妙——音乐就会显得越动听和……怎么说呢……完整。

事实上，这些关系越微妙和复杂，意识就越难掌控它们，意识中的本能部分——在此我指的是你意识中的某个部分，它能以快得令人震惊的速度做微分运算，把你的手送到合适的位置上，接住飞来的球——你大脑的这个部分就越是沉迷其中。

拥有任何复杂性的音乐（假如一个人用具有独特音色和可辨识性的乐器演奏《三只瞎老鼠》，连它都会产生自己的复杂性）会越过你的意识，落入住在你潜意识里那位数学天才的怀抱，这位数学天才会对我们一无所知的内在复杂性、关系和比例做出响应。

有些人反对这种音乐观，说你把音乐简化成了数学，情感该在何处栖身？我的回答是情感就源于此。

让我们动情的事物——一朵花或一个希腊古瓮的形状，婴儿如何成长，风如何扫过你的面颊，云如何移动和云的形状，光线如何在水面舞动，黄水仙如何在微风中摇曳，你爱的人如何移动头部，头发如何随着动作摆动，音乐作品最后一个和弦的消亡所描绘的曲线——所有这些事物都能用数字的复杂流动进行描述。

这不是简化，而是发现其中之美。

问一问牛顿。

问一问爱因斯坦。

问一问诗人（济慈），他说想象捕捉到美的一切必然是真的。

他大概也会说手捕捉到的球必然是真的，但他没有这么说，因为他是诗人，喜欢拿着鸦片酊和笔记本在树下玩蟋蟀消磨时间，但他的结论同样是正确的。

看到这里，迈克尔脑海深处的一段记忆稍微动了动，但他说不清究竟是什么。

因为这就是两者之间关系的核心，一方面是我们对形状、构成、动作、光线的"本能"理解，另一方面是我们对它们的情绪反应。

因此，我相信在自然中、在自然物体中、在自然过程的模式中必然存在某种固有的音乐。这种音乐会像任何自然产生的美好之物一样深刻地满足我们的心灵——说到底，我们最深刻的情绪同样是一种自然产生的美好之物……

迈克尔读到这里停下了，让视线慢慢从文章上移开。

他开始思考自己究竟知不知道那种音乐应该是什么样子。他竭力在心灵最黑暗的角落里翻找，无论他走进意识的哪个区域，他都觉得那种音乐仅仅几秒钟前还在这儿演奏过，然而留下的只是行将消失的袅袅回声，他无从捕捉，也没法听清。他无力地放下杂志。

然后他想起了济慈那句搅动在他记忆里的名言。

噩梦中黏滑的有腿生物。

冰冷的镇静笼罩了他，他觉得自己非常接近某些东西了。

柯勒律治。就是那家伙。

　　看哪，黏滑的生物用腿爬
　　在黏滑的海面上。

"《古舟子咏》。"

迈克尔昏沉沉地走到书架前抽出《柯勒律治诗选》，拿着它回到座位上，带着可怕的忧惧翻动书页，直到看见这首诗的开篇。

　　他是一个年迈的水手，
　　从三个行人中他拦住一人[1]。

1　顾子欣译。

他非常熟悉这首诗，但他还是读了下去，文字唤醒了怪异的情绪和可怖的记忆，他知道它们不属于他。它们在他内心搅起了失落感和孤独感，强烈得令人恐惧，尽管他知道它们不属于他，但此刻它们完美地与他自己的受侵害感产生共鸣，他忍不住被它们彻底降服。

　　而千万只黏滑的生物

　　活了下来；而我也是。

第二十章

百叶窗啪的一声卷了上去，理查德使劲眨眼。

"看起来，你度过了一个非常刺激的夜晚，"德克·简特利说，"但最有意思的部分似乎完全逃过了你的好奇心。"

他回到座位上，双手的指尖搭在一起。

"请不要说什么'我在哪儿？'，"他说，"否则我会很失望的。一个眼神就足够了。"

理查德困惑而缓慢地扫视四周，他觉得自己在另一颗星球上待了很久，那儿充满平静和阳光，还有永不休止的音乐，此刻突然被拽了回来。他在那儿过得非常放松，甚至懒得呼吸。

百叶窗拉绳上的木挂件敲了几下窗户，除此之外房间里一片寂静。节拍器一动不动。他看了一眼手表，时间刚过一点。

"你被催眠了近一个小时，"德克说，"在此期间，我知道了许多有意思的事情，另外还有些事情让我困惑，现在我想和你讨论一下。呼吸点新鲜空气也许能帮你振奋精神，我建议你沿着运河溜达一圈。不会有人去那儿找你。简妮斯！"

寂静。

理查德还有许多事情没想明白，他皱起眉头思索。片刻之后，短期记忆回来了，感觉就像一头大象突然挤进房门，吓得他立刻坐了起来。

"简妮斯！"德克又叫道，"皮尔斯小姐！这姑娘，真该死。"

他从垃圾桶里捞出听筒，放在电话机上。桌上有个破旧的皮革公文包，他拎起公文包，从地上捡起帽子，站起身，把帽子荒谬地拧在脑袋上。

"来吧，"他说，走出房门，来到怒视着铅笔的简妮斯·皮尔斯小姐面前，"咱们出去走走。咱们离开这个流脓的鬼窟。咱们去想无法想象之事，咱们去做无法做成之事。咱们去和无可名状本身缠斗，看究竟能不能名它一个状。现在，简妮斯——"

"闭嘴。"

德克耸耸肩，从她桌上拿起先前她为了摔上抽屉而撕毁的那本册子。他翻了几页，皱起眉头，叹一口气，把册子放回去。几秒钟前，简妮斯正忙着用那支铅笔写一篇长文章，这会儿她继续奋笔疾书。

理查德默默地望着这一切，依然有点失魂落魄。他使劲甩甩头。

德克对他说："现在所有的事情对你来说还是一团纠缠不清的乱麻，但我们已经有了几个值得玩味的线头可顺藤摸瓜。在你告诉我的所有事情里，只有两件是实质上不可能的。"

理查德终于开口了。他皱着眉头说："不可能？"

"对，"德克说，"完完全全、彻彻底底不可能。"

他微笑。

"幸运的是，"他继续道，"你带着你有意思的问题来到了最正确的地方，因为我的字典里就没有'不可能'这个词。事实上，"他挥舞着那本残缺不全的词典，"从'鲱鱼'到'橘子果酱'之间的词条全都没了。谢谢你，皮尔斯小姐，你又一次为我提供了无与伦比的服务，因此我感谢你。假如这次努力终于能够得到回报，我甚至会尽量付你薪水。而且，我们有许多事情要思考，这间办公室就交给聪明能干的你了。"

电话响了，简妮斯接听。

"下午好，"她说，"温莱特水果市场。温莱特先生这会儿没法接电话，因为他脑袋不正常，觉得自己是一根黄瓜。谢谢你的来电。"

她摔下听筒。她抬起头，门在前老板和困惑的客户背后徐徐关闭。

"不可能？"理查德诧异地重复道。

"这件事里里外外，"德克坚持道，"都完完全全、彻彻底底地——好吧，就说难以解释好了。它明明已经发生了，说'不可能'显然毫无意义，只是没法用我们知道的一切来解释而已。"

大联盟运河旁的空气足够清新，钻进理查德的感官，让它们重新变得敏锐。他恢复了平时的思考能力，尽管戈登已死的事实每隔几秒钟就会再次跳进他的脑海，但至少他现在能够比较清晰地思考它了。然而说来奇怪，这件事在德克看来似乎最不重要。他反而挑出昨晚那些离奇遭遇中最琐碎的细节来盘问理查德。

一个人朝一个方向慢跑，一个人朝另一个方向蹬自行车，两人互相吼叫，命令对方让开，在最后一刻各自避开，这才没有双双掉进缓慢流动的混浊河水。一个缓慢移动的老妇人牵着一条移动更缓慢的老狗，从头到尾目睹了这一幕。

另一侧河岸上，空置的仓库愕然矗立，所有的窗户都破了，碎玻璃闪闪发亮。报废的驳船在水上漂流。船内有两个清洁剂的塑料瓶在黑乎乎的水里浮沉。最近的一座桥上，载重卡车隆隆驶过，房屋的地基为之颤抖，柴油燃烧的黑烟滚滚涌来，吓坏了一个想推着婴儿车过马路的母亲。

德克和理查德沿着南哈克尼的边缘散步，这儿离德克的办公室有一英里，他们走向伊斯灵顿的心脏地带，德克知道最近的救生圈藏在哪儿。

"但那只是个小戏法，我的天，"理查德说，"他经常变这种魔术。不过是手上的障眼法。看似不可能，但我向你保证，你随便找个变戏法的问一问，他都会说等你知道了其中的奥秘就会觉得非常简单。有一次我在纽约街头看见一个人——"

"我知道戏法是怎么变的。"德克从鼻子里抽出两根点燃的香烟和一个裹着糖衣的大无花果。他把无花果抛到半空中，但它一直没有落地。"敏捷、误导、暗示。只要你有时间可以浪费，这些事情都能学会。不好意思，亲爱的女士。"他对动作缓慢的年迈狗主人说。他在狗旁边蹲下，从它屁股里拽出长长一串五颜六色的彩旗。"这样它走起来就比较轻松了。"他说，有礼貌地朝老妇人抬抬帽子，继续向前走。

"这种事情，你要明白，"他对看呆了的理查德说，"很容易。大锯活人很容易，大锯活人然后把锯开的两半拼起来没那么容易了，但多加练习也能做到。而你向我描述的戏法，拥有两百年历史的陶罐和学院餐厅的盐瓶，那就——"他停顿片刻以示强调，"彻彻底底、完完全全地难以解释了。"

"也许我看漏了某些细节，但……"

"哦，毫无疑问。但在催眠状态下盘问一个人，好就好在能让盘问者更细致地看见整个场景，远远超过被盘问对象当时的有意识观察。比方说，小女孩萨拉，你记得她穿什么衣服吗？"

"呃，不——"理查德无力地说，"大概是某种裙子——"

"颜色？材质？"

"好吧，我不记得了，光线很暗。她和我之间隔了好几个座位，我只瞥见她几眼而已。"

"她穿深蓝色棉质天鹅绒低腰礼服裙，插肩袖到手腕处收拢，白色彼得·潘小圆领，正面有六颗小珍珠纽扣，从上往下第三颗上挂了一小段线头。她黑色的长发向后绾，戴一个红色蝴蝶发卡。"

"你是不是想说你看了看我鞋子上的磨痕，然后就像夏洛克·福尔摩斯那样知道了这一切？那么很遗憾，我不相信你。"

"不，不是这样，"德克说，"其实非常简单。你被催眠后自己告诉我的。"

理查德摇摇头。

"不是真的，"他说，"我都不知道彼得·潘小圆领是什么。"

"但我知道，你向我精确地描述了它的样子。现场变的戏法也一样。就当时的情形而言，那个戏法根本不可能实现。相信我，我知道我在说什么。关于那位教授，我还想继续挖掘一些东西，例如谁写了你在桌上看见的那张字条以及乔治三世究竟提了多少个问题，但——"

"什么？"

"但我认为我还是直接去问那位先生好了。只是——"德克皱起眉头，聚精会神地思考。"只是，"他又说，"算我在这种事情上有些愚蠢好了，我更情愿在提问前预先知道答案。然而我却不知道。真的不知道。"他茫然望向远方，大致估计了一下从这里到最近一个救生圈还有多远。

"第二件不可能的事情，"他又说，堵住了理查德已经吐到嘴边的话头，"或者更确切地说，几乎完全无法解释的事情，当然就是你的沙发了。"

"德克，"理查德怒吼道，"能让我提醒一句吗？戈登·路死了，而我是杀害他的嫌疑犯！你说的那些和这件事连一丁点儿关系都没有，而我——"

"但我极为倾向于相信它们有所关联。"

"太荒谬了！"

"我相信万物之间本质性的互相——"

"哦，对，对，"理查德说，"万物之间本质性的互相联系。听我说，德克，我不是容易上当的老太太，你不可能从我这儿骗到去百慕大的差旅费。假如你想帮我，就请抓住重点。"

德克大为不满："我相信万物之间拥有本质性的互相联系，一个人从量子物理的定律开始，推导到其逻辑终点，只要他还算坦诚，就不得不接受这个结论。然而与此同时，我也相信有些事物的互相联系比其他事物更加紧密。两个明显不可能的事件和某些极为特殊的事件的一个后果发生在同一个人身上，这个人又忽然成了一起极为特殊的谋杀案的嫌犯，我认为我们应该在这些事件之间的联系中寻找答案。这个联系就是你，而你一直在以一种极为特殊和偏离正轨的方式采取行动。"

"我不是，我没有，"理查德说，"是的，我确实碰到了一些怪事，但我——"

"昨晚我目睹你爬上一幢建筑物的外墙，强行进入你女朋友苏珊·路的公寓。"

"确实不太寻常，"理查德说，"甚至不太有脑子。但完全符合逻辑和理性。我做了一些事情，我只想在它造成损害前加以弥补。"

德克思索片刻，略微加快步伐。

"你在磁带上留言，你的行为是对这个难题的解答，完全符合逻辑和理性——对，刚才我给你催眠的时候，你全告诉我了——但每个人都会这么做吗？"

理查德皱起眉头，像是在说他看不出这有什么好大惊小怪的。"我没说每个人都会这么做，"他说，"我的性情或许比大多数人稍微更讲逻辑，也更较真一点，这正是我能编写电脑软件的原因。这么做解决了难题，符合逻辑和脚踏实地。"

"难道不是稍微过头了一点吗？"

"对我来说，不让苏珊再次感到失望是非常重要的。"

"因此你百分之百满足于你做这些事的理由？"

"对！"理查德气冲冲地说。

"我有个老处女姨妈住在温尼伯，"德克说，"你知道她经常对我说什么吗？"

"不知道。"理查德说。他飞快地脱光衣服跳进运河。德克跑向救生圈——他们刚好走到与救生圈平行的地方——他一把从钩子上摘下救生圈扔给理查德，理查德在运河中央扑腾，看上去既茫然又惶恐。

"抓紧了，"德克喊道，"我拖你上岸。"

"没事，"理查德吐着水说，"我能游——"

"不，你不能，"德克喊道，"快抓住。"

理查德试图游回岸边，但很快就惊恐地放弃了，转而抱住救生圈。德克收回绳索，直到理查德来到岸边，德克弯下腰，拉了理查德一把。理查德爬出运河，呼哧呼哧喘气，使劲吐唾沫，转身坐在河岸上，双手扶着膝盖，瑟瑟发抖。

"天哪，水可真脏！"他叫道，又啐了一口，"太恶心了。咳咳。呸。上帝啊。我游泳很厉害来着。肯定是抽筋了。真是好运气，咱们离救生圈这么近。哦，谢谢。"最后道谢是因为德克递给他一条大毛巾。

理查德使劲擦干身体，为了弄掉肮脏的运河水，他险些搓下一层皮来。他站起身，左右张望。"能帮我找一下裤子吗？"

"年轻人。"遛狗的老妇人说，她恰好走到他们身旁，站在那儿严厉地看着两人，正要责备他们的时候，德克开口了。

"一千个对不起，亲爱的女士，"他说，"请原谅我这位朋友的无意冒犯。"他从理查德的屁股里掏出一把黏糊糊的银莲花，"请收下这些，还有我的问候。"

老妇人挥动手杖，打掉德克手里的花束，惊骇莫名地快步走开，拖着背后的老狗。

"你这么做似乎不太友善。"理查德说，用毛巾裹住要害部位，在毛巾底下穿上裤子。

"我不认为她是个友善的老太太，"德克答道，"她总在河边闲逛，拖着那条可怜的老狗，而且特别喜欢责备别人。游得开心吗？”

“不，不怎么开心。”理查德使劲擦头。“我没料到水会那么脏，还那么凉。给你，”他把毛巾还给德克，“谢谢。你总在公文包里装一条大毛巾走来走去？”

“你总在下午跳进河里游泳？”

“不，通常是早晨，去海布里公园的游泳池，为了让自己清醒一下，大脑动起来。我刚才忽然想到今天早晨我没游泳。”

“然后，呃——所以你就一个猛子扎进运河了？”

“嗯，对。我就是觉得运动一下说不定能帮我处理好这些烂事。”

“然后你就脱光衣服跳进运河，不觉得有点过头吗？”

“不，”他说，“考虑到河水的情况，也许不怎么明智，但完全——”

“你百分之百满足于你做这些事的理由。”

“对——”

“所以，事情和我姨妈没有任何关系，对吧？”

理查德怀疑地眯起眼睛。“你到底在说什么啊？”他问。

“让我告诉你吧。”德克说。他在附近的长椅上坐下，再次打开公文包。他叠好毛巾，放进公文包里，取出一台索尼微型磁带录音机。他招呼理查德过来，然后按下播放按钮。小扬声器里响起德克抑扬顿挫的轻快声音：“一分钟后，我打个响指，你会醒来，忘记一切，除了接下来的这段命令。

"过一会儿，咱们会沿着运河散步，听见我说'我有个老处女姨妈住在温尼伯——'"

德克突然抓住理查德的胳膊，免得他跑掉。

磁带还在播放："你就脱光衣服跳进运河。你会发现你无法游泳，但你不会惊慌或沉底，你会原地踩水，直到我把救生圈扔给你……"

德克停止播放，扭头看着理查德，这是理查德今天第二次因为惊恐而脸色苍白。

"我很有兴趣知道你昨晚究竟着了什么魔，居然会爬墙进入路小姐的公寓，"德克说，"还有，为什么会这么做。"

理查德没有回答，他目不转睛地盯着磁带录音机，脑袋里乱成一团。最后他用颤抖的声音说："苏珊那盘磁带上有戈登的留言。他从车里打的电话。磁带在我家。德克，这些事忽然让我非常害怕。"

第二十一章

德克躲在一辆厢式货车背后，望着几码外在理查德那幢楼外执勤的警察。无论是谁，只要想走进理查德家那扇门所在的小巷，都会被警察拦住盘问，德克很高兴地注意到，其中甚至包括他没有立刻认出来的另一名警察。又一辆警车开近停下，德克开始行动了。

一名警察拎着锯子钻出车门，走向那扇门。德克轻快地跟上他的步伐，落后一两步，浑身官威。

"没问题，他跟我来的。"德克说，趁着守门的警察拦住新来的那位时，飞快地走了过去。

他走进公寓楼，爬上台阶。

拎锯子的警察跟着他进门。

"呃，对不起，长官。"他在德克背后喊道。

德克刚好走到沙发堵住楼梯的地方。他停下脚步，转过身。

"待在这儿，"他说，"守住沙发。别让任何人碰它，我指的是任何人。听懂了吗？"

警员一时间有点摸不着头脑。

"我得到的命令是锯开它。"他说。

"撤销了，"德克吼道，"像秃鹫一样守着它。我要看到一份完整的报告。"

他转过身，爬过那个鬼东西。几秒钟后，他走进了一块宽敞的开阔空间。理查德的公寓有上下两层，这是底下的一层。

"你们搜过那个了吗？"德克朝另一名警察吼道，这名警察坐在理查德的餐桌前翻看笔记，他吃了一惊，站起身。德克的手指着废纸篓。

"呃，搜过——"

"再搜一遍。继续搜，别停下。这儿都有谁？"

"呃，那个——"

"我可没有一整天听你'呃'。"

"梅森督察刚走，还有——"

"很好，是我叫他走的。有事来楼上找我，但除非特别重要，否则就别打扰我。听懂了？"

"呃，您是——"

"我怎么没看见你开始翻废纸篓？"

"噢，好的，长官。我这就——"

"你给我深度搜查。听懂了？"

"呃——"

"麻利点。"德克一阵风似的跑上楼，走进理查德的工作室。

磁带就在理查德说的地方，和六台Mac电脑一起摆在一张长桌上。德克正要把磁带塞进口袋，电脑屏幕上缓缓变形和转动的沙发动画忽然勾起了他的好奇心，他在键盘前坐下。他读了一会儿理查德写的程序，但很快意识到就其现状而言，程序离清晰易懂还有点距离，他什么都没看明白。最后他好不容易把沙发弄出来，沿着楼梯向下搬出门，但随后发现想实现这个目标，他必须拆掉一部分墙体。他恼怒地哼了一声，放弃了。

他望向另一台电脑，这个屏幕在显示平稳的正弦波。屏幕边缘有几个小画面，选中后可以将其中的波形叠加到主波形上，也可以用其他方式修改波形。他很快发现这个程序能用简单波形构建非常复杂的波形，他玩了好一会儿。他把同一个简单正弦波叠加到原本的正弦波上，结果是波峰高度和波谷深度加倍。接下来他将一个波形向后拖动，使其落后另一个波形半拍，两个波形的波峰和波谷互相抵消，得到一条平坦的直线。他稍稍加大一个正弦波的频率，在综合波形的一些位置上，两个正弦波互相加强，另一些位置上则互相抵消。加入第三个简单波形，频率与前两个都不一样，你很难在综合波形中看到任何规律。线条看似完全随机地上下起伏，接连几个周期压得极低，然后忽然堆积成极大的波峰和波谷，三个波形短暂地彼此同步。

德克猜这一排电脑里肯定有个程序能把电脑屏幕上舞动的波

形转换成音乐。他在菜单里找来找去，发现一个菜单项邀请他把波形采样转换进一台Emu（鸸鹋）。

他不明白这是什么意思。他环顾房间，寻找一只不会飞的大鸟，却没看到这样的东西。他启动这个功能，然后摸着线缆顺藤摸瓜，线缆从电脑背后伸出，落下长桌，铺在地板上，绕到一个餐具橱背后，钻到地毯底下，最后向上走，插进一个灰色大键盘背后，这东西名叫Emulator Ⅱ。

他猜自己鼓捣出的波形就被送到了这儿来。他试探着按下一个键。

扬声器里立刻响起了难听的放屁声，噪声震耳欲聋，因此他一时间没听见同时在门口响起的叫声："斯弗拉德·切利！"

理查德坐在德克的办公室里，把小纸团一个接一个扔向装着听筒的垃圾桶。他折断了几根铅笔。他在大腿上演奏金杰·贝克[1]独奏名曲的重要选段。

总而言之，他焦躁不安。

他拿了一张德克的便笺纸，尝试记录他能回忆起的昨晚的所有事情，并尽可能精确地写下每件事发生的具体时间。他惊讶地发现这个任务竟然如此困难，与德克向他演示过的无意识记忆相比，他有意识的记忆实在太差劲了。

---

1 英国摇滚巨星、鼓手。

"真该死，德克。"他心想。他想和苏珊谈谈。

德克说过他绝对不能这么做，因为警方会反查电话号码。

"德克，真该死！"他忽然说着，跳了起来。

"有十便士的硬币吗？"他问决定要一直阴沉下去的简妮斯。

德克转过身。

门口站着一个高大的黑影。

高大黑影对他见到的东西似乎不怎么高兴，事实上他感到相当恼火。比恼火还严重。这个高大黑影似乎会轻而易举地撕掉六只鸡的脑袋，到最后依然非常恼火。

黑影走到阳光中，赫然出现的是剑桥郡警察局的吉尔克斯警司。

"知道吗？"剑桥郡警察局的吉尔克斯警司使劲眨眼，勉强压抑着情绪说，"我回到这儿，发现一个警察拎着锯子守在沙发旁，另一个警察在拆一个无辜的废纸篓，我就不得不问自己某些确切的问题了。提问的时候我非常不安，因为我觉得我肯定不会喜欢我得到的答案。

"然后我爬上楼梯，怀着一种可怕的预感，斯弗拉德·切利，一种非常可怕的预感。我必须补充一句，此刻我惊恐地发现，这个预感竟然成真了。不知道你能不能顺便解释一下为什么有人会在卫生间里发现一匹马？这种事似乎有你的味道。"

"不能，"德克说，"目前还不能。但是我莫名很感兴趣。"

"我猜也他妈是。你肯定会感兴趣，尤其是你必须在凌晨一点把那鬼东西弄下一条弯弯曲曲的鬼楼梯。你在这儿干什么？"吉尔克斯警司厌烦地说。

"我来这里，"德克答道，"是为了伸张正义。"

"那好，我一定躲着你走。"吉尔克斯说，"我见到警察厅的人更是要绕着走。你对麦克达夫和路有什么了解？"

"路？除了大家都知道的，没其他的。麦克达夫是我在剑桥的熟人。"

"哦，是吧，是吗？描述一下他。"

"高，瘦得古怪。脾气很好。有点像一只不捕食的捕食性螳螂——说是非捕食性螳螂也行。大致就是一只令人愉快的亲切螳螂，放弃了捕食，转而去打网球。"

"哼。"吉尔克斯没好气地说，转身打量房间。德克把磁带塞进口袋。

"听上去像是同一个人。"吉尔克斯说。

"当然了，"德克说，"完全没有杀人的能力。"

"这个我们说了算。"

"当然还有陪审团。"

"啧！陪审团！"

"不过当然了，我们不会走到那一步的，因为不等案件被送上法庭，事实就会自然而然地证明我的客户是清白的。"

"你该死的客户？行了，切利，他在哪儿？"

"我完全不知道。"

"我打赌你肯定知道该往哪儿寄账单。"

德克耸耸肩。

"听着，切利，这是一场普普通通、正常得不得了的谋杀案调查，我不希望你插手搅和。所以你就当我已经警告过你了。要是我看见有一丁点儿证据被动过，我就会狠狠揍你一顿，保准你眨眼分不清是明天还是星期四。现在给我滚出去，顺便把磁带留下。"吉尔克斯伸出手。

德克愣了，像是真的大吃一惊："什么磁带？"

吉尔克斯叹息道："你是个聪明人，切利，这点我承认，"他说，"但你犯了很多聪明人都会犯的错，就是以为其他人都是笨蛋。我转过身去是有理由的，这个理由就是想看看你拿了什么。我不用看见你拿了什么，只需要事后看缺了什么就行。我们受过训练，你知道吧。以前每周二下午都要上半小时的'观察训练'课，那是结结实实四小时'无感凶残'课后的放松时间。"

德克用微笑掩饰自己的气恼。他从皮外套的口袋里掏出磁带递过去。

"放一下，"吉尔克斯说，"看看你不想让我们听的是什么。"

"不是我不想让你们听，"德克耸耸肩，"我只是想先听一听。"他走到理查德放高保真器材的架子前，把磁带塞进播放器。

"不打算先稍微介绍一下吗？"

"这盘磁带，"德克说，"来自苏珊·路的电话自动答录机。路先生有个习惯，会滔滔不绝地留……"

"嗯，我知道。他的秘书每天早晨跑来跑去收集他的车轱辘话，真可怜。"

"对，我认为磁带上也许有戈登·路昨晚从车上打来的电话录音。"

"我明白了。好吧，播放。"

德克彬彬有礼地鞠了个躬，按下播放按钮。

"哦，苏珊，嘿，是我，戈登。"磁带再次说道，"我正在去小木屋的路上——"

"小木屋！"吉尔克斯讽刺地叫道。

"今天是，呃，星期四晚上，现在是，呃，八点四十七分。路上有点起雾。那什么，这周末会有一群人从美国来……"

吉尔克斯挑起眉毛，看看手表，在记事簿上写了几笔。

死者的声音充满房间，德克和警司都感到背脊发凉。

"——我还没死在水沟里真是个奇迹，要是我就这么死了倒也不错，在别人的答录机上留下我著名的遗言：卡车大灯……"

两个人绷紧神经，不敢开口，磁带播完了整个留言。

"研发狂就有这个毛病，他们能想出一个切实可行的好点子，然后就等着你连续投资他们好几年，看着他们傻坐着计算自己肚脐眼的拓扑结构。对不起，我必须停车关一下后备箱，去去就来。"

接下来是发闷的碰撞声，电话听筒落在了副驾驶座上，几秒钟后响起了车门打开的声音。同时，车载音响播放的音乐声在背景里叮叮咚咚响个不停。

又过了几秒钟，他们听见了模糊而发闷但不可能听错的双响枪声，无疑来自一把霰弹枪。

"停止播放，"吉尔克斯厉声道，看一眼手表，"从他说八点四十七分开始，过了三分二十五秒。"他又望向德克。"你待在这儿，别动，别碰任何东西。我记住了房间里每个空气分子的位置，你有没有呼吸我都会知道。"

他原地转身，走出房间。德克听见他跑下楼梯。"塔凯特，去'前进之路'的办公室，搞清楚戈登的车载电话的细节，号码是多少，用哪个网络……"

声音渐渐消失在楼下。

德克立刻调低音量，继续播放磁带。

音乐又响了一会儿，德克着急地弹手指，但依然只有音乐。

他按下快进按钮，等了几秒钟。还是音乐。他忽然想到他在找某些东西，但不知道究竟在找什么。这个念头让他愣住了。

他百分之百在找某些东西。

他百分之百不知道他在找什么。

德克意识到他并不清楚自己为什么在做他正在做的事情，这一点使得他背脊发凉，震惊莫名。他慢慢转身，就像冰箱门在徐徐打开。

背后没有人，至少没有他能看见的人。然而他熟悉这种正在让汗毛根根竖起的寒意，他比任何人都厌恶这种感觉。

他用低沉而凶恶的声音说："要是有人能听见我说话，请听好了。我的意识是我的核心，在那里发生的事情只有我能负责。其他人爱相信什么就相信什么，但无论我做什么事，都必须知道理由，明明白白地知道。假如你想要我做什么，那就想办法告诉我，但绝对不许碰我的意识。"

发自肺腑的古老怒火让他浑身颤抖。寒意可怜巴巴地消退，似乎移动到了房间里的某个地方。他尝试用感官跟踪它，但一个突然响起的声音吸引了他的注意力，这个声音似乎来自他的听觉边缘，乘着模糊的呼啸风声而来。

这是个空洞、惊恐、困惑的声音，仅仅是一声缥缈的耳语，但确实存在于自动答录机的磁带上，能听见。

这个声音说："苏珊！苏珊，帮帮我！老天在上，帮帮我。苏珊，我死了——"

德克猛地转身，停止播放。

"对不起，"他压低声音说，"但我必须为客户的利益着想。"

他把磁带往回倒了一小段，来到那个声音即将响起的地方，把录音电平旋钮转到零，按下录音按钮。他让磁带转动了一会儿，擦掉那个声音和后面有可能存在的任何东西。既然磁带会被用来确定戈登·路的死亡时间，那么德克就不希望戈登说话的其他样本令人尴尬地出现在时间点之后的磁带上，就算内容刚好能证明他确实死了也不行。

他身旁的半空中似乎爆发了一场巨大的情绪暴风。某种波传遍房间，家具在其尾迹中颤抖不已。德克望着它的传播方向——门口的一个架子，忽然意识到理查德的自动答录机就在那个架子上。答录机在架子上抽筋似的晃动，德克走过去，它却停下不动了。德克缓慢而冷静地伸出手，按下机器上的应答按钮。

空气中的扰动穿过房间，回到理查德的长桌上，桌上有两部老式拨盘电话，塞在成堆的纸张和微型磁盘之中。德克猜测着接下来会发生什么，但选择观察，而没有插手。

一部电话的听筒从底座上掉了下来。德克听见了拨号等待音。然后，拨盘开始转动，缓慢，看起来十分艰难。它时快时慢地转动——持续转动，但越来越慢，突然滑了回去。

片刻停顿后，叉簧按下去又弹起来，拨号等待音重新响起。拨盘再次开始转动，但断断续续的样子比上次更像抽筋。

它又滑了回去。

这次的停顿比较久，整个过程从头开始。拨盘第三次滑回去，愤怒似乎陡然爆发，整部电话机跳上半空，飞过整个房间。听筒和底座的连接线在途中缠住了一盏悬臂台灯，带着台灯砸在乱糟糟的线缆、咖啡杯和软磁盘堆里。桌上的一摞书倒了，掉在地上。

吉尔克斯警司出现在门口，面无表情。

"我重新进来一次好了，"他说，"等我下次进来，不想再看见这种鸟事。听懂了？"他转身离开了。

德克扑向磁带机，按下倒带按钮。他转过身，对着空荡荡的椅子说："我不知道你是谁，但我能猜到。要我帮忙，你就别像刚才那样让我丢脸了！"

几秒钟后，吉尔克斯再次走进房间。"啊哈，找到你了。"他说。

他心平气和地扫了一眼遍地的残骸。"我就假装没看见好了，有些问题的答案只会让我生气，我觉得干脆不问比较好。"

德克瞪着他。

随之而来的寂静持续了几秒钟，警司听见了一道微弱的呜呜声，他恶狠狠地望向磁带机。

"磁带在干什么？"

"倒带。"

"给我。"

就在德克伸出手的时候，磁带倒回起点停下了。他取出磁带，交给吉尔克斯。

"说来让人生气，你的客户似乎完全洗清了嫌疑，"警司说，"电信公司证实从车里拨出的最后一通电话是昨晚八点四十六分，当时你的客户正在几百名目击证人面前打瞌睡。说是目击证人，其实以学生为主，但我们不得不假定他们不可能所有人一起撒谎。"

"很好，"德克说，"非常好，我很高兴事情能水落石出。"

"当然了，我们从来没考虑过真有可能是他。完全对不上。但你了解我们——我们喜欢有个结果。不过你转告他，我们还是有几个问题想请教一下。"

"要是我凑巧碰到他，保证帮你把话带到。"

"这点小事就交给你了。"

"好的，警司，那我就不耽搁你了。"德克说，快活地朝房门挥挥手。

"随便你，不过三十秒内你不离开这儿，切利，我他妈就拘留你。我不知道你在搞什么名堂，但只要能搞清楚，我就可以早点在办公室睡觉了。出去。"

"那么，警司，祝你今天过得开心。我不想说见到你很高兴，因为没什么可高兴的。"

德克一阵风似的走出房间，径直离开这套公寓，楼梯里本来神奇地嵌着一张切斯特菲尔德大沙发，此刻他伤感地注意到，现在那里只剩下一小堆可悲的锯末了。

迈克尔·温顿-威克斯忽然一个激灵，从书上抬起头。

他的脑海里突然充满了使命感。想法、图像、记忆与目标，全都闹哄哄地涌上心头，它们看上去越是互相矛盾，彼此间似乎就越贴合。拼图最终变得完整，一块碎片的参差边缘逐渐对齐另一块碎片的参差边缘。

再一用力，拉链合上了。

尽管等待的时间漫长得接近永远，而且这个永远还充满了失败，充满了软弱的衰颓余波，充满了无力的摸索和孤独的无能，但拼图一旦完成就能抵消这一切。它必将抵消这一切，弥补已经铸成的灾难。

谁想到的呢？无所谓，拼图已经完成，拼图堪称完美。

迈克尔望向窗外，看着切尔西整洁的街道，不在乎他见到的是黏滑的有腿生物，也不在乎它们是否全都是A. K. 罗斯先生。重要的是它们抢走的东西和它们不得不还给他的东西。罗斯存在于过去。此刻迈克尔在乎的东西存在于更遥远的过去。

他母牛般柔和的大眼转向《忽必烈汗》的最后几行，他一直在读这首诗。拼图已经完成，拉链已经合上。

他合上书，拿起来塞进衣袋。

他往回走的道路已经清晰。他知道他必须要做什么。现在他只需要去买点东西，然后就可以动手了。

第二十二章

"你？谋杀？被通缉？理查德，你在胡说什么？"

电话在理查德的手里抖动。他把听筒举到离耳朵半英寸的地方，因为不久前似乎有人用听筒蘸过炒面。不过情况还算好，这部公用电话居然还能打通，足以说明那个人做事不够细致。理查德越来越觉得整个世界都躲到了离他半英寸远的地方，就像除臭剂广告里的某个人物。

"戈登，"理查德犹豫道，"戈登被谋杀了——没错吧？"

苏珊停顿片刻，然后才回答。

"对，理查德，"她用哀伤的声音说，"但没人认为是你干的。他们当然想找你问话，但——"

"所以你那儿没有警察了？"

"没有，理查德，"苏珊坚称，"听我说，你来我这儿吧。"

"他们也没有全城搜捕我？"

"没有！你到底为什么会认为警察在通缉你，认为警察认定是你干的？"

"呃——嗯，一个朋友告诉我的。"

"谁？"

"呃，他叫德克·简特利。"

"你从没提过他。他是什么人？他还说什么了？"

"他催眠了我，呃，还让我跳进运河，嗯，那个，说真的——"

电话的另一头陷入漫长得可怕的沉默。

"理查德，"苏珊最后说，当一个人意识到无论情况多么糟糕，都有理由变得更糟糕时，才会催生她的这种冷静，"你到我这儿来吧。我本来想说我需要见你，但我认为你更需要见我。"

"我应该去找警察。"

"晚些时候再去。理查德，求你了。几个小时不会有什么区别的。我……我都没法思考了。理查德，太可怕了。真希望你能在我身边。你在哪儿？"

"好吧，"理查德说，"我二十分钟就到。"

"要我开着窗户吗？还是这次打算走大门？"她吸着鼻子说。

第二十三章

"别了，谢谢，"德克说，按住皮尔斯小姐的手，不让她拆开税务局的来信，"世上有的是比这些东西更广阔的天空。"

他在黑乎乎的办公室里紧张地沉思了一阵，这会儿刚刚打破魔咒冲出来，还满怀激动和专注的情绪。在钻进办公室之前，他在真金白银的薪水支票上签了他的真名实姓，总算说服皮尔斯小姐原谅了他最近一次缺乏正当理由的挥霍行径。德克认为她悍然拆开税务人员的来信是在以错误的精神领会他的慷慨。

她放下信封。

"跟我来！"他说，"我有东西要给你看。我要以极大的兴趣观察你的反应。"

他一阵风似的回到办公室里，坐在写字台前。

她耐心地跟着他走进办公室，在他对面坐下，存心不看桌上那毫无正当理由挥霍的结果。

门上那块亮闪闪的铜牌已经让她一肚子火气了，但这台有着红色大按键的愚蠢电话，她都不屑给它一个轻蔑的眼神。在她确定支票能够正常兑现之前，她绝对不会做出任何轻率的举动，微笑也包括在内。上次他签了一张支票给她，连晚上都没到就注销了，按照他的原话，是为了防止它"落入不该落入的手里"。不该落入的手里，大概就是她的银行经理的手里。

德克把一张纸从桌上推给她。

她拿起来看了一会儿，上下颠倒看了一会儿，翻过来又看了一会儿，最后放下那张纸。

"如何？"德克问，"有什么想法？告诉我！"

皮尔斯小姐叹了口气。

"这是一张打字纸，用蓝色记号笔涂了很多毫无意义的鬼画符，"她说，"看起来是你亲自写的。"

"不！"德克叫道。"呃，是的，"他承认道，"但只是因为我觉得这就是问题的答案。"

"什么问题？"

"那个戏法的问题！"德克猛拍桌子，"我说过了！"

"对，简特利先生，说了好几次。我认为那只是个戏法而已。你在电视上看见过。"

"但有个区别——这个戏法完完全全不可能实现！"

"不可能真的不可能，否则他就变不出来了。论证完毕。"

"正是如此！"德克忽然兴奋道，"正是如此！皮尔斯小姐，你拥有罕见的领悟力和洞察力。"

"谢谢你，先生，我能走了吗？"

"等一等！我还没说完呢！还早着呢，还长着呢！你向我展示了你的领悟力和洞察力的深度，现在请允许我展示一下我的。"

皮尔斯小姐耐心地瘫坐下去。

"我认为你会大受触动的，"德克说，"考虑一下这个吧。有个棘手的难题，我想找到它的答案，在脑袋里兜了一圈又一圈，绕着同一堆让人发疯的事情没完没了地打转。在得到答案之前，我显然不可能去思考其他事情了，但同样明显的是，想要得到答案，我就必须去思考一些事情。该怎么打破这个死循环呢？来，你问我。"

"怎么打破？"皮尔斯小姐顺从地问，但没有半分热情。

"通过写下那个答案！"德克大声宣布，"这就是问题的答案！"他得意扬扬地猛拍那张纸，露出满足的笑容，身体往椅背上一靠。

皮尔斯小姐不明所以地看着那张纸。

"既然有了结果，"德克继续道，"现在我就可以把思想转向更新鲜也更引人入胜的难题了，比方说，例如……"

他拿起那张纸，把满纸毫无意义的鬼画符亮给她看。

"这东西，"他用低沉阴郁的声音说，"用的是什么语言？"

皮尔斯小姐还是不明所以地看着那张纸。

德克扔下那张纸，抬起腿把双脚放在桌上，脑袋枕着双手向后靠。

"你看见我干了什么吗？"他问天花板，突然被拖入谈话的天花板似乎吓得一哆嗦，"我把一个无从下手甚至有可能无解的难题变成了一个纯粹的语言学课题。"他沉吟半晌，喃喃道："尽管它是个无从下手甚至有可能无解的难题。"

他转回来，目光灼灼地盯着简妮斯·皮尔斯。

"说吧，"他催促道，"快说'你疯了'——但说不定真的管用！"

简妮斯·皮尔斯清清喉咙。

"你疯了，"她说，"相信我。"

德克转过去，侧身躺在椅子里，罗丹去上厕所的时候，《思想者》的模特多半就是这个姿势。

他忽然显得格外疲惫和消沉。

"我知道，"他用没精打采的低沉声音说，"某个地方出了什么格外严重的差错。我知道我必须跑一趟剑桥，去纠正错误。但我要真能知道那是什么，我也就不这么害怕了……"

"请问，我能走了吗？"皮尔斯小姐问。

德克闷闷不乐地抬头看她。

"走吧。"他叹息道。"但请你——求你——"他用指尖弹了一下那张纸，"——说说你对这东西的看法。"

"好的，我认为它很幼稚。"简妮斯·皮尔斯直言不讳。

"可是——可是——可是！"德克恼火地拍打桌子，"你不明白吗？为了理解，我们必须变得幼稚！只有孩子才能真正透彻地看问题，因为他们还没有形成一层又一层的过滤机制，正是因为这些东西，我们才能避免看见我们不想看见的东西。"

"那你为什么不去找个孩子问一问？"

"谢谢，皮尔斯小姐，"德克伸手去拿帽子，"你又一次向我提供了无与伦比的服务，为此我表示格外真挚的感谢。"

他冲出了房间。

第二十四章

理查德走向苏珊的公寓，天气逐渐变得阴沉。天空在早晨绽放出了不寻常的活力和热情，这会儿开始走神，变回了英国平时的状态，仿佛一块臭烘烘的湿抹布。理查德拦下一辆出租车，没几分钟就到了地方。

出租车停下，司机说："他们应该被驱逐出境。"

"呃，谁应该？"理查德问。他意识到司机说的话他一个字也没听。

"呃——"司机说，突然意识到他自己也没听，"呃，他们整个一群人。干掉该死的整个一群人，我就是这个意思。还有他们该死的蟑螂。"他补充道。

"你说得当然对。"理查德说，然后快步走进公寓楼。

他来到苏珊家的门口，听见苏珊的大提琴在演奏庄重的慢板旋律。他很高兴她在演奏。只要在演奏大提琴，她的情绪就能令人惊叹地自给自足和容易控制。他早就发现她和她演奏的音乐之间存在某种奇异的特殊关系。要是感到情绪不稳定或者要发脾气，她只需坐下来，无比专注地演奏音乐，等演奏完了，她就会变得精神百倍，心如止水。

然而，下次要是她再演奏相同的音乐，情绪就会彻底爆发，炸得她四分五裂。

他尽可能不出声地溜进去，不去打扰她的专注。

他蹑手蹑脚地走过她练琴的小房间，门开着，所以她停下来打量他，只流露出一丁点儿她不该停下的意思。她显得苍白而憔悴，但还是对理查德笑了笑，然后带着突如其来的热烈劲头继续拉琴。

太阳抓住一个千载难逢的机会——它极少有能力做到这种事——选择在此刻短暂地突破正在积蓄的雨云。她全神贯注地演奏着大提琴，一道强烈的光芒落在她和深棕色的古老乐器上。理查德站在那里，动弹不得。持续了一天的骚动驻足片刻，保持距离以示尊重。

他不熟悉这段音乐，听上去像莫扎特，随即想到她说过她要练习莫扎特的什么曲目。他悄无声息地继续向前走，找个地方坐下听她演奏。

她拉完这首曲子，沉默了一分钟，然后走了过来。她眨眨眼睛，露出微笑，颤抖着给他一个长时间的拥抱，最后放开他，把电话听筒放回挂钩上。她练习时总是摘下听筒。

"对不起，"她说，"我不想中途停下。"她轻快地擦掉一滴眼泪，就好像那是个惹人讨厌的小东西。"你怎么样，理查德？"

他耸耸肩，茫然地看着她。这个眼神足以表达一切了。

"但是很抱歉，我必须咬着牙向前走，"苏珊叹息道，"对不起。我一直……"她摇摇头，"谁会做出这种事？"

"不知道。某个疯子吧。我不确定谁会那么恨他。"

"是啊，"她说，"那什么，你，吃过午饭吗？"

"没有。苏珊，你继续拉琴，我去看看冰箱里有什么。咱们等会儿边吃边聊。"

苏珊点点头。

"没问题，"她说，"只是……"

"什么？"

"唉，我暂时不想谈戈登。先让我缓一缓。我有点蒙。要是我和他比较亲近，大概反而容易一些，但我和他并不亲近，而且……我没准备好给出什么反应，觉得有点尴尬。谈他当然没问题，但我们只能用过去时，这才是我……"

她在他身上贴了一会儿，然后叹了口气，平静下来。

"冰箱里没什么东西，"她说，"好像有酸奶，还有一罐醋渍生鲱鱼卷。要是交给你，我猜肯定会弄破瓶子，但其实很简单。诀窍是别拿它满地乱砸或者在罐头上涂果酱。"

她给了理查德一个拥抱、一个吻和一个苦笑，然后回练习室去了。

电话响了，理查德拿起听筒。

"喂？"他说。没人说话，只有某种微弱的呼呼风声。

"谁啊？"他又说，等了一会儿，耸耸肩，放下听筒。

"有人说话吗？"苏珊喊道。

"没，什么都没有。"理查德说。

"好几次了，"苏珊说，"大概是什么极简主义浊重呼吸者[1]吧。"她继续练琴。

理查德走进厨房，打开冰箱。他不像苏珊那么热衷于健康饮食，因此冰箱里的食物也不怎么让他激动，不过他没费什么力气就在盘子里盛了些醋渍生鲱鱼卷、酸奶、米饭和橙子，尽量不去想再加两个油腻腻的汉堡包配薯条就是一顿好饭了。

他找到一瓶白葡萄酒，把所有东西放在小餐桌上。

几分钟后，苏珊过来坐下。此刻她恢复了冷静和镇定，他们吃了几口食物，她问他跳运河是怎么一回事。

理查德无话可说地摇摇头，尝试解释整件事和德克这个人。

他的叙述告一段落，尽管收尾颇为无力。苏珊皱眉道："你说他叫什么来着？"

"他叫，呃，德克·简特利，"理查德说，"算是吧。"

"算是吧？"

1　给人打电话却不说话，从中得到性快感。

"呃，对。"理查德痛苦地叹息道。他忽然想到，无论你怎么形容德克，用来修饰的都是那种靠不住的模糊限定词。连他的信笺抬头都印着一串靠不住的模糊头衔。他掏出一张纸，今天早些时候，他徒劳地试图在这张纸上整理思路。

"我……"他刚开口，门铃就响了。两人对视一眼。

"如果是警察，"理查德说，"我还是见一见他们比较好。该来的总会来。"

苏珊推开椅子，走到门口，拿起内线电话的听筒。

"哪位？"她说。

过了几秒钟，她说："谁？"她渐渐皱起了眉头，然后转过身，皱着眉头望向理查德。

"还是你来吧。"她的语气不怎么和善，她按下开门按钮，然后回去坐下。

"你的朋友，"她淡淡地说，"简特利先生。"

电僧的这一天过得好极了，它撒开蹄子，兴奋地疾驰。当然了，这句话的意思是它兴奋地用马刺让马疾驰，而马不怎么兴奋地撒开蹄子。

电僧心想，这个世界真不错。它喜欢这里。它不知道这个世界属于谁又来自何方，但对于它那独一无二、异乎寻常的天赋来说，这里无疑是个令人极为满足的好地方。

它的价值得到赞赏。这一整天，它走到人们面前，和他们交谈，倾听他们的烦心事，然后静静地说出那四个有魔力的字："我相信你。"

结果无一例外地令人振奋。倒不是说这个世界的居民彼此之间从不这么说，但比起无与伦比的程序促使电僧产生的感情，他们似乎难以达到那种深入肺腑的真诚。

在它自己的世界里，人们觉得它这么做是理所当然的。人们会希望它该干什么就干什么去，替他们相信各种事物，别打扰他们。有人带着好点子、好提议甚至新宗教来敲门，回答永远是"哦，去告诉电僧吧"。电僧会坐下来认真倾听，耐心地照单全收，但没人会对那些东西产生更进一步的兴趣。

这是个完美的世界，似乎只有一个缺点。通常来说，每次它说出有魔力的字眼，话题就会迅速转变到金钱，电僧当然没有钱——这个缺憾迅速破坏了许多次前景美好的会谈。

也许它该去弄些钱来——但从哪儿弄呢？

它勒马暂停片刻，马感激地站住了，盯着路边的草坪。马不知道疾驰来疾驰去到底是为了什么，说实话也不关心。马只在乎一件事：电僧逼着它疾驰来疾驰去的道路旁边似乎摆着一场永恒的盛宴。马一有机会就大快朵颐。

电僧用锐利的眼神沿着道路前后扫视。似乎有点熟悉。它向前走了几步，想再看清楚一点。马在几码外接着吃它的大餐。

对。电僧昨天夜里来过这儿。

它清楚地记得——呃，好吧，算是清楚。它相信自己清楚地记得，毕竟这才是重点。它在超乎寻常的迷糊状态下走到这儿，要是它没记错，拐过前面一个路口，路边有一座小楼，它就是从那里跳进了那个好人的轿车后备箱。说起来，后来那个好人被它开枪打死的时候，反应不可谓不奇怪。

也许那个地方有钱，可以让它拿走一些。它思考了一会儿。唔，去试试看就知道了。它扯动缰绳，拉开正在品尝盛宴的马，向那里疾驰而去。

来到加油站附近，它发现一辆车堵在门口，停车的角度非常霸道。这个角度很清楚地表明，这辆车来加油站不是为了加油这种平凡琐事，而是带着更重要的任务，重要得都不在乎停车挡不挡道了。其他加油车辆只能各自想办法绕过去。这辆车是黑白条纹的，画着一些徽章，有几盏看起来很重要的灯。

电僧走进加油站，跳下马，把马系在油泵上。它走向小店，看见里面有个男人背对着它，这个人穿深蓝色制服，戴一顶制服帽。他跳上跳下，手指在耳朵里左拧右拧，显然是想给柜台里的男人留下深刻印象。

电僧看得如痴如醉。它立刻毫不费力地相信了：连山达基教徒都会被这个男人打动，他肯定是个什么神，否则怎么可能唤起这么热烈的反应？

它屏住呼吸，等着崇拜他。没多久，男人转身走出店铺，看见电僧，停下了脚步。

电僧意识到神肯定在等它做出崇拜的动作，于是狂热地跳上跳下，手指在耳朵里扭来扭去。

神盯着它看了几秒钟，抓住它，把它转过来，四肢分开按在车身上，搜身寻找武器。

德克闯进公寓，活像一阵矮胖的龙卷风。

"路小姐，"他说，抓住苏珊不怎么情愿的手，摘下他那顶可笑的帽子，"能够认识你，本人荣幸得难以言表，但同时我也深感痛悔，因为我们竟然在如此凄惨的情况下相见，请允许我献上我最强烈的同情和哀悼。我恳求你相信，要不是为了一些极为严重和紧急的事情，我绝对不会打扰你的清静和悲伤。理查德！我解开了那个戏法的谜，实在太惊人了。"

他一溜烟地冲进房间，自顾自地坐进小餐桌前的一把空椅子，顺手把帽子扔在餐桌上。

"请原谅我们，德克——"理查德冷冷地说。

"不，很抱歉，你必须原谅我，"德克顶了回来，"我解开那个谜了，答案让人震惊，我不得不在街上问了一个七岁小孩才搞清楚。但毫无疑问，这就是正确的答案，绝对毫无疑问。'那么，答案是什么呢？'你问我，或者只要你一有机会就会这么问我，但你没有，所以我就省了你的麻烦，替你问我了。答案我反正是不会告诉你的，因为你不会相信我。所以我要演示给你看，就在今天下午。

"但你放心吧，这个答案能解释一切。它解释了那个戏法，解释了你发现的那张字条——本来看见字条我就该想通的，但我太傻了。它还解释了缺失的第三个问题是什么，更重要的是——这才是关键——它解释了缺失的第一个问题是什么！"

"什么缺失的问题？"理查德叫道，突如其来的中断让他摸不着头脑，他抱起能抓住的第一句话就跳了下去。

德克吃了一惊，像是在和傻瓜交谈。"还能是什么？当然是乔治三世提出的缺失的问题了。"他说。

"问谁？"

"当然是教授了，"德克不耐烦地说，"你难道不听自己在说什么的吗？整件事情再明显不过了！"他叫道，猛拍桌子，"太明显了，阻止我看清答案的只有一个微不足道的原因，那就是它完全不可能是真的。但夏洛克·福尔摩斯有言道，排除一切不可能，剩下的即使再不可能，也必定是真相。而我不一样，我不喜欢排除不可能。好了，咱们走吧。"

"不。"

"什么？"德克望向苏珊，这个意料之外的（其实是对他来说意料之外的）反对意见来自她。

"简特利先生，"苏珊的声音可以用来划火柴，"你为什么要骗理查德，让他以为警察在找他？"

德克皱起眉头。

"但警察真的在找他，"他说，"现在也还在找。"

"对，但只是为了问话，不是因为怀疑他杀了人！"

德克垂下眼睛。

"路小姐，"他说，"警察只对找到杀害你哥哥的凶手感兴趣。而我，请允许我怀着极大的尊重说，我不一样。我可以退一步承认，答案或许和整个案子有关系，但同样有可能凶手只是个普通的疯子。我想知道——现在依然迫不及待想知道的是，理查德昨天夜里为什么会爬墙进入这套公寓？"

"我说过了……"理查德抗议道。

"不重要，你的回答只揭示了一个关键事实，那就是你自己也不知道为什么！老天在上，我以为我在运河岸边已经解释得很清楚了！"

理查德怒火中烧。

"我看着你爬上去的，我觉得情况非常清楚，"德克继续道，"你几乎不知道自己究竟在干什么，根本不在乎你面临的切实危险。刚开始看的时候我心想，只是个没脑子的歹徒在尝试第一次，很可能也是最后一次入室盗窃。但那个黑影一回头，我发现是你——我知道你是个有才智、有理性的体面人。理查德·麦克达夫？冒着生命危险，半夜三更爬排水管上楼？我觉得，除非你疯狂地担心某些重要得无与伦比的事情，否则绝对不会做出这么极端和鲁莽的行为。路小姐，我说得对不对？"

他严厉地抬头望向苏珊，苏珊缓缓坐下，她眼神里的慌乱说明他击中了目标。

"可是，今天上午你来找我的时候，却显得非常冷静和镇定。我说了很多薛定谔的猫之类的胡言乱语，你用无懈可击的逻辑和我辩驳。昨天夜里的那个人，他被某些诡异的动机驱使着采取极端手段，他恐怕做不到这一点。我承认当时我不得不，怎么说呢，对你的困境有所夸张，只是为了留住你。

"但你没有留下，还是离开了。

"你的脑袋里藏着一些特定的念头。我知道你会回来的。请接受我最诚挚的道歉，我误导了你，呃，一定程度上吧，但我知道，我想了解的远超出了警方关心的范围，我必须搞清楚的事情比他们要多得多。我想知道的是：假如昨晚你爬墙的时候有些丧失自我……那么当时你到底是谁？还有，为什么会这样？"

理查德不禁颤抖。寂静笼罩房间。

"这和变戏法有什么关系？"他最终说。

"这就是我们必须去剑桥搞清楚的事了。"

"但你怎么能确定——"

"因为它让我不安。"德克说，阴沉而严肃的表情爬上他的脸。

一个嘴巴从来不停的人，突然奇怪地不愿开口了。

过了一会儿，他继续道："我发现我知道一些事，却不知道我为什么会知道，对此我非常不安。也许还是本能的那套信息处理机制，它能让你在看见球之前就能接住它。也许是种更深层也更难解释的本能，就是能让一个人觉察到别人在看他的那种本能。事情发生在别人身上，我会鄙夷他们的轻信，但发生在我身上，那就极大地侮辱了我的智力。你应该记得……围绕某些考题而引起的不愉快事件。"

他忽然变得沮丧而憔悴。他不得不从内心深处挖掘出一些勇气，这才继续说了下去。

他说："计算二加二并立刻得到四的能力是一码事。计算五百三十九点七的平方根加二十六点四三二的余弦并得到……管他答案是多少，反正是另一码事。而我……好吧，我给你举个例子。"

他专注地向前俯身。"昨天夜里我看见你爬进这套公寓。我知道情况不对劲。今天我让你说出了你所知道的昨晚发生的一切，一个细节也不放过，结果是什么？结果是我仅仅运用我的智慧，就揭穿了隐藏在这颗星球上最大的秘密。我向你发誓这是真的，我能证明。我对你说有些事情不对劲得可怕，不对劲得恐怖，不对劲得令人绝望，我们必须查明真相，你必须相信我。现在可以跟我去剑桥了吗？"

理查德傻乎乎地点头。

"很好，"德克说，"这是什么？"他指着理查德的盘子说。

"腌鲱鱼，来一个？"

"谢谢，不用了。"德克说，起身扣上外衣。"我的字典里，"他拖着理查德走向公寓门，"没有'鲱鱼'这个词。下午好，路小姐，祝我们平安顺利。"

第二十五章

一阵隆隆雷声，永不停息的细雨从东北方向席卷而来，世界上数不清的重要事件似乎都伴随着这样的小雨发生。

德克翻起皮外套的衣领抵御寒风，但没有什么能熄灭他恶魔般的激情，他和理查德走向十二世纪修建的庞然大门。

"圣塞德学院，剑桥，"他叫道，八年来第一次望着学校的建筑物，"建立于多少多少年，创办者是那个谁谁谁，为了纪念另一个谁谁谁，我一时间想不起他叫什么了。"

"圣塞德？"理查德提示道。

"知道吗，我觉得很可能就是他，某个无聊的诺森布里亚圣人。他的哥哥查德比他更无聊，在伯明翰有个大教堂，你明白我的意思了吧？啊哈，比尔，真高兴再次见到你。"他说，和同样刚走进学院的看门人搭讪。看门人转过身。

"切利先生，很高兴见到你回来。很抱歉你出了点麻烦事，希望已经全都过去了。"

"当然，比尔，那还用说？你看我现在活得多好。罗伯茨夫人呢？她怎么样？脚还不舒服吗？"

"截掉以后就没事了，先生，谢谢你的问候。咱们私下里说一句，先生，我其实很希望保留她截掉的那只脚。我在壁炉架上专门空了个位置，然而事与愿违，咱们只能接受老天的安排。"

"麦克达夫先生，"他又说，朝理查德点点头，"哦，你昨晚在这里时提到的那匹马，非常抱歉，我们只能把它弄走。它打扰了克罗诺蒂斯教授。"

"我只是好奇而已，呃，比尔，"理查德说，"希望它没有打扰你。"

"没有什么能打扰我，先生，只要它不穿裙子。我没法容忍小伙子们穿裙子，先生。"

"要是那匹马再来打扰你，比尔，"德克插嘴道，拍拍他的肩膀，"送它来找我，我会和它谈一谈。既然你提到了克罗诺蒂斯教授。他这会儿在吗？我们有事找他。"

"据我所知，先生，没法帮你问，因为他的电话坏了。建议你自己去看一看。二号宿舍楼最左边的拐角。"

"我知道，比尔，谢谢，祝罗伯茨夫人剩下的部分都好。"

他们一阵风似的穿过一号宿舍楼，至少德克像一阵风似的，理查德还是和平时一样像只苍鹭，皱着一张脸顶风冒雨。

德克显然误以为自己是一名导游。

234

"圣塞德学院，"他大声说，"柯勒律治的母校，艾萨克·牛顿爵士的母校，他因为发明了轧花边硬币和猫活门而闻名遐迩！"

"猫什么？"理查德说。

"猫活门！一个特别巧妙、睿智和富有独创性的装置，门里还有一个门，就是……"

"对，"理查德说，"还有引力这一点微小的成果。"

"引力，"德克轻蔑地耸耸肩，"对，好像也有这东西。但那仅仅是发现而已。它本来就存在，等着被发现。"他掏出一枚硬币，随手扔在沥青步道旁的石子路上。

"看见了吗？"他说，"连周末也不休息，迟早会有人注意到的。但猫活门……啊哈，那就完全不一样了。创造力，纯粹的创造力。"

"我怎么觉得这东西反而很简单，任何人都有可能想出来？"

"啊哈，"德克说，"只有罕见的头脑才能把从前不存在的东西变得显而易见。'任何人都有可能想出来'这种说法很流行，但也非常误导人，因为人们实际上并没有想到，这也是一个非常重要和发人深省的事实。要是我没弄错，这就是我们在找的楼梯。咱们上去吧？"

他没有等待回答，径直跑上了楼梯。理查德犹犹豫豫地跟上去，看见德克已经在敲内门了。外面的大门敞开着。

"进来！"房间里传来一个声音。德克推开门，他们刚好看见雷格白发苍苍的后脑勺消失在厨房里。

"正在泡茶，"他喊道，"来点吗？坐，请坐，无论你是谁。"

"你真是太好了，"德克答道，"我们两个人。"德克坐下，理查德有样学样。

"印度茶还是中国茶？"雷格喊道。

"印度茶，谢谢。"

一阵茶杯和托盘的叮当碰撞声。

理查德环顾四周。房间忽然变得很乏味。炉火静悄悄地自顾自燃烧，但光线像是属于一个灰色的午后。尽管所有东西都还是老样子：旧沙发、摆满书籍的桌子，但昨晚那种狂热的陌生感却荡然无存。房间似乎坐在那儿挑起眉毛，不明所以地问："怎么啦？"

"加牛奶？"雷格在厨房里喊道。

"谢谢。"德克答道。他向理查德露出微笑，按捺不住的兴奋快把他折磨疯了。

"一注还是两注？"雷格又喊道。

"一注，谢谢，"德克说，"顺便加两勺糖。"

厨房里的动静忽然停下。一两秒钟过后，雷格探出了脑袋。

"斯弗拉德·切利！"他喊道，"我的天，哎呀，年轻人麦克达夫，你的动作还真快，干得好。我亲爱的小伙子，见到你我太高兴了，你能来真是太好了。"

他用茶巾擦干手，跑过来和德克握手。

"我亲爱的斯弗拉德。"

"德克，谢谢，"德克亲热地抓住他的手，"我更喜欢别人叫我德克。我觉得更有苏格兰气质。德克·简特利，最近大家都这么叫我。我很抱歉，但过去发生了一些事情，我希望能和自己切断关系。"

"没问题，我知道你的感觉。比方说，十四世纪基本上就很让人难以忍受。"雷格发自肺腑地说。

德克正想纠正他的误会，但考虑到说不定会引来一段长篇大论，于是换了个话题。

"所以你过得怎么样，我亲爱的教授？"他说，彬彬有礼地把帽子和围巾搁在沙发扶手上。

"唔，"雷格说，"最近这段时间很有意思，或者更准确地说，很无聊。但无聊是出于一些很有意思的原因。来，快回去坐下，到壁炉前面暖和一下，我去端茶，顺便攒点精神解释给你们听。"他快步走向厨房，忙碌地哼着小曲，德克和理查德走到壁炉前坐下。

理查德凑近德克。"我怎么不知道你和他这么熟？"他朝厨房摆摆头。

"我和他不熟，"德克答道，"只在某个饭桌上偶然见过一面，但立刻就觉得惺惺相惜，亲近了起来。"

"那后来怎么再也没见过？"

"当然是因为他坚持不懈地躲着我了。假如你有秘密，和别人亲近就很危险了。至于他的秘密嘛，我猜肯定非常大。要是世上还有比他那个更大的秘密，"德克悄悄地说，"我非常想知道那会是什么。"

他给了理查德一个意味深长的眼神，伸出双手烤火。理查德试过哄骗德克说出那个秘密究竟是什么，但一直徒劳无功。因此这次德克即便看见了鱼饵，却无论如何也不肯咬钩了。他靠回椅背上，扫视四周。

"我有没有问过，"雷格回到房间里，"你们喝不喝茶？"

"哦，问过，"理查德说，"咱们还聊了好几句呢。我记得最后大家一致同意要喝，没错吧？"

"很好，"雷格茫然地说，"出于某些愉快的巧合，厨房里有一壶已经泡好的茶。你们必须原谅我。我的记忆就像……就像……用来淘米的东西叫什么来着？咦，我刚才在说什么？"

他一脸困惑地转过身，再次消失在了厨房里。

"非常有意思，"德克悄悄地说，"我还在想他的记性会不会很差呢。"

他突然跳起来，在房间里游走。他看见了算盘，算盘单独占据了红木写字台上仅有的一小片空地。

"关于盐瓶的字条，"他压低声音问理查德，"你就是在这张桌子上发现的吗？"

"对，"理查德起身走过去，"夹在这本书里。"他捡起希腊群岛的导游指南开始翻动。

"对，对，好的，"德克不耐烦地说，"这个我们早就知道了。我感兴趣的只有一点：是不是就是这张桌子？"他好奇地抚摩桌子边缘。

"假如你觉得雷格和小女孩是事先串通好的，"理查德说，"那我不得不说，我认为不太可能。"

"当然不是了，"德克暴躁地说，"我还以为事情已经很清楚了呢。"

理查德耸耸肩，按捺住火气，随手放下那本书。

"唔，真是个奇怪的巧合，这本书就是……"

"奇怪的巧合！"德克嗤之以鼻，"哈！咱们会看到这个巧合有多少是真正的巧合，会看到这个巧合究竟有多么奇怪。理查德，我希望你能请咱们的朋友表演一下那个戏法。"

"你不是说你已经知道答案了吗？"

"我知道，"德克轻快地说，"但我想亲耳听它得到证实。"

"哦，我懂了，"理查德说，"是啊，其实非常简单，对吧？让他解释给你听，然后说：'对，我就是这么想的！'非常好，德克。咱们大老远地跑到这儿来，就是为了让他解释他是怎么变戏法的？我觉得我肯定是发疯了。"

德克大怒。

"你就按我说的做吧，"他气呼呼地下令，"你见过他变那个戏法，你去问他是怎么变的。相信我，这背后隐藏了一个令人震惊的秘密。我知道，但我想让你听他告诉你。"

他突然转过来，雷格端着托盘走进房间，绕过沙发，把托盘放在壁炉前的矮茶几上。

"克罗诺蒂斯教授……"德克说。

"雷格，"雷格说，"叫我雷格就好。"

"好的，"德克说，"雷格……"

"筛子！"雷格叫道。

"什么？"

"用来淘米的东西，筛子。我一直在拼命想这个词，可是我忘了为什么要想。无所谓。德克，我亲爱的小伙子，你看上去快要被什么事情憋爆了。你还是坐下吧，就当在自己家一样。"

"谢谢，不，要是可以的话，我更愿意焦躁地踱来踱去。雷格……"

德克转过身，直勾勾地望着教授，举起一根手指。

"我必须告诉你，"他说，"我知道你的秘密了。"

"啊哈，对，欸——真的？"雷格喃喃道，尴尬地低下头，摆弄着茶杯和茶壶，"我明白了。"

他移动茶杯，茶杯剧烈地互相碰撞。"唉，我担心的就是这个。"

"我们有些问题想请教你。我不得不告诉你，我带着极大的忧虑等待你的回答。"

"是啊，是啊，"雷格喃喃道，"唉，或许终于到时候了。

我自己都不知道该如何看待最近的各种事情，而我……自己也很害怕。非常好。问你的问题吧。"他猛地抬起头，目光灼灼。

德克朝理查德点点头，他转过身，盯着地板踱来踱去。

"呃，"理查德说，"那个，我……对你昨晚的盐瓶戏法很感兴趣。"

雷格似乎被他问得既吃惊又困惑。"盐瓶戏法？"他说。

"嗯，对，"理查德说，"盐瓶戏法。"

"哦，"雷格疑惑地说，"呃，那里面戏法的部分，我不确定我能不能说。你知道魔术圈的规矩，严禁我们泄露秘密。非常严格。不过这个戏法很厉害，对吧？"他狡黠地说。

"嗯，对，"理查德说，"当时感觉非常自然，但现在回头再想，我不得不承认，我有点想不通。"

"啊哈，对，"雷格说，"这就牵涉到技术了，你明白的。多练习，熟能生巧。"

"感觉确实非常自然，"理查德继续道，慢慢找对了感觉，"我完全被骗过去了。"

"喜欢吗？"

"非常惊人。"

德克不耐烦了。他用眼神通知理查德。

"我完全能够明白你为什么不能告诉我，"理查德坚定地说，"我只是感兴趣而已。不好意思，打扰了。"

"嗯，"雷格忽然陷入自我怀疑，"我猜……好吧，只要你保证不会告诉别人。"他继续道："我猜你自己应该也能想到，我在餐桌上用了两个盐瓶。没有人会注意到它们之间的区别。你要知道，手速能骗过眼睛，尤其是那张餐桌上的眼睛。我摆弄我那顶羊毛帽的时候，非常灵巧地——当然我这是在自夸——假装笨拙和手忙脚乱，轻轻松松就把盐瓶从袖管里滑了出来。明白了吗？"

炫耀技法的乐趣驱逐了他刚才的焦躁不安。

"这其实是世界上最古老的戏法，"他又说，"但依然需要高超的技巧和手法。当然了，后来晚些时候，我假装把盐瓶递给别人，正大光明地把它放回桌上。这需要常年练习，看上去才会非常自然，不过我更喜欢直接把东西滑到地上去。但那么做就太业余了。你不能弯腰捡起来，清洁工至少两个星期后才会注意到。有一次我的椅子底下躺了只死画眉，它在那儿待了整整一个月。不过和戏法没关系，鸟是猫弄死的。"

雷格笑得很愉快。

理查德认为他完成了德克交给他的任务，但他不知道这个问题应该引出什么样的答案。他扭头看德克，德克没有伸出援手，于是他继续盲目摸索。

"好的，"他说，"好的，我明白一双巧手能做到这些。我不明白的是盐瓶是怎么嵌进那个陶罐的。"

雷格的表情又变得困惑，像是两个人聊的话题毫无关系。他望向德克，德克停下脚步，用饱含期待的明亮眼神看着他。

"呃，这个……非常简单，"雷格说，"不需要任何手法。

我离开了一会儿，去取帽子，还记得吗？"

"记得。"理查德不明所以地说。

"好的，"雷格说，"离开房间后，我去找制作陶罐的那个人。当然花了些时间。差不多三个星期的侦探工作，总算找到了他的下落，又花了两天帮他醒酒，接下来的一步稍微有点困难，我说服他帮我把盐瓶烧进陶罐里。然后我在另一个地方稍作停留，找了些，那什么，粉底，来掩饰晒黑的皮肤。当然了，回来的时间点我卡得很仔细，确保让一切看上去都很自然。我在前厅撞见了我自己，这种事总是有点尴尬的。我永远不知道该往哪儿看，但是，呃……总之，事情就是这样的。"

他露出一个可怜巴巴的紧张笑容。

理查德想点头，但最后还是放弃了。

"你在说什么？"他问。

雷格惊讶地看着他。

"你不是说你知道我的秘密了吗？"雷格说。

"那是我说的，"德克笑得很得意，"他目前还不知道，但我能发现真相，完全是靠他提供的情报。请允许我填补几个小小的空白：你其实离开了几个星期，而在餐桌旁的其他人看来，你出去几秒钟就回来了，为了掩盖这个事实，你必须写下你自己说的最后几句话，这样你就能自然而然地捡起先前的话题了。你的记性没以前那么好了，所以这个小细节非常重要。对吧？"

"我以前的记性，"雷格说着慢慢摇头，"我都不记得我以前的记性是什么样了。但你说得对，你的眼光非常敏锐，能够捕捉到这么小的一个细节。"

"然后还有一件小事，"德克又说，"就是乔治三世提的那个问题。他向你提的问题。"

雷格似乎被打了个措手不及。

"他问你，"德克从口袋里掏出小记事簿看了一眼，继续道，"是否存在某种特殊的原因，使得一件事情必定在另一件之后发生，以及有没有办法阻止它发生。他首先问你的是不是有没有可能在时间中逆向移动？"

雷格长久地打量德克。

"我没看错你，"雷格说，"年轻人，你有个非常杰出的脑子。"他缓缓走到窗口，望着外面二号宿舍楼的院子。几个人快步走过，有些人在细雨中缩着脖子，有些人东指西指。

"是啊，"雷格最终轻轻地说，"他问的就是这个。"

"很好，"德克啪地合上记事簿，嘴角的一丝笑容在说他配得上教授的称赞，"这就解释了为什么答案按顺序依次是'存在、没有和或许'。那么，在哪儿？"

"什么在哪儿？"

"时间机器。"

"你就站在它里面。"雷格说。

第二十六章

一伙吵闹的乘客在毕晓普斯托福德涌上列车。他们有些身穿晨礼服，经过一天的欢庆活动，康乃馨似乎有点没精打采。这伙人里的女人身穿漂亮礼服，戴着帽子，兴奋地叽叽喳喳地说茉莉亚穿的那身塔夫绸礼服是多么漂亮，拉尔夫无论怎么精心打扮也还是像个自鸣得意的傻蛋，她们的普遍看法是这段婚姻撑不过两周。

一个男人把脑袋伸出车窗，叫住一个路过的铁路公司职员，问他们有没有上错车以及这班车停不停剑桥。这个行李搬运工说这他妈当然是了。问路的年轻人说他们可不想坐到半路发现搞错了方向，然后发出像是鱼叫的怪声，仿佛想表达这是一句堪称无价之宝的俏皮话，他脑袋缩回去的时候被狠狠地磕了一下。

车厢空气中的酒精含量骤然升高。

弥漫在车厢里的气氛像是在说：要想在婚礼后的招待宴会上

有个恰当的情绪，最好的办法就是突袭酒吧，让这伙还没完全喝醉的人彻底喝趴下。粗鲁的欢呼声在拥护这个号召，列车猛然启动，好几个不肯坐下的家伙跌倒在地。

三个年轻人坐进一张台子周围的三个空座位。第四个座位上已经坐了一个超重的男人，他身穿过时的正装，长着一张惨兮兮的脸，母牛般湿漉漉的大眼睛茫然瞪视着不知名的远方。

他的视线慢慢地从无限远处逐渐对焦，一点一点拉近，落在身旁的环境上，看着打扰他清静的新同伴。和以前一样，他感觉到一种欲望。

三个男人在大声讨论是该一起去酒吧，还是该选个人去酒吧买了酒带回来；去买酒的人看见酒吧里有那么多他碰都不该碰的酒，会不会兴奋得赖在那儿不走，忘了要给留在这里焦急等待的同伴带回点什么；就算他记得立刻回来，又怎么确信他能好好端住酒，而不是把酒洒得满车厢都是，给其他乘客带来麻烦呢？

他们似乎达成了一致意见，但一转眼就谁也不记得是什么一致意见了。他们之中的两个人站起来，看见第三个人起身，两个人重新坐下。第三个人于是也坐了下来。

另外两个人再次起身，提议买光整个酒吧的存货似乎更简单。

第三个人正要起身跟他们走，坐在对面的牛眼男人忽然动了起来。他的动作很慢，但带着不可阻挡的意志力，他俯身凑近，紧紧抓住第三个人的前臂。

穿晨礼服的年轻男人抬起头，他醉得冒泡的大脑在竭力运转，他诧异地说："你干什么？"

迈克尔·温顿-威克斯盯着他的眼睛，视线专注得可怕，用低沉的声音说："我在一艘船上……"

"什么？"

"一艘船……"迈克尔说。

"什么船，你在胡说什么？放开我，松手！"

"我们走了，"迈克尔继续道，声音平静，几乎听不清，但极有说服力，"一段恐怖的距离。我们来建造天堂。天堂。就在这儿。"

他的视线在车厢里游动，短暂地穿过湿乎乎的窗户，望向蒙蒙细雨中渐近黄昏的东英吉利。他的视线明显饱含厌恶。他用更大的力气捏住对方的胳膊。

"听我说，我要去喝一杯了。"来参加婚礼的客人说，但声音在颤抖，因为他显然不能去喝一杯。

"我们抛下那些会用战争毁灭他们自己的人，"迈克尔喃喃道，"我们要建立的世界属于和平、音乐、艺术、教化。所有卑微的、所有低俗的、所有可鄙的，在我们的世界将没有容身之处……"

被耽搁的狂欢者好奇地打量迈克尔。他看着不像那种老嬉皮士。当然了，看外表是看不出来的。他自己的哥哥也在一个德鲁伊公社待过几年，吃致幻甜甜圈，幻想他是一棵树，后来他当上了一家商业银行的董事。区别在于他现在极少觉得自己还是一棵树，当然偶尔还是会的。另外，他早就学会了要避开某种波尔多红酒，因为它有时候会引发记忆闪现。

"有些人说我们会失败，"迈克尔说，在充斥车厢的喧闹噪声里，他低沉的声音依然清晰，"他们断言我们身上也带着战争的种子，但我们用钢铁般的决心和意志坚持，只有艺术和美才会蓬勃发展，最高等的艺术，最高级的美——音乐。我们只带走了相信理念的那些人，希望理想成真的那些人。"

"你到底在说什么啊？"来参加婚礼的客人问，但不是在质问，因为迈克尔的催眠魔咒已经慑服了他，"那是什么时候？什么地方？"

迈克尔呼吸急促。"在你出生之前——"他最后说，"你别动，听我告诉你。"

第二十七章

寂静在震惊中持续了很久，窗外的暮色似乎随之变深，把房间攥进它的掌心。光线的魔术用阴影缠绕着雷格。

从小到大嘴巴动个不停的德克，这一次难得说不出话了。他的眼睛闪着孩童般的兴奋，换上全新的目光打量房间里破旧无趣的家具、镶着护墙板的墙壁和磨出线头的地毯。

他的双手在颤抖。

理查德皱了一小会儿眉头，像是在心算什么数字的平方根，然后又望向雷格。

"你是谁？"他问。

"我完全不知道，"雷格轻快地说，"我的大部分记忆早就彻底消失了。如你所见，我年纪很大。老得令人震惊。是的，假如我能告诉你们我到底有多老，我保证你们一定会非常震惊。很可能连我自己都会震惊，因为我不记得了。你们要知道，我见过的东西多得可怕。感谢上帝，绝大多数我都忘掉了。问题在于，一个人到了我这把年纪——我好像已经说过了，我的年纪大得令人震惊——我说过了吗？"

"对，你说过了。"

"很好。我忘了我有没有说过。问题在于，你的记忆容量并不会变得更大，各种各样的东西会直接掉出来。所以你们看，我这把年纪和你们这个年纪的人之间，最大的区别不是我知道多少，而是我忘记了多少。再过一会儿，你连你忘了什么都忘记了，接下来你甚至会忘记你还有东西应该记得。然后你会选择干脆全忘掉——呃，刚才在说什么来着？"

他无助地望着茶壶。

"你记得的东西……"理查德轻声提示道。

"气味和耳环。"

"你说什么？"

"不知道为什么，这些东西逗留得比较久。"雷格困惑地摇摇头。他忽然坐下。"维多利亚在登基五十年纪念仪式上佩戴的耳环。非常令人惊叹的物件。当然了，在那个时代的照片里失色不少。街道上还没有汽车时代的气味。那股气味和汽车尾气，很难说哪个更难闻。克里奥帕特拉之所以会留下鲜明的记忆，这就是原因。耳环和气味，一个毁灭性的组合。到最后其他的记忆都已消亡，我猜剩下的多半就是这个。我会孤零零地坐在黑洞洞的房间里，没有牙齿，没有视觉，没有味觉，什么都没有，只剩下一个苍老的灰发小脑袋，那个苍老的灰发小脑袋里有个画面，丑恶的蓝色与金色的悬垂物件在光线中闪烁，还有气味——汗臭、猫粮和死亡。真不知道我该怎么想……"

德克几乎不敢喘气，他慢慢地环绕房间，用指尖轻轻抚摩墙壁、沙发和桌子。

"多久，"他说，"这东西待在——？"

"这儿？"雷格说，"两百年左右而已。自从我退休以来。"

"退休前你在……？"

"你自己查吧。不过肯定在做什么很厉害的事情，你觉得呢？"

"你是说你在这个套间里待了……两百年？"理查德喃喃道，"你不认为会有人注意到，或者觉得奇怪吗？"

"哦，剑桥这些古老学院有个好处就是，"雷格说，"每个人都神神秘秘的。要是咱们开始讨论每个人的古怪之处，到圣诞节估计都说不完呢。斯弗拉德，呃……德克，我亲爱的小伙子，现在请别动那个东西。"

德克的手正在伸向算盘，它单独占据了写字台上仅有的一小片空地。

"那是什么？"德克厉声道。

"它看上去像什么就是什么，一个古老的木算盘，"雷格说，"我等会儿给你看，但首先我必须恭喜你，为你拥有如此强大的领悟力。我能问一下你是怎么得出这个结论的吗？"

"我不得不承认，"德克罕见地谦虚了，"我并没有想出来。最后我只好逮住一个小孩问他。我把戏法描述给他听，问他觉得这个戏法是怎么变的，他的原话是：'太他妈明显了，白痴，他肯定有个该死的时间机器。'我向他道谢，给了他一个先令。他使劲踢了我小腿一脚，然后忙他的去了。但解开谜题的确实是他。我唯一的贡献是确定他必定是正确的。他省去了我踢自己的麻烦。"

"但你有这份洞察力，能想到找个小孩问一问，"雷格说，"好吧，我改一下，就恭喜你这个好了。"

德克还在怀疑地打量着算盘。

"它……是怎么运转的？"他尽量说得像是随口一问。

"呃，其实简单得可怕，"雷格说，"你要它怎么运转它就怎么运转。你要明白，控制它的电脑相当先进。事实上，所有电脑加起来，包括——说来诡异——它自己在内，都比不上它的算力。我实话实说，这一点我一直不怎么明白。不过，它的算力有百分之九十五用在理解你到底要它干什么上。反正我把我的算盘立在那儿，它就理解了我要怎么使用它。我猜我小时候肯定学过算盘，那会儿我还是个……呃，孩子，大概吧。

"举例来说，理查德很可能会想使用他的个人电脑。他把它放在那儿——现在放算盘的地方——这台机器的电脑就会控制它，向你提供许多功能强大、用户友好的时间旅行应用程序，有下拉菜单，要是你喜欢，连桌面小部件都有。你指向屏幕上的

1066，黑斯廷斯战役就会在你家门外打响，当然了，前提是你对这类事情感兴趣。"

雷格的语气说明他感兴趣的是其他领域。

"它呢，呃，确实有它的有趣之处，"他总结道，"当然比电视有意思，也比录像机好用一万倍。要是我错过了什么节目，我只需要向回跳一段看节目就行了。我无可救药地喜欢鼓捣这些按钮。"

听见他说出这等真相，德克惊恐道："你有时间机器，你却用它……看电视？"

"这个嘛，只要我能学会使用录像机的窍门，就绝对不会去用时间机器了。你必须明白，时间旅行，是一件非常微妙的事情，充满了令人恐惧的陷阱和危险。假如你在过去换错了什么东西，就有可能彻底打乱历史进程。

"另外，当然了，它会干扰电话。非常抱歉，"他有点不好意思地对理查德说，"昨晚害你打不通你女朋友的电话。英国电话系统似乎有一些根本性的难以解释之处，而我的时间机器不喜欢它。供水、供电甚至煤气都没出过任何问题。接口在我不怎么理解的量子层面互相连接，从没出过问题。

"话说回来，电话无疑是个问题。我使用时间机器——当然了，我难得使用一次——每次都有一部分原因是电话的问题，电话出故障，我不得不叫个电话公司的智障来检修，他开始问一些愚蠢的问题，但完全听不懂答案。总而言之，重点是我有一条非常严格的规矩，那就是我绝对不能改变过去的任何事情——"他叹道，"无论面对什么样的诱惑。"

"什么诱惑？"德克厉声道。

"哦，就是一点，呃，我感兴趣的小事，"雷格语焉不详道，"完全无害，因为我严格遵守我的规矩，但我感到悲哀。"

"但你打破了你的规矩！"德克不肯让步，"昨天夜里！你改变了历史——"

"好吧，是的，"雷格说，有点不安，"但情况不一样。完全不一样。要是你看见那可怜孩子的表情。太凄惨了。她以为世界应该是个奇妙的地方，那些可怕的老学究却对她冷嘲热讽，因为世界对他们来说已经不再奇妙。

"我是说，"他向理查德恳切地说，"还记得考利吧？冷血的老山羊。真该灌点人性到他脑子里，哪怕是用砖头砸进去呢。不，我这么做完全是正当的。除此之外，我给自己立了一条非常严格的规矩——"

理查德看着他，似乎逐渐明白了什么事情。

"雷格，"理查德很有礼貌地说，"能给你一个小建议吗？"

"当然可以了，我亲爱的小伙子，我洗耳恭听。"雷格说。

"万一咱们这位共同的朋友请你去康河散步，千万别去。"

"你到底在说什么？"

"他的意思是，"德克认真地说，"他认为你事实上的行为和你陈述的理由之间或许存在一些差异。"

"哦。呃，但他的表达方式真奇怪——"

"唔，因为他这个人就很奇怪。但你要明白，有时候你做一些事情或许还存在你未必意识得到的其他原因。例如一个人受到了催眠暗示——或者恶魔附体。"

雷格的脸色变得煞白。

"附体——"他说。

"教授——雷格——我相信你想见我是有原因的。具体是什么原因？"

"剑桥！剑桥——到了！"车站公共广播系统像唱歌似的叫道。

闹哄哄的宾客涌上月台，彼此叫嚷、嘶喊。

"罗德尼呢？"一个人说，他艰难地从酒吧所在的那节车厢下车。他和同伴晃晃悠悠地东张西望。迈克尔·温顿-威克斯的庞然身影悄无声息地经过他们，走向出口。

他们沿着列车从前跑到后，隔着脏兮兮的车窗向内张望。他们忽然看见失踪的伙伴依然坐在座位上，他神情恍惚，车厢里已经几乎空无一人。他们使劲敲窗户，朝他叫喊。刚开始的一两秒他毫无反应，紧接着他忽然惊醒，迷迷糊糊的样子像是不知道自己身处何方。

"他喝醉了！"他的两个同伴兴高采烈地大叫，匆匆忙忙地重新爬上车，匆匆忙忙地拖着罗德尼下车。

罗德尼糊里糊涂地站在月台上，使劲摇了摇脑袋。他抬起头，隔着铁轨看见迈克尔·温顿-威克斯拖着他的庞然身躯和沉重的行李钻进出租车，他失魂落魄地又站了一会儿。

"那家伙真是非同凡响，"他说，"给我讲了一个好长的船难故事。"

"哈，哈，"两个同伴之一笑道，"问你要钱了吗？"

"什么？"罗德尼困惑道，"哦，不，没有。应该没有。但那不是船难，更像是一起事故，爆炸——？他似乎认为是他引起的。更确切地说，出了一起事故，他引发了爆炸，想把事情扳回正轨，杀死所有人。然后他说什么多得可怕的腐烂淤泥，持续了无数年，然后是什么黏滑的有腿生物。真是太奇怪了。"

"了不起的罗德尼！了不起的罗德尼撞上了一个疯子！"

"我觉得他肯定脑子有问题。他忽然换了个话题，开始说什么鸟。他说鸟的那些故事纯粹是胡言乱语。他希望他能彻底除掉鸟的那些故事。然后又说他会把事情扳回正轨。全都会被他扳回正轨的。不知道为什么，我不喜欢他说这句话的语气。"

"你该和我们一起去酒吧的。太好玩了，我们——"

"我也不喜欢他说再见的语气。我从头到尾都不喜欢。"

第二十八章

"你还记得吧，"雷格说，"今天下午你进来的时候，我说最近很无聊，但出于……一些有意思的原因……"

"我记得非常清楚，"德克说，"时间才过去十分钟。要是我没记错，你就站在这个地方。事实上，你穿的就是现在我看见的这身衣服，还有——"

"闭嘴，德克，"理查德说，"听老先生说话，谢谢。"

德克抱歉地微微鞠躬。

"确实如此，"雷格说，"好吧，真相是我有许多个星期甚至好几个月没用过时间机器了，因为我有一种特别奇怪的感觉，某个人或某个东西企图让我用它。刚开始这种冲动还非常微弱，但后来一次比一次强烈。非常令人不安。我必须竭尽全力反抗，因为它试图让我做我确实想做的事情。要不是我特别警惕，不允许自己随便做这种事，我根本不会意识到不仅是我本人的欲望在蠢蠢欲动，而且有某种在我之外的东西在制造压力。我意识到有某种异物企图侵入我的意识，情况顿时变得非常糟糕，家具开始飞来飞去，严重损伤了我可爱的乔治王写字台，你看看这个划痕——"

"所以昨晚你才那么害怕楼上的东西？"理查德问。

"嗯，对，"雷格压低声音说，"简直太可怕了！但楼上其实只是一匹漂亮的马，所以没事了。我猜它大概是在我出去找粉底时溜进来的。"

"哦？"德克问，"你去哪儿买的？我想不出有哪家药房是一匹马愿意去拜访的。"

"哦，地球人称为昴星团的地方有一颗星球，那儿的灰尘刚好就是——"

"你去了另一颗星球？"德克都快说不出话来了，"只是为了弄些粉底？"

"哦，距离并不重要，"雷格喜滋滋地说，"在整个时空连续体里，两点之间的物理距离比一个电子的两条相邻轨道之间的表观距离还要小无数倍。说真的，那儿比药房远不到哪儿去，再说还不需要排队付钱。我总是没有足够的零钱，你有吗？量子跳跃永远是我的首选。当然，之后你就必须面对电话带来的各种麻烦了。事情从来不会那么简单，对吧？"

他一时间似乎有点心烦意乱。

"不过，我觉得你此刻对我的看法没错。"他静静地说。

"是什么呢？"

"是我费尽周折去实现一个非常小的目标。哄小女孩开心，她可爱又讨喜，却很伤心，看起来似乎无法解释——好吧，现在我愿意面对事实了，对时间工程来说，这是个相当庞大的计划。毫无疑问，称赞她的裙子好看要简单得多。也许……鬼魂——我们在讨论一个鬼魂，对吧？"

"对，我认为是的。"德克缓缓地说。

"鬼魂？"理查德说，"别开玩笑——"

"等一等！"德克突然叫道，"请继续。"他对雷格说。

"有可能这个……鬼魂乘虚而入。我一直在非常费劲地对抗某个东西，很容易害得我落入另一个——"

"现在呢？"

"哦，完全消失了。鬼魂昨晚离开了我。"

"我们不得不思考，"德克望向理查德，"它去了什么地方？"

"不，求你了，"理查德说，"别来这套。我都还没确定我们真的在讨论时间机器，怎么又忽然冒出来一个鬼魂？"

"那究竟是什么，"德克咬牙道，"迷住了你的心神，让你爬上一幢楼的外墙？"

"呃，你猜我接受了什么人的催眠暗示——"

"我没有！我向你演示了催眠暗示的力量。但我认为催眠和附体的结果非常类似。你会被迫去做各种各样可笑的事情，然后捏造出不堪一击的借口欺骗自己。但是！你不可能被迫去做违背你基本性格特征的事情。你会战斗。你会反抗！"

理查德想起了昨夜他一时冲动更换答录机磁带时的那种解脱感。它来自以他忽然获胜而结束的一场斗争。此刻他感觉到他即将在另一场斗争中败下阵来，于是黯然叹息，把这场斗争和其他斗争联系在了一起。

"没错！"德克叫道，"你不会那么做的！我们终于有进展了！你看，假如催眠对象发自肺腑地认同你命令他或她做的事情，那么催眠就会特别有效。为目标找到合适的对象，催眠的效力会异常强大。我觉得附体在这方面也是一样的。那么，我们掌握了哪些信息？

"我们知道有个鬼魂想做到某些事情，正在寻找合适的对象附体以完成目标。教授——"

"雷格——"雷格说。

"雷格——能提一个特别私人的问题吗？要是你不想回答，我完全能够理解，但我会没完没了地烦你，直到你回答为止。你知道，我这人就是这个德行。你说你觉得某些事情对你有着巨大的诱惑力。你想做，但你不允许自己去做，而鬼魂想逼着你去做。求你了。也许对你来说很难开口，但我认为假如你肯告诉我们那是什么事，一定会极大地帮助到我们。"

"我没法告诉你。"

"你必须明白这有多么重要——"

"但我可以给你看。"雷格说。

圣塞德学院的门口，一个巨大的黑影拎着一个巨大而沉重的黑色尼龙包。这个黑影属于迈克尔·温顿-威克斯，正在向看门人询问克罗诺蒂斯教授在不在的声音属于迈克尔·温顿-威克斯，听见看门人说他知道就见鬼了，因为电话又坏了的耳朵属于迈克尔·温顿-威克斯，但正在用他的眼睛注视世界的灵魂却不再是他的了。

他已经彻底屈服。所有的怀疑、否定和困惑都已经消失。

另一个意识完全控制了他。

迈克尔·温顿-威克斯之外的灵魂扫视面前的校园，它已经逐渐习惯了目前的状态，最近这几个星期过得让人既沮丧又生气。

几个星期！几微秒而已，眨眨眼的工夫。

此刻栖息在迈克尔·温顿-威克斯躯体里的幽灵——那个鬼魂——见证过一个个近乎永远的漫长时期，有时候甚至一个时期就长达几百年，它在地球上逗留得太久，而筑起这些高墙的生物似乎仅仅几分钟前才突然出现。它个人的永恒时光（并不是真正的永恒，但几十亿年时间感觉起来就像永恒）大部分都徒然消耗。它穿过看不见尽头的泥潭，蹚过一望无际的海洋，惊恐地望着黏滑的有腿生物忽然爬出腐烂的海洋——而此刻它们无处不在，当自己是这个世界的主人，抱怨电话如何如何。

在它幽暗寂静的内心深处，它知道自己早就疯了。事故发生之后，它几乎立刻就疯了。它之所以会被逼疯，是因为它知道自己干了什么和它将会面对什么。逝去同伴的记忆让它的鬼魂在地球上作祟，而它们纠缠了它相当长的时间。它不太记得原先的自己是什么样的了，那个"他"一定会非常厌恶正要去做的事情，然而这几十亿年的每一秒都比前一秒更恐怖，就像一场永无止境的噩梦，想要结束这场噩梦，这是唯一的出路。

它拎起包，开始向前走。

第二十九章

雨林深处正在发生雨林里经常发生的事情，也就是下雨——所以雨林才叫雨林。

这是一种温和而持久的雨，不是每年晚些时候夏季落下的暴雨。细密的雨雾纷纷扬扬，阳光偶尔突破云层，在雨雾中变得柔和，落在一棵被淋湿的大颅榄树上，照得树皮闪闪发亮。有时候阳光会对一只蝴蝶或一只一动不动的小蜥蜴做类似的事情，产生的结果美得令人几乎难以承受。

高处的树顶上，一个异乎寻常的念头忽然跳进一只鸟的脑海，它拍打着翅膀疯狂扑腾，穿过一层又一层的枝杈，最后落在好得多的另一棵树上。它蹲在那儿更冷静地思前想后，直到同一个念头再次跳进脑海——除非吃饭的时间抢先到来。

空气中充满了气味：花朵轻盈的芬芳气味，湿腐殖土的浓烈气味。

腐殖土铺满了森林的地表，根须在腐殖土内彼此纠缠，苔藓在腐殖土上生长，昆虫在腐殖土中爬行。

森林里的某个地方，在几棵歪脖树围起来的一块泥泞土地上，一扇纯白色的门悄无声息、不慌不忙地出现了。过了几秒钟，伴随着轻轻的嘎吱一声，门打开了一条缝。一个瘦高男人向外张望，环顾四周，惊讶得直眨眼睛，然后悄无声息地关上了门。

几秒钟后，门再次打开，雷格向外张望。

"是真的，"他说，"我向你保证。出来自己看。"

他走进森林，转过身，招呼另外两个人跟上。

德克大胆地走出门，似乎只惊慌了眨两次眼所需的时间，然后大声说他完全明白了机器的工作原理。它显然牵涉到了最小量子距离之间定义折叠宇宙的分形拓扑等值线的非实数，他惊讶的仅仅是他自己居然没想到。

"就像给猫用的翻板门。"理查德在他背后的门口说。

"呃，对，非常正确，"德克摘掉眼镜，靠在一棵树上擦眼镜，"你当然看得出我在撒谎。就目前的处境而言，这个反应完全正常，相信你也会同意。完全正常。"他微微眯起眼睛，重新戴上眼镜。镜片几乎立刻就再次蒙上雾气。

"我太震惊了。"他不得不承认。

理查德犹豫着迈出步子，一只脚留在雷格房间的地板上，另一只脚踩着森林的湿润泥土，他站在门口晃悠了几秒钟。然后他向前走了一步，完全投入这个世界。醉人的气味顿时充满了他的肺部，这个地方带来的惊异感占据了他的心灵。他转过身，看着他刚穿过的那扇门。它依然是一个普普通通的门框，里面开着一扇普普通通的白色小门，透过门洞，他能清清楚楚地看见他刚走出的那个房间。

他惊异地绕到门后，试探每一英尺泥泞的土地，他担心的并不是滑倒，而是土地根本不存在。门后就是一个普普通通的门框，里面开着一扇门，你在任何一个普普通通的雨林里都找不到这种东西。他从后面走进那扇门，回头再看，就好像他先前刚走出来一样，他见到了厄本·克罗诺蒂斯教授在剑桥圣塞德学院的宿舍，离这里肯定有几千英里远。几千？他们在哪儿？

他向森林外张望，觉得在树木之间的远处见到了一丝波光。

"那是大海吗？"他问。

"上来，这儿看得更清楚。"雷格喊道，他沿着一道滑溜溜的斜坡向上爬了一段，靠在一棵树上喘气，抬起胳膊指给他们看。

另外两个人跟着他爬上去，闹哄哄地推开树木的枝杈，高处看不见的鸟纷纷怪叫抱怨。

"太平洋？"德克问。

"印度洋。"雷格说。

德克再次擦拭眼镜，又看了一眼。

"啊哈，对，没错。"他说。

"不会是马达加斯加吧？"理查德说，"我去过——"

"你去过？"雷格说，"地球上最美丽、最令人惊叹的地方之一，但对我来说，也充满了最可怕的诱惑。不……"

他的声音微微颤抖，他清了清喉咙。

"不是，"他继续道，"马达加斯加在——让我看看，哪个方向来着？——太阳在哪儿？对。那个方向。差不多是西边。马达加斯加在这西边大约五百英里的地方。留尼旺岛大致在两者之间。"

"呃，那地方叫什么来着？"德克忽然说，用指节轻敲那棵树，惊走了一只蜥蜴，"发邮票的那个地方，呃——毛里求斯。"

"邮票？"雷格说。

"对，你肯定知道，"德克说，"非常著名的邮票。细节我记不清了，但就是这儿发的。毛里求斯，出名是因为非常漂亮的邮票，颜色泛黄，脏兮兮的，换一个布伦海姆宫不在话下。还是说我想成英属圭亚那那了？"

"只有你，"理查德说，"才知道你在想什么。"

"是毛里求斯吗？"

"对，"雷格说，"就是毛里求斯。"

"但你不集邮？"

"对。"

"那到底是什么？"理查德忽然说，但德克还在原先的思路上。

"真可惜，"德克对雷格说，"你肯定能搞到一些最好的首日封。"

雷格耸耸肩。"不怎么感兴趣。"他说。理查德跟着他们走下斜坡，走得一步一滑。

"有什么特别值得一看的东西吗？"德克说，"不得不承认，和我预想的不一样。当然了，这儿有自己的一种美，大自然之类的，但非常抱歉，我是个城市小子。"他又擦了擦眼镜，然后把眼镜推上鼻梁。

他看见的东西吓得他退了一步，他听见雷格发出古怪的咻咻笑声。就在通往雷格房间的那道门的门前，一场非同寻常的对峙正在发生。

一只生气的大鸟看着理查德，理查德看着这只生气的大鸟。理查德看着大鸟，就好像他这辈子都没见过这么非同寻常的东西；大鸟看着理查德，像是在挑战他敢不敢觉得它的长喙有哪怕一丁点儿可笑之处。

大鸟满意地看到理查德并不打算嘲笑它，于是带着冷酷而暴躁的容忍打量他，心想他是打算继续傻站着，还是愿意做点有用的事，比方说喂它吃东西。它迈开黄色的大脚，摇摇晃晃地后退两步，接着横走两步，最后向前走了一步。它再次不耐烦地看着理查德，不耐烦地嘎嘎怪叫。它低下头，用大得可笑的红色长喙犁地，像是在向理查德展示，这儿是个好地方，适合找些东西给它吃。

"它吃大颅榄树的坚果。"雷格对理查德喊道。

大鸟恼怒地瞪了雷格一眼，像是在说连白痴都该知道它吃什么。大鸟又望向理查德，歪了歪脑袋，像是忽然想到它确实有可能正在和白痴打交道，因此需要相应地重新考虑策略。

"你后面的地上有几个。"雷格温和地说。

理查德惊愕得精神恍惚，他笨拙地转过身，看见地上确实有几个硕大的坚果。他弯腰捡起一个，抬头望向雷格，雷格点点头鼓励他。他试探着把坚果递给大鸟，大鸟一低头，长喙从他手指之间恶狠狠地戳在坚果上。理查德的手依然伸在半空中，大鸟气呼呼地用长喙把它推开。

大鸟看见理查德退到一段充满敬意的距离外，它抬头伸长脖子，闭上黄色大眼睛，样子像是在毫无仪态地漱口，把坚果抖进食管里。它看上去至少高兴了一点。它原先是一只生气的渡渡鸟，此刻至少是一只生气但吃了东西的渡渡鸟，它这辈子能指望的恐怕也就这么多了。

大鸟蹒跚着慢吞吞地转身，啪嗒啪嗒地沿着原路往回走，像是在挑战理查德敢不敢觉得它屁股顶上的一小撮卷毛有任何可笑之处。

"我来只是为了看一眼。"雷格用极低的声音说。德克望向他，发现泪水充满了老人的眼眶，不禁有点尴尬。雷格飞快地擦掉眼泪。"绝对不能插手干涉——"

理查德气喘吁吁地爬回山坡上。

"那是一只渡渡鸟吗？"他喊道。

"对。"雷格说。"这个时代仅剩下的三只之一。现在是1676年。它们会在四年之内全都死去，然后就再也没有人见过渡渡鸟了。好了，"他说，"咱们回去吧。"

圣塞德学院的二号宿舍楼，拐角楼梯锁得结结实实的外门之内，仅仅一毫秒以前，一道微弱的闪光过后，内门就此打开。此刻伴随着又一道微弱的闪光，内门回到了原处。

迈克尔·温顿-威克斯的庞然身影穿过黑暗的夜色走向它，他抬头望向拐角的窗户。就算人眼能看见那微弱的闪光，窗户上舞动的模糊火光也淹没了它，因此你无从分辨。

巨大的身影抬头望向暗沉沉的天空，寻找肯定在那儿但又看不见的某件东西，就算天气晴朗也不行，更何况此刻并不晴朗。绕地轨道如今堆满了大大小小的太空垃圾，有一件东西混迹其中，尽管这件东西其实相当大，但人们永远也不会注意到它。没错，它能做到这一点，虽说它的感应力偶尔也会让它露出原形——这个偶尔指的是波动足够强烈的时候。而近两百年以来，波动从没有像此刻这么强烈过。

碎片终于全部归位。它终于找到了完美的载体。

完美的载体挪动双脚，穿过宿舍楼的庭院。

刚开始，教授本人似乎是完美的选择，然而所有尝试的结果只有挫折和愤怒，但最后也给他带来了灵感：把一个电僧弄到地球上来！电僧被设计用来相信一切，拥有彻底的可塑性。你不费吹灰之力就能教唆它执行任务。

但不幸的是，他弄来了一个令人绝望的电僧。让它相信什么确实非常容易，但想让它坚持一个信仰超过五分钟，那就是不可能的任务了。相比之下，让教授去做他打心底里想做但不允许自己做的事，反而还简单一些。

然后又是一场失败。但紧接着，奇迹发生了，完美的载体终于出现。

事实证明，完美载体就算做了不得不做的事，也绝对不会后悔。

湿漉漉的月亮裹着一身雾气，挣扎着爬上天空的角落。窗口，黑影悄然移动。

第三十章

德克从二号宿舍楼的窗口望着月亮。"我们不会——"他说，"等太久的。"

"等什么？"理查德问。

德克转过身。

"等鬼魂再来找我们。"他说。"教授，"他问焦躁地坐在炉火旁的雷格，"你这儿有白兰地、法国烟或者解忧念珠吗？"

"没有。"雷格说。

"那我只能无可救药地坐立不安了。"德克说，转身继续望着窗外。

"我还没有被说服，"理查德说，"难道就没有其他解释了吗？除了……鬼魂——"

"你必须亲眼见到时间机器运行才能接受它的存在，你对鬼魂的态度也是一样。"德克答道，"理查德，我佩服你的怀疑精神，但就算你是怀疑论者，也必须做好准备，在没有其他解释的时候接受难以接受的事实。一个东西长得像鸭子，嘎嘎叫得像鸭子，那我们至少要考虑这种可能性：我们见到的是一只鸭科的小型水禽。"

"那么，鬼魂到底是什么？"

"我认为，"德克说，"鬼魂是死于非命的人，但还有心愿未了，在心愿实现或纠正错误前无法安息。"

他再次转向两个同伴。

"也就是说，"他说，"对鬼魂来说，一旦知道了时间机器的存在，时间机器就会对它产生莫大的吸引力。在鬼魂看来，时间机器提供了一个手段，能够把过去的错误扳回正轨，从而让它获得自由。

"因此它必定会回来。它首先尝试附体的是雷格，但雷格成功地顶住了。接下来是变戏法、粉底和洗手间里的一匹马，而我——"他停顿片刻，"连我都无法理解这一切，但我决心就算是死，我也要搞明白。然后是你，理查德，出现在这儿。鬼魂撇下雷格，转而集中精力对付你。然后几乎立刻就发生了一个古怪但重要的转折。你做了一件你希望自己没做过的事情。

"我指的当然是你打电话给苏珊，在她的答录机上留言。

"鬼魂抓住机会，企图诱使你撤销这件事。也就是返回过去，抹掉那条留言——改变你已经犯下的错误，只是为了看你会不会这么做，看这种行为是否符合你的性格。

"假如你做了，现在就会完全沦陷在它的掌控之下。但就在最后一瞬间，你的本性高举叛旗，你拒绝这么做。于是鬼魂也放弃了你，不在你身上白费力气了。它肯定找到了另一个人。

"它这么做已经有多久了？不知道。你现在理解了吗？听懂我说的这些话了吗？"

理查德浑身发冷。

"对，"他说，"我认为你无疑是正确的。"

"那么我问你，"德克说，"鬼魂究竟是在什么时刻离开你的？"

理查德吞了吞唾沫。

"迈克尔·温顿-威克斯走出房间的时候。"他说。

"我很想知道，"德克静静地说，"鬼魂在他身上看见了什么可能性。不知道这次它是不是找到了它想要的东西。我猜我们不需要等待太久。"

有人敲门。

门打开了，迈克尔·温顿-威克斯站在门外。

他开门见山："求求你们，我需要你们的帮助。"

雷格和理查德望向德克，然后望向迈克尔。

"介意我找个地方放下这东西吗？"迈克尔说，"太沉了，装满了潜水装备。"

"哦，我明白了，"苏珊说，"哦，好的，谢谢，妮可拉，我会试试那种指法的。我确定他在那儿放个降E调只是为了惹人生气。对，我已经练了整整一个下午。第二乐章有些十六分音符简直浑蛋至极。嗯，对，能帮我分神。不，没有新消息。整件事都让人困惑，可怕到了极点。我甚至不想——对了，晚些时候我能再给你打个电话吗？看看你感觉怎么样了。是啊，我知道，你永远分不清哪一个更糟糕，是生病，是抗生素，还是医生对待病患的态度。你照顾好自己，或者至少确保西蒙照顾好你。叫他带几加仑热柠檬水给你。好的。好了，回头再聊。盖暖和点。再见。"

她放下电话，继续拉大提琴。她还没开始考虑那个降E调的讨厌问题，电话就又响了。她把听筒从底座上摘下来晾了一整个下午，但刚才打完电话后忘记了这么做。

她叹了口气，立好大提琴，放下琴弓，走过去再次拿起电话。

"哪位？"她问。

还是没人说话，只有遥远的呼啸风声。她气呼呼地摔下听筒。

她等了几秒钟，确定线路已经畅通，正要再次拿起听筒，忽然想到理查德说不定会找她。

她犹豫了。

她向自己承认，她很少听答录机上的留言，因为她开答录机只是为了方便戈登，但这会儿她不想被迫勾起这个念头。

不过，她还是打开了答录机，调低音量，然后回去继续练莫扎特存心用来为难大提琴手的降E调了。

德克·简特利整体侦探事务所黑洞洞的办公室里，戈登·路笨拙地把电话听筒放回底座上，一屁股跌坐下去，陷入最无法自拔的沮丧。他甚至没有挣扎，听凭自己穿过座位，轻轻地落在地板上。

电话刚开始自动拨号，皮尔斯小姐就逃出了办公室，她对这种事的耐心终于再次耗尽，于是办公室完全落在了戈登手上。然而，无论他尝试联系谁，结果都是彻底的失败。

确切地说，他只尝试过联系苏珊，他在乎的人只有她一个。他被杀时正在对苏珊说话，他知道他必须通过某种方式再次和她交谈。但是大半个下午她都把听筒取下来摁在一旁，而就算电话能接通，她也听不见他的声音。

他放弃了。他从地上爬起来，滑出办公室，下楼回到暗沉沉的街上。他漫无目的地飘荡了一会儿，在运河上走了一阵，他很快就玩厌了这个把戏，于是重新飘回街上。

洋溢着灯光和生机的房屋尤其惹他生气，因为它们渗出的欢迎气氛渗不到他身上来。要是他径直滑进他们的屋子，看一个晚上的电视，不知道会不会有人在意。他不会给他们带去麻烦的。

或者看电影。

看电影似乎更好，他可以去看电影。

他拐上诺埃尔路，开始向前走，脚步变得更加坚定，但依然缺乏实质。

诺埃尔路，他心想。这里触动了某段模糊的记忆。他觉得他最近和诺埃尔路上的某个人有过生意往来。是谁来着？

　　响彻街道的惊恐尖叫声打断了他的思路。他站住了，一动不动。几秒钟后，前方几码外的一扇门陡然打开，一个女人跑了出来，眼神狂乱，喊个不停。

第三十一章

理查德从没喜欢过迈克尔·温顿-威克斯，更加不喜欢身体里有个鬼魂的他。理查德说不清原因，他对鬼魂没什么个人成见，不认为一个人仅仅因为死了就该得到负面评价，但是——他就是不喜欢他。

然而，你也很难不为他感到抱歉。

迈克尔凄凉地坐在高脚凳上，胳膊肘搁在宽大的桌子上，脑袋搁在交叉的手指上。他看上去病恹恹的，形容枯槁。他看上去疲惫到了骨子里。他看上去非常可怜。他讲了一个令人痛心的故事，故事结束于他企图附体，首先是雷格，然后是理查德。

"你说得对，"他总结道，"完全正确。"

他最后对德克这么说，德克龇牙咧嘴，尽量不在一天里露出太多次得意的笑容。

说话的声音属于迈克尔但又不完全是迈克尔。一个声音经历了几十亿年的恐惧和孤寂后能变成什么音色，说话的声音就是那种音色。听到这个声音，你的心里就会充满令人惶惑的寒意，类似于你半夜站在悬崖上时，灵魂和肚肠被攥紧的那种感觉。

他转动眼睛，视线先落在雷格身上，然后落在理查德身上，他的眼神同样能唤起怜悯和惊恐。理查德不得不看向别处。

"我欠二位一个道歉，"迈克尔身体里的鬼魂说，"我从心灵最深处向你们致以歉意，假如你们能够理解我的困境是多么令人绝望，还有这台机器带给了我多么巨大的希望，那就能够理解我为什么会做出那些事情，也就会在心里找到原谅和帮助我的理由了。我恳求你们。"

"给这位先生倒一杯威士忌吧。"德克用粗哑的声音说。

"没有威士忌，"雷格说，"呃，波尔多行不行？我有一瓶玛尔戈红酒可以开。非常好的酒。应该醒一个小时，但这个很容易就能解决，我——"

"你们会帮助我吗？"鬼魂打断他。

雷格一阵风似的去拿波尔多和酒杯了。

"你为什么占据这个人的身体？"德克说。

"我需要一个声音用来说话，一具身体用来行动。不会对他造成任何伤害，绝对不会——"

"我再问一次，你为什么占据这个人的身体？"德克追问道。

鬼魂让迈克尔的身体耸耸肩。

"他心甘情愿。这两位先生都非常激烈地抗拒了被……呃，催眠——你的类比很妥当。这个人？唔，我认为他的自我感觉刚好处于低潮，他默许了我。我非常感谢他，绝对不会伤害他。"

"他的自我感觉，"德克若有所思地重复道，"刚好处于低潮。"

"我猜多半是真的，"理查德压低声音对德克说，"他昨晚看上去非常抑郁。对他来说非常重要的一样东西被夺走了，因为他，呃，他不是很擅长做这件事。尽管他很骄傲，但我猜他多半非常乐于接受有人确实需要他的这个事实。"

"唔。"德克说，然后又说了一遍。他带着感情说了第三遍，然后猛地转过身，朝高脚凳上的那个人吼道："迈克尔·温顿-威克斯！"

迈克尔猛地扭过头，诧异地眨眼。

"什么？"他用他平时惨兮兮的声音说，视线跟着德克移动。

"你能听见我说话，"德克说，"也能以你自己的身份回答我？"

"哦，能，"迈克尔说，"几乎肯定可以。"

"这个……存在，这个幽灵。你知道他在你身体里？你接受他的存在？你主动参与他想要做的事情？"

"没错。他对自己的描述完全打动了我，我非常愿意帮助他。而且，我认为我这么做是正确的。"

"好的，"德克打个响指，"退散吧。"

迈克尔的脑袋忽然软绵绵地倒向后方，过了一秒钟左右，他的脑袋又慢慢抬了起来，样子就像轮胎在充气。鬼魂重新占据了这具身躯。

德克拉过一把椅子，转过来，骑坐上去，面对迈克尔体内的鬼魂，目光灼灼地盯着它的眼睛。

"来，"德克说，"再来一遍。大致讲讲。"

迈克尔的身体微微绷紧，抬起手伸向德克的胳膊。

"别碰我！"德克喝道，"只说事实。你再想着让我同情你，我就戳瞎你的眼睛。或者更确切地说，是你借用的眼睛。所以别扯那些听起来像……呃——"

"柯勒律治，"理查德忽然说，"听起来完全就是柯勒律治，就像《古舟子咏》。好吧，有些地方像。"

德克皱起眉头。

"柯勒律治？"他问。

"我试过给他讲我的故事，"鬼魂承认道，"我——"

"对不起，"德克说，"请你原谅我——我从未盘问过一个四十亿岁的鬼魂。我们说的是塞缪尔·泰勒吗？你想说你向塞缪尔·泰勒·柯勒律治讲过你的故事？"

"我能够进入他的意识，在……某些特定的时刻。他陷入某种易感状态的时候。"

"你是说他嗑鸦片酊的时候？"理查德说。

"没错。嗑药后他更加放松。"

"我能做证，"雷格嗤笑道，"我碰到过好几次他放松得令人诧异的时候。哦，我去煮咖啡。"他消失在厨房里，剩下的几个人听见他一个人哈哈大笑。

"真是另一个世界啊。"理查德对自己嘟囔道，坐下慢慢摇头。

"但不幸的是，他能完全掌控自己的时候，我，怎么说呢，就没法掌控他了，"鬼魂说，"所以这条路没走通。而他写出来的东西完全是胡言乱语。"

"请详述。"理查德自言自语道，挑起眉毛。

"教授，"德克喊道，"我有个听上去或许很荒谬的问题。柯勒律治有没有，呃，试图……呃……使用你的时间机器？请按你喜欢的方式自由讨论这个问题。"

"唔，说起来，"雷格从厨房门口探出头，"他有一次确实跑来问这问那刺探情况，但我觉得他当时的状态过于放松，不可能做任何事情。"

"我明白了。"德克说。"但为什么，"他继续道，转向迈克尔瘫坐在高脚凳上的怪异身影，"你为什么花了这么长时间才找到一个目标？"

"在很长很长的时期里，我非常虚弱，几乎不复存在，无法影响任何事物。另外，当然了，在那之前，这颗星球上还不存在时间机器，而……我没有任何希望——"

"也许鬼魂的存在就像波形，"理查德发表见解，"就像现实与可能性之间的干涉波形。其中有不规则的波峰和波谷，就像音乐的波谱图。"

鬼魂操纵迈克尔的眼睛望向理查德。

"是你……"他说，"你写了那篇文章……"

"呃，对——"

"它强烈地打动了我。"鬼魂说，声音里忽然多了一分悔恨和渴望，听得它和其他人一样吃了一惊。

"哦，好的，"理查德说，"呃，谢谢。上次你提到文章的时候似乎不太喜欢它。哦，我知道那并不是你——"

理查德坐了回去，自顾自地皱起眉头。

"那么，"德克说，"从开头说起——"

鬼魂让迈克尔替他喘了口气，从头开始说起。"我们在一艘船上——"它说。

"一艘太空船。"

"对，来自萨拉科萨拉，这颗星球在……呃，离这儿很远的地方。一个暴虐而动荡的世界。我们这个团体一共一百零八人，出发去寻找一个新世界，人们时常这么做。这个星系里的所有行星都不符合我们的要求，我们在地球这颗行星停留是为了补充必要的矿物质给养。不幸的是，我们的登陆艇在进入大气层时受到了损害。相当严重，但依然能够修复。

"我是登陆艇上的工程师，因此指挥修理飞船并准备返回母舰的任务就落在了我身上。为了理解接下来发生的事，你们必须对一个高度自动化的社会形态有所了解。在先进电脑的辅助下，没有什么任务是不能轻松完成的。然而，为了我们那种目标而进行的远征存在一些非常特殊的问题。"

"什么目标？"德克厉声道。

迈克尔体内的鬼魂吃了一惊，它似乎觉得答案显而易见。"呃，当然是找到一颗更好的新星球，我们可以永远居住在那里，享受自由、平静与和谐。"它说。

德克挑起眉毛。

"哦，这个啊，"他说，"你们应该全都仔仔细细想清楚了吧。"

"我们有其他办法替我们想清楚。我们有一些高度特殊化的设备，帮助我们相信远征的目标，即便在情况最艰难的时候也一样。它们大体而言工作得很好，但我觉得我们可能变得过于依赖它们了。"

"它们到底是什么？"德克问。

"你大概很难理解它们有多让人安心。这也是我犯下致命错误的原因。我想知道飞船能不能安全起飞，但我不想知道飞船也许并不安全。我只想得到肯定安全的结论。所以我没有去亲自检查，明白吗？而是派了一个电僧去。"

第三十二章

派肯德街的那扇红门上的铜牌，被黄色的路灯照得闪闪发亮。一辆警车呼啸经过，耀眼的警灯照得铜牌熠熠生辉。

一个惨白的鬼影悄无声息地穿过那扇门，铜牌的光芒变得暗淡——不但暗淡，而且还在抖动，因为鬼影在怒不可遏地颤抖。

戈登·路的鬼魂在黑洞洞的门厅里停下。他需要找个东西靠一靠，但他当然什么都找不到。他想抱住自己，但什么也抓不住。想到刚才目睹的惨状，他不禁想吐，但当然了，他的胃里什么也没有。他连滚带爬地扑腾着游上楼梯，就像快淹死的人拼命想要抓住水面一样。

他踉踉跄跄穿过墙壁，穿过办公桌，穿过一扇门，站在德克办公桌的写字台前，尽量平复心情。

几分钟后，要是有人凑巧走进这间办公室——比方说夜间清洁工，假如德克·简特利雇了一个，但他并没有，因为清洁工希望拿到报酬，而他希望不付他们工钱；再比方说窃贼，假如这间办公室里有东西值得偷，但实际上并没有——他们就会看见以下的景象并大惊失色。

写字台上，大号红色电话机的听筒忽然剧烈摇晃，飞出底座，掉在桌面上。

拨号等待音呜呜响起。然后，七个容易按下的大号按钮，一个接一个地自行按下，随后是一段漫长的等待——英国电话系统给你这段时间是为了让你整理思绪，忘记你在给谁打电话——终于，听筒里传来了线路另一头的振铃声。

铃响几声，然后是咔嗒一响、一阵呜呜声和仿佛机器吸气的怪声。最后，一个声音说："你好，我是苏珊。现在我没法接电话，因为我正在练一个降E调，但假如你愿意留下名字……"

"那么，听了一个——我都没法让自己说出这两个字——电僧的断言，"德克的语气饱含嘲讽，"你发射了飞船，结果无比诧异地看见它爆炸了。从那以后——？"

"从那以后，"鬼魂凄惨地说，"我就孤零零地待在这颗星球上。陪伴我的只有愧疚，因为我害死了船上所有的伙伴。孤独，彻底的孤独……"

"好了，跳过这些，我说过了，"德克气恼地叫道，"母舰呢？母舰应该向前走，继续寻找……"

"没有。"

"母舰发生了什么？"

"没什么。它还在那里。"

"还在哪儿？"

德克跳起来，一阵风似的在房间里踱步，眉头愤怒地拧成一个结。

"对。"迈克尔的脑袋耷拉下去，随即又抬起头，可怜巴巴地望向雷格和理查德，"我们全都上了登陆艇。刚开始我觉得其他人的鬼魂在纠缠我，但那只是我的想象。几百万年过去了，然后是几十亿年，我在烂泥里跋涉，只有我一个人。那是永恒的折磨，你们甚至无法想象它最微小的一部分是什么样子。然后，"他又说，"直到最近，生命在这颗星球上诞生。生命。植物，海里的生物，最后是你们，智慧生命。我恳求你们，把我从永恒的苦难中解放出来吧。"

迈克尔的脑袋可怜巴巴地耷拉到胸口，过了几秒钟，它慢吞吞、颤巍巍地重新抬起来望着他们，眼睛里燃烧着更幽暗的火苗。

"带我回去，"他说，"我求求你们，带我回到登陆艇上。让我撤销既成的错误。我只需要说一句话就能弥补错误，正确地完成修理，登陆艇返回母舰，我们继续前进，我不再遭受折磨，而你们也能甩掉我这个负担。我求求你们。"

一阵短暂的沉默，他的恳求悬浮在半空中。

"但那不可能成功，对吧？"理查德说，"要是成功了，现在这一幕就不可能发生。我们难道不会造成各种各样的悖论吗？"

雷格从沉思中醒过来。"不会比已经存在的无数悖论更可怕，"他说，"假如宇宙每对它里面发生的事情产生怀疑就毁灭一次，那它肯定活不过诞生后的第一个皮秒[1]。当然了，很多宇宙都没能活下来。它就像人类的躯体。这儿破几个口子，那儿撞几块瘀青是死不了的。大型外科手术做得好也同样没事。悖论就像疤痕组织。周围的时间和空间会自我愈合，人们仅仅会记得事件的一个版本，只要他们觉得它符合逻辑就行。

"这并不是说你卷入悖论后不会对某些事情感到奇怪，但假如你活到现在还没遇到过这种事，那我可就不知道你到底活在哪个宇宙里了，反正肯定不是这一个。"

"好的，假如是这样，"理查德说，"那你为什么严词拒绝去拯救渡渡鸟？"

雷格叹息道："你完全不明白。要不是我费尽周折拯救腔棘鱼，渡渡鸟就根本不会灭绝。"

"腔棘鱼？那种史前鱼类？但这件事怎么可能影响那件事？"

"啊哈。你问到点子上了。因果的复杂性是不可能分析清楚的。时空连续体不但像人类躯体，还像拼贴得非常蹩脚的墙纸。你在这儿按下去一个鼓包，另一处会再冒出一个来。因为我的干涉，渡渡鸟不复存在。最后我给自己立下规矩，因为我再也无法承担了。你想要改变时间，真正会受到伤害的就是你自己。"他

1　天文学名词。1秒=10^{12}皮秒。

苦笑着转过脸去。

他思考了好一会儿，继续道："不，其实能做到。我冷嘲热讽只是因为岔子出得太多了。这个可怜人的故事非常凄惨，结束他的痛苦不会造成任何损害。事情发生在很久以前，而且在一颗没有生机的星球上。我们做了这件事，我们每个人都会记得我们各自遇到过什么。要是世界上的其他人不赞同，那就太可惜了。不过反正也不会是第一次。"

迈克尔垂下脑袋。

"德克，你怎么不说话？"理查德问。

德克恶狠狠地瞪他一眼。"我想看看这艘飞船。"他说。

黑暗中，红色电话的听筒断断续续地沿着桌面滑向底座。要是有人在房间里，也许会分辨出有个影子在推动它。这个影子发出极其暗淡的微光，连夜光表的指针都比它亮。它看上去只比它周围的黑暗更暗一点儿，被包裹其中的鬼影就像夜晚表皮下一块变厚的疤痕组织。

戈登又抓了一把不听话的听筒，这次他总算抓牢了，把听筒提到电话机的上方。听筒掉回底座上，结束了通话。与此同时，戈登·路的鬼魂终于打完最后这通电话，向后落进自己的栖身之处，消失得无影无踪。

第三十三章

它在地球的阴影中缓缓转动，有无数块碎石永远在高轨道绕地运行，它似乎只是其中普普通通的一块。但这团黑影比其他的石块更大，形状更整齐，年代也更久远——久远得多。

它持续不断地扫描底下那颗行星，从那里汲取数据并分析处理。它偶尔也发送一些它认为会有帮助的信息，当然只在它认为信息会被接收到的时候。除此之外，它只管观察、倾听和记录。没有一下浪花声或心跳声能逃脱它的注意。

除此之外，它内部的东西已经四十亿年没动过地方了，除了空气依然在循环，空气中的灰尘颗粒还在舞动、舞动、舞动、舞动和……舞动。

但此刻出现了一丁点儿小小的扰动。不声不响，不吵不闹，就像一颗露珠从空气中凝结在一片草叶上，一面默然矗立了四十亿年的灰色墙壁上出现了一扇门。一扇白色的普通木门，上面有个坑坑洼洼的黄铜把手。

飞船不停运行的监控程序同样记录和归档了这个无声无息的事件。不但包括这扇门的出现和继这扇门之后那些个体的出现，也包括那些个体的相貌、移动方式和来到此处后的情绪。一切都处理了，一切都记录了，一切都转码了。

过了一两秒钟，门打开了。

门里似乎是个房间，飞船上可没有这样的房间。这个房间铺着木地板，装潢破旧，里面生着一团火。随着火光的舞动，它的数据也在飞船的电脑里舞动，灰尘颗粒同样在空气中舞动。

一个身影站在门口——一个凄惨的庞大身影，奇异的光芒在他眼睛里跃动。他跨过门槛，走进飞船，冷静的表情忽然布满他的面庞，长久以来他一直在渴望这种感觉，但从未想过还有机会体验到。

另一个人跟着他走出那扇门，这个人比较瘦小和年迈，白发蓬乱。他从自己房间的疆域踏进飞船的疆域，立刻停下脚步，惊讶得直眨眼睛。第三个人跟着他走出来，急躁而紧张，宽大的皮外套在身上飘飞。他也停下脚步，见到了他不理解的什么东西，一时间惊愕得无法动弹。大惑不解的表情出现在他脸上，他向前走了几步，环顾四周，打量古老飞船上积灰的灰色墙壁。

最后，第四个人出现了，这是个瘦高男人。他低头弯腰走出那扇门，立刻停下脚步，像是撞上了一面墙。

从某种意义上说，他确实撞上了一面墙。

他凝固在那儿。此刻要是有人看见他的脸，会毫无疑问地确定这个人遇到了从他诞生至今最让他震惊的某种事情。

慢慢地，他终于开始移动，他怪异的姿态像是在极其缓慢地游泳。头部每一个最细微的动作似乎都会在他脸上引发新一波的敬畏和震惊。泪水涌出眼睛，他惊愕得无法呼吸。

德克扭头看理查德，催促他快跟上。

"怎么了？"他在噪声中喊道。

"音……乐……"理查德低声说。

空气中充满了音乐——实在太满了，没留下任何空间来容纳其他东西。每个空气粒子似乎都有自己的音乐，理查德的头部稍微一动，他就听见了截然不同的另一种音乐，而这截然不同的另一种音乐又和前一刻存在于他耳畔空气中的音乐搭配得丝丝入扣。

从一种音乐到另一种的转换堪称天衣无缝——头部轻轻一动，音乐就跳跃到了遥远的另一个调子上。新的旋律，新的曲调，全都完美得令人惊诧，接连不断地将自己交织进一张绵延铺展的大网。乐章仿佛是移动缓慢的巨大浪头，速度更快的舞曲在其间颤动，细小的闪烁音符在舞曲之上舞动，缠结的漫长旋律像开始一样终结，仿佛它们在自己身上盘绕，内外翻转，上下颠倒，然后骑着飞船向某个偏僻角落里另一段舞动的旋律飞奔而去。

理查德站不住了，他晃晃悠悠地靠在墙上。

德克连忙过去扶住他。

"快走，"他粗暴地说，"怎么？受不了这音乐？有点吵，对吧？老天在上，打起精神来。有些事情我还没搞明白。不对劲。来——"

他拖着理查德向前走，音乐的可怕重量压得理查德的思绪越陷越深，他不得不扶住理查德。几百万条颤动的音乐线索在他脑海里编织成一幅幅幻象，理查德被拖着穿过这些幻象。幻象逐渐变成翻腾涌动的混沌，但这个混沌越是弥散，就越是符合其他混沌和随后而来更宏大的混沌，直到所有东西爆炸成一团和弦。火球在他脑海里扩散，快得超过了任何一个意识能应付的速度。

但然后，一切都变得无比简单。

一个单独的曲调在他脑海里舞动，他的注意力整个落在上面。这个旋律在魔法般的洪流中上下穿梭，塑造洪流的形状，以宏大之形存在其中，以微小之形存在其中，它就是洪流的精髓。它随之弹跳颤动，刚开始是个轻快的小旋律，然后放慢步伐，然后重新舞动，但变得艰难，似乎被怀疑和困惑的波澜困住了脚步，紧接着忽然发现这些波澜仅仅是一个能量巨浪的先头涟漪。这个新生的巨大浪头从最底下欢快地涌了上来。

理查德非常非常缓慢地开始昏厥。

他躺着一动不动。

他觉得他是一块旧海绵，浸透了石蜡，被扔在太阳下晒干。

他觉得他是一匹老马，懒洋洋地接受阳光的烧灼。他梦见稀薄而芬芳的油膏，梦见起伏不定的黑暗海洋。他在白色的海滩上，吃醉了鱼，喝多了沙，晒得褪色，昏昏欲睡。他被光线殴打，沉沦，估算遥远星云的气体密度，在死亡的欢欣中旋转。他是春天喷出清水的泵，向山丘上刚割过的芬芳草地洒水。几乎无法听见的声音逐渐湮灭，就像遥不可及的睡眠。

他奔跑，他跌倒。海港的光线旋转着化作夜晚。大海仿佛黑色的幽魂，无止境地拍打海滩，闪闪发亮，没有意识。他轻而易举地沉入更深、更寒冷的海洋，沉重的海水像油膏似的挤压耳朵，只有隐约的电话铃声在惊扰他的长眠。

他知道他听到了生命本身的音乐。光的音乐在水面上舞动，风和波浪让水面泛起涟漪，生命穿过水中，生命在沙地上移动，光晒热了沙地。他依然一动不动地躺着。隐约的电话铃声继续惊扰他的长眠。

他渐渐意识到隐约的电话铃声确实是电话在响。

他猛地坐了起来。

他躺在一张乱糟糟的小床上，小床在一个镶着护墙板的小房间里，他知道他认识这个地方，但不确定究竟是哪儿。凌乱的房间塞满了书籍和鞋子。他使劲眨眼，脑袋里却是一片空白。

床边的电话在响。他拿起听筒。

"喂？"他说。

"理查德！"那是苏珊的声音，心急如焚。他使劲摇头，但没找到任何有用的记忆。

"喂？"他又说。

"理查德？是你吗？你在哪儿？"

"呃，等一等，我去看一眼。"

他把听筒放在皱巴巴的床单上，听筒不甘心地躺在那儿吱吱怪叫。他晃晃悠悠地爬下床，踉踉跄跄地走到门口，打开门。

这是个卫生间。他怀疑地往里看。他认识这个地方，但总觉得少了什么东西。哦，对。里面应该有匹马。更确切地说，上次他看见这个卫生间的时候，里面有匹马。他穿过卫生间，走出对面的另一扇门。他摇摇晃晃地爬下楼梯，走向雷格的客厅。

等他终于走进客厅，见到的东西让他大吃一惊。

第三十四章

昨天和前天的暴风雨，以及上一周的洪水，此刻都已成为过去。暮色渐沉，阴云依然饱含雨水，然而真正落下的仅仅是让人讨厌的毛毛雨。

风扫过暗沉沉的平原，磕磕绊绊地穿过低矮的山丘，呼啸着吹过浅浅的河谷，某种说是塔楼也行的建筑物孤零零地耸立在谷底让人恶心的烂泥滩上，它朝一侧倾斜。

这是个黑乎乎、矮墩墩的塔楼，看上去活像是从地狱里某个格外险恶的深坑底下挤出来的一团岩浆。它以特异的角度朝一侧倾斜，仿佛在承受比其可观分量更巨大的重负。它似乎没有生命，天晓得已经死了多久。

唯一在动弹的东西是谷底那条泥泞的小河，它没精打采地从塔楼旁边流过。再向前一英里左右，小河流进一道沟壑，消失在地底深处。

随着暮色越发深重，我们发现这个塔楼其实并非全无生机。它的深处有一团暗淡的红光在摇曳闪烁。

理查德惊讶地看见的就是这个景象，他站在一扇白色小门的门口，而这扇门嵌在河谷的谷壁上，离塔楼大约几百码。

"别出来！"德克喊道，抬起手阻止他，"大气有毒。我不确定是什么成分，但肯定能把你家地毯漂得干净又漂亮。"

德克站在门口，用充满怀疑的目光望着山谷。

"我们这是在哪儿？"理查德问。

"百慕大，"德克说，"情况有点复杂。"

"谢谢。"理查德说，头晕目眩地转过身，穿过房间往回走。

"不好意思。"他对雷格说。雷格绕着迈克尔·温顿-威克斯忙活，确定他身上的潜水装备从头到脚都密封严实，面罩已经戴好，呼吸调节器工作正常。

"不好意思，能让我过去一下吗？"理查德说，"谢谢。"

他爬上楼梯，回到雷格的卧室里，晃晃悠悠地坐在床沿上，再次拿起电话。

"百慕大——"他说，"情况有点复杂。"

楼下，雷格在潜水服的各个关节和面罩周围的裸露皮肤上涂抹凡士林，然后宣布一切准备就绪。

德克从门口转身，以最没风度的姿态让到一旁。

"太好了，"他说，"你去吧。可算是摆脱你了。我退出，整件事和我没关系了。看来我们只能守在这儿，等你把空荡荡的躯壳送回来，虽说送回来也没什么用处。"他气呼呼地绕着沙发转圈。他不喜欢这个局面。一点也不喜欢。他更加不喜欢的是雷格比他更了解时间与空间。他生气是因为他不知道自己为什么不喜欢。

"我亲爱的小伙子，"雷格用安慰的语气说，"你想一想，我们只需要做这么一点小事就能帮助这个可怜的灵魂。真是非常抱歉，你精彩的推理到最后只迎来这么一个反高潮。我知道你认为一个小小的善举对你来说远远不够，但你应该更加慷慨才对。"

"慷慨，哈！"德克说，"我按时缴税，你还想要我怎么着？"

他一屁股坐在沙发上，双手插进头发里，闷闷不乐地赌气。

被附体的迈克尔和雷格握手，说了些表示感谢的话。然后他笨拙地走向那扇门，转过身，向两人鞠躬。

德克转过头，恶狠狠地盯着他，眼睛在镜片背后放光，头发乱糟糟地竖着。鬼魂望着德克，内心一时间因为忧惧而颤抖。出于迷信的本能，鬼魂突然开始挥手。它用迈克尔的身体挥手，手在半空中转了三圈，最后它说出两个字。

"再见。"

说完，它再次转身，抓住门框的两侧，然后迈开坚定的步伐，踏着烂泥，走进腐臭的毒气。

它停顿片刻，确定脚下踩的是实地，确定它站稳了，它再也没有回头，抛下他们，离开黏滑的有腿生物的掌控，走向它的飞船。

"我说，刚才那个到底是什么意思？"德克说，气恼地模仿鬼魂怪异的三次挥手。

理查德咚咚咚地跑下楼梯，拉开门，冲进房间，眼神狂乱。

"罗斯被杀了！"他喊道。

"罗斯是哪位？"德克也对他喊道。

"就是罗斯啊，天哪，"理查德叫道，"《洞察》杂志的新主编。"

"《洞察》是什么？"德克再次叫道。

"迈克尔那本该死的杂志，德克！还记得吗？戈登从迈克尔手上抢走杂志，交给这个叫罗斯的家伙去经营。迈克尔因此对他恨之入骨。昨天夜里迈克尔跑去杀了他！"

他停了停，喘了几口气。"你只要知道，"他说，"他被杀了，而有动机杀他的只有迈克尔。"

他跑到门口，望着逐渐消失在远处暮色中的那个身影，然后再次转过身。

"他会回来吗？"理查德问。

德克跳了起来，他呆站了一会儿，有好几秒钟只会眨眼睛。

"这就是……"他说，"这就是迈克尔是完美对象的原因。这就是我应该寻找的原因。鬼魂诱使他杀了人，从而彻底控制他，这是他内心深处想去做的事情，同时又符合鬼魂的目标。我亲爱的上帝！鬼魂认为我们取代了它们的位置，这就是它想逆转的事实。

"它认为这是它们的世界，而不是我们的。它们要在这颗星球上殖民，建立它们该死的天堂。所有环节都说得通了。"

"你看看，"他转向雷格，"我们到底干了什么？要是发现你所谓饱受折磨的可怜灵魂企图逆转的事件刚好让这颗星球产生了生命，我可一点也不会吃惊的！"

他突然放过了脸色苍白、浑身颤抖的雷格，扭头瞪着理查德。

"你在哪儿听说的？"德克困惑道。

"呃，就刚才，"理查德说，"电……电话里。楼上卧室。"

"什么？"

"是苏珊的电话，我不知道她是怎么打进来的。她说她的答录机上有条留言这么说。她说那条留言来自……她说留言来自戈登，但我觉得她在发癔症。德克，到底发生了什么？我们在哪儿？"

"我们在四十亿年前，"雷格用颤抖的声音说，"我们有可能在宇宙里的任何一个地方，反正肯定不在电话线路的连接范围内，你别问我电话为什么能打通，这个问题你只能找英国电信讨论，但是——"

"英国电信去死吧！"德克喊道，这个习惯成自然的短语轻而易举地脱口而出。他跑到门口，望着模糊的黑影在烂泥中艰难跋涉，走向那艘萨拉科萨拉飞船，他们已经无可奈何。

"你们认为，"德克冷静地说，"那个自欺欺人的胖杂种走到飞船需要多久？因为我们只有那么多的时间了。

"来，咱们坐下，开动脑筋思考。咱们还有两分钟，必须决定一个行动方案。过了这两分钟，我猜我们三个人，还有咱们所知道的一切，包括大颅榄树和渡渡鸟，都会变得从来没有存在过。"

他重重地坐进沙发，然后又站起来，拿起迈克尔扔下的外衣。就在这时，一本书从外衣口袋里掉了出来。

第三十五章

"我觉得咱们这么做是一种可怕的亵渎行为。"理查德对雷格说，他们躲在一段树篱背后。

木屋花园的夏日芬芳充满了这个夜晚，布里斯托海峡岸边戏耍的清风时而送来海洋的气息。

月光明亮，照着远方的海面，借着它的光线，你能看见南边一段距离外绵延伸展的埃克斯穆尔高地。

雷格叹了口气。

"是啊，有可能，"他说，"但很抱歉，你也知道，这是对的，我们必须这么做。这是唯一稳妥的办法。一旦知道你在找什么之后，你就会发现所有的指示都明明白白地写在文本中了。鬼魂只能永远游荡下去。说起来，现在有两个鬼魂了。不过前提是一切按照计划进行。倒霉的家伙。不过话虽这么说，我看它这是活该。"

理查德焦躁地抓了一把草，把草缠在手指上。

他抬起手对着月光，旋转到一个个不同的角度，研究光线如何在草叶上反射。

"那是什么样的音乐啊？"他说，"我不是教徒，但假如我是，我会说那就像看了一眼上帝的意识。也许确实是，而我应该信仰宗教。我不得不反复提醒自己，那音乐不是宗教创造出来的，宗教仅仅造出了读谱的工具。乐谱本身就是生命。它们全都在那儿。"

他仰望天空，不知不觉间开始背诵：

如果我心中能再度产生

她的音乐和歌唱，

我将被引入如此深切的欢欣，

以至于我要用音乐高朗又久长地

在空中建造那安乐宫廷，

那阳光照临的宫廷，那雪窖冰窟！

"嗯——"雷格自言自语道，"不知道德克到得够不够早。"

"你说什么？"

"哦，没什么。一个念头而已。"

"我的天，他也太能说了吧？"理查德忽然慨叹，"已经进去一个多小时了。真不知道发生了什么。"

他直起腰，望向树篱背后沐浴在月光下的小木屋。一个多小时前，德克勇敢地上去敲开了门。

门开得不大情愿，一张脸迷迷糊糊地往外看。德克摘掉他那顶可笑的帽子，他大声说："塞缪尔·柯勒律治先生？

"我从波洛克来，刚好路过。不知道能不能麻烦您接受我的访问？为了我主编的一份卑微的教区报纸。不会占用您太多时间，我保证，我知道您这么一位著名的诗人肯定很忙，然而我实在太崇拜您的杰作了，而且……"

他们没听见德克接下来说了什么，因为他不但硬挤进去了，还随手关上了门。

"我能稍微离开一下吗？"雷格说。

"什么？哦，当然，"理查德说，"我去看一眼里面怎么样了。"

雷格走到一棵树后，理查德推开院子的小门，正要沿着小径走向屋子的前门，却听见里面的交谈声离门口越来越近。

前门徐徐打开，他飞快地缩了回去。

"哎呀，柯勒律治先生，实在是太感谢您了。"德克说，他走到外面，摆弄着帽子，鞠了个躬，"您如此友善而慷慨地付出时间，我打心底里感激不尽，相信我的读者也会一样。有了今天的访谈，我一定能写出一篇非常漂亮的文章，您就放一百个心吧，我保证会寄一份给您，供您在空闲时细细阅读。无论您有什么意见我都洗耳恭听，风格上的任何细节，您懂的，还有暗示和线索，诸如此类的东西。好了，再次感谢您，占用了您这么多的时间，希望我没有打扰您的重要——"

门在他背后愤怒地摔上了。

德克转过身，在一连串得意的笑容后面又加上了一个，他沿着小径快步走向理查德。

"哈，这样肯定能给那件事画上句号，"他搓着手说，"他刚动笔，但我猜现在他肯定一个字也想不起来了。了不起的教授呢？啊哈，在这儿。老天，我没想到我能待这么久。咱们的柯勒律治先生，一位最最迷人和有意思的好朋友，哦，应该说要是我给他机会，他肯定会很迷人，不过我从头到尾都忙着展示我的迷人了。

"对了，理查德，我做了你要我做的事，最后我问他信天翁的情况，他说什么信天翁？于是我说，哦，没什么，信天翁不重要。他说什么信天翁不重要，我说别管信天翁了，无所谓的，他说当然有所谓，一个人深更半夜来他家胡说什么信天翁，他当然想知道为什么。我说把信天翁炸成一朵烟花吧，他说他正有这个念头，他不确定这是不是给了他灵感，刚好能用在他正在写的一首诗里。他说肯定比被小行星砸死好得多，他觉得那么写有点欠缺可信度。然后我就告辞了。

"好了。既然已经把全人类从灭绝边缘拉回来了，我觉得我可以和一个比萨亲近亲近了。你们意下如何？"

理查德没有发表意见，而是好奇地望向雷格。

"有什么心事吗？"雷格有点害怕。

"真是个好戏法，"理查德说，"我敢发誓，你往树后走的时候还没有这把大胡子。"

"哦——"雷格捋着足有三英寸长的茂密胡子说，"对。疏忽了，"他说，"小小疏忽。"

"你做了什么？"

"哦，几处调整而已。就像一个小手术，你明白的。不值得大惊小怪。"

几分钟后，他赶着两人走向附近的牛舍，钻进一扇神秘出现的门，他望向背后的夜空，刚好看见一个微小的火球点亮又熄灭。

"真抱歉，理查德。"他喃喃道，跟着两人进门。

第三十六章

"谢谢，德克，但算了，"理查德坚决地说，"我很乐意买个比萨看着你吃，不过我更想直接回家。我想去找苏珊。能做到吗，雷格？直接去我家？我下周来剑桥取我的车。"

"已经到了，"雷格说，"你一出门就会回到自己的公寓里。星期五的傍晚刚开始，周末正在前方等着你。"

"谢谢。呃，那什么，德克，咱们回头见，可以吗？我欠你什么吗？我不知道。"

德克轻快地挥挥手，表示不值一提。"到时候皮尔斯小姐会联系你的。"他说。

"好的，嗯，等我休息一下再来找你。事情发生得有点……呃，突然。"

他走过去打开门。出去之后，他发现自己站在自家楼梯的半中间，门就开在侧面的墙上。

他正要爬上楼梯，忽然灵机一动，转身回去，随手关上门。

"雷格，能稍微拐个弯吗？"他说，"我觉得今晚请苏珊出去吃饭是个好主意，但我想去的地方需要提前预订。能帮我往回拨三个星期吗？"

"太简单了。"雷格说，稍微调节了一下算盘珠的排列，"好了，"他说，"我们往回走了三个星期。你知道电话在哪儿。"

理查德飞快地爬上楼梯，冲进雷格的房间，打电话给"楼梯上的妙语"餐馆。领班愉快地接受了他的预定，期待在三个星期后见到他。理查德走下楼，感慨地摇着头。

"我需要一整个实实在在的周末，"他说，"刚出去的是谁？"

"送沙发的，"德克说，"问我们介不介意开一下门，好让他们把沙发转过去，我说乐意之至。"

仅仅几分钟后，理查德跑上苏珊那幢公寓楼的楼梯。来到她家门口，听见房间里传来的模糊琴声，大提琴的醇厚音色一如既往地让他心情愉快。他悄悄地开门进去，走向练琴室的路上，他突然震惊得愣住了。他听过她正在演奏的曲调。轻快的小旋律放慢步伐，然后重新舞动，但变得艰难……

他的表情太诧异了，苏珊注意到了，立刻停止演奏。

"怎么了？"她警觉地说。

"那个音乐，你从哪儿弄到的？"理查德用微弱的声音说。

她耸耸肩。"呃，音乐书店。"她困惑地说。她不是在开玩笑，仅仅是不理解他的问题。

"那是什么？"

"我两周后要演奏的一首康塔塔，"她说，"巴赫，第六协奏曲。"

"谁写的？"

"呃，我不是说了吗？巴赫。"

"谁？"

"看着我的嘴型。巴——赫——约翰·塞巴斯蒂安·巴赫。记起来了？"

"不，从来没听说过。他是谁？他还有其他作品吗？"

苏珊放下琴弓，立好大提琴，起身走向他。

"你没事吧？"她说。

"呃，很难说。那是……"

他看见房间角落里的一摞乐谱，最顶上一本的封面印着同一个名字：巴赫。他扑向那堆乐谱开始翻看。一本接一本——约·塞·巴赫，《大提琴奏鸣曲》《勃兰登堡协奏曲》《b小调弥撒》。

他抬起头，茫然地看着苏珊。

"我从没见过这些作品。"他说。

"理查德，我亲爱的，"她爱抚他的面颊，"你到底是怎么了？只是巴赫的乐谱啊。"

"但你不明白吗？"他说，抓着一把乐谱使劲摇晃，"我从来没见过这些作品中的任何一部！"

"好的，"她假装严肃地打趣道，"要是你不把所有的时间都花在演奏电脑音乐上……"

他惊愕地看着她，然后背靠墙壁慢慢坐下，开始歇斯底里地大笑。

星期一下午，理查德打电话给雷格。

"雷格！"他说，"你的电话通了。恭喜。"

"哦，对，我亲爱的小伙子，"雷格说，"很高兴听见你的声音。对。一个很能干的年轻人来修好了电话，他刚走没多久。我觉得它应该不会坏了。真是个好消息，你说呢？"

"非常好，所以你安全到家了。"

"哦，对，谢谢问候。哦，我们放下你以后回到这儿，兴奋得要命。还记得那匹马吗？啊哈，它又来了，还带着它的主人。它们撞见一位警官，闹得不太愉快，希望能有人送它们回家。我也这么觉得。让那位老兄到处乱跑好像有点危险。所以，你怎么样？"

"雷格……那音乐——"

"哦，对，我猜你会很高兴。花了我一点工夫，我实话实说。当然了，我只拯救了最微不足道的一丁点儿边角料，然而即便如此，也算是我作弊了。一个人一辈子不可能完成那么多作品，但我猜大家应该不会太当回事吧。"

"雷格，还能搞到更多的音乐吗？"

"呃，不行。飞船没了，另外——"

"我们可以回到过去——"

"不行，唉，我说过了。他们修好了电话，所以不会再出问题了。"

"所以？"

"所以时间机器现在没法运转了。烧坏了。死得像渡渡鸟一样彻底。很抱歉，看来只能这样了。不过也没什么不好的，你说呢？"

星期一，绍斯金德夫人打电话给德克·简特利整体侦探事务所，抱怨她的账单问题。

"我不明白这张账单是在干什么，"她说，"完全是胡说八道。到底几个意思？"

"我亲爱的绍斯金德夫人，"德克说，"我都没法想象我多么盼望能和您再来一场完全相同的谈话了。今天该从哪儿开始？您想讨论哪个收费项目？"

"哪个都不讨论，简特利先生，非常感谢。我不知道你是谁，也不知道你为什么会觉得我的猫失踪了。我亲爱的罗德里克两年前在我怀里过世，我并没有另找一只猫取代它的想法。"

"啊哈，好的，绍斯金德夫人，"德克说，"您大概无法理解，这正是本人不懈努力的成果——请允许我解释一下万物之间的本质性——"他停下了。毫无意义。他把听筒慢慢放回底座上。

　　"皮尔斯小姐！"他喊道，"帮个忙，寄一份修正后的账单给咱们亲爱的绍斯金德夫人。新账单的条目是'从完全灭绝的命运中拯救人类——免费'。"

　　他戴上帽子，今天下班了。

……待续

读客®
科幻文库
跟着读客读科幻，经典科幻全看遍

太空歌剧、赛博朋克、奇幻史诗……

中国、美国、英国、俄罗斯、波兰、加拿大、日本、牙买加……

读客汇聚雨果奖、星云奖、轨迹奖获奖作品

精挑细选顶尖的科幻奇幻经典

陪伴读者一起探索人类文明的过去、现在和未来

亿亿万万年，直至宇宙尽头

打开淘宝，扫码进入读客旗舰店，
下一本科幻更经典！